댄디, 오늘을 살다

| 일러두기 |

– 책 · 잡지 · 신문명은 『 』, 전시회명은 〈 〉, 그림 · 시 · TV 프로그램 제목은 「 」로 묶어 표기했습니다.

– 인명과 지명 등의 외래어 표기는 국립국어연구원에서 규정한 외래어 표기법을 따르는 것을 원칙으로 했습니다.

– 이 책에 사용된 작품들은 각 작가들의 허가를 얻어 수록했습니다. 저작권법에 의하여 한국 내에서 보호를 받는 저작물이므로 무단 전재 및 복제를 금합니다. 게재를 허가해주신 작가 분들께 깊이 감사드립니다.

그림에서
찾는
내 삶의
태도

댄디, 오늘을 살다

김홍기 지음

아트북스

들어가며

내 안의 댄디를 깨워라

행복을 조준하는 매의 눈

몽고인의 평균 시력이 4.0이라고 합니다. 허허벌판을 매의 눈으로 지켜보며 가족을 지키기 위해 살다 보니 자연스레 발전한 것이라지요. 반면 도시 생활자들의 시력은 아무리 좋아도 그 절반에 불과합니다. 먼 곳을 보기보다 근거리의 사물만을 바라보고 하늘 한 번 바라볼 여유가 없다 보니 퇴화된 것이죠. 문제는 이런 퇴화가 정신에까지 영향을 미친다는 점입니다. 항상 나를 중심으로 생각하고 나를 둘러싼 작은 행복만 추구하다보니 큰 행복을 보지 못합니다. 원래 우리 안에 있던 매의 눈을 잃어버린 것이죠. 행복의 시력을 되찾기 위해서는 뭘 해야 할까요?

우리 스스로 시야를 넓게 보려고 노력한다는 것은, 시선의 중심이 나라는 협소한 테두리를 벗어나야 한다는 것을 뜻합니다. 빈곤을 구제하고, 교육의 기회를 박탈당한 사람을 보살피고, 정치적 부당함에 저항하고, 기존의 질서가 썩어갈 때 도려낼 수 있는 용기를 내는 것이 큰 행복을 추구하는 방식입니다. 물론 이 과정에서 한 개인의 행복을 희생해서도 안 되지요. 나와 너, 우리의 행복은 맞물려 있으니까요. 매의 눈을 갖는다는 것은 삶의 면면을 정밀하게 보는 눈을 가졌다는 뜻입니다. 매의 눈을 가질 때 우리는 행복이라는 대상을 포착할 수 있고, 행복을 저해하는 요소들을 정밀 타격할 수 있습니다. 『댄디, 오늘을 살다』는 바로 앞에서 말한 '매의 눈'을 갖고 싶은 분들을 위한 책입니다.

시대를 극복하는 패션 철학

저는 이 책에서 '댄디dandy'란 개념을 여러분과 나누려고 노력했습니다. 댄디는 패션에서 멋진 옷차림, 맵시 있는 스타일을 뜻합니다. 이 댄디란 말을 더 깊이 들여다보면 '사회적 질서와 이에 상응하는 스타일에 대한 독특한 형태의 저항'이란 깊은 뜻이 담겨 있답니다.

19세기 초반 산업혁명 이후, 프랑스를 비롯한 유럽 사회에는 새로운 질서가 자리 잡히기 시작했습니다. 백화점이 탄생하고, 쇼핑에 열을 올리고, 개인의 자아를 사회에 드러내기 위해 사람들은 외양을 가꾸는 데 신경을 쓰고 스타일링 경쟁에 돌입했죠. 이때 새로운 사회 내의 신분 경쟁을 위한 자기계발서들이 우후죽순처럼 쏟아졌습니다.

쇼핑을 통해 개인의 정체성을 구매하는 오늘날 우리의 자화상이 시작된 것도 바로 이때입니다.

당시 유행이라는 체계가 사회 전반을 지배하면서 사람들은 유행의 논리에 편승하거나 무관심 혹은 냉소를 보이기도 했고 도덕적인 거부감을 드러내기도 했습니다. 오늘날 우리의 모습과 다르지 않습니다. 댄디는 바로 이때 태어납니다. 그들은 특유의 우아함으로 시대의 흐름에 휩쓸리지 않고 그 속에서도 정신의 귀족이 되는 법을 만들어 냅니다. 이때의 우아함이란 단순하게 외양의 아름다움을 뜻하는 말이 아닙니다. 우아함은 '심혈을 기울여 선택하다'라는 뜻의 동사입니다. 우아한 삶이란 곧 동사적 삶입니다. 선택이라는 행위를 통해 우리 자신의 외양과 정신을 가꾸는 일, 나아가 우리가 살고 있는 사회를 바꾸고 이를 위해 연대하는 인간이 되는 것, 이것이 진정한 댄디의 필요조건이랍니다.

댄디, 오늘을 사는 기술

저는 2009년 『하하 미술관』이란 책을 썼습니다. 아픈 마음을 낫게 하는 미술치료의 열아홉 가지 기술을 미술 감상과 연결 지어 사람들의 일그러진 마음의 자리, 상처를 치유하고 싶었던 제 소신을 담았지요. 이후 4년의 시간이 흘렀습니다. 그사이 정권이 바뀌었지만 삶의 자리가 더 나아지는 기미는 보이지 않습니다. 대학가엔 '안녕들 하신

가요'라는 제목의 대자보들이 붙기 시작했고 청년들은 자기가 처한 삶의 조건에 대해 질문하기 시작했죠. 작은 대자보가 사람들에게 공감을 얻으면서 한국 사회를 달구고 있습니다. 손글씨에 담긴 나지막한 안부를 묻는 목소리가 사람들의 마음을 움직이는 건, 우리 안에 여전히 삶을 성찰할 수 있는 힘과 행복의 시력을 되찾으려는 열망이 있기 때문일 것입니다. 응달진 삶의 자리가 커질수록 눅눅하고 누추한 자리를 비출 빛은 도처에서 태어납니다.

저는 댄디한 인간이 그 빛이 되어주길 바라는 마음에서 이 책을 썼습니다. 이 책에는 많은 국내 작가들의 그림이 실려 있습니다. 저는 그들의 작품을 통해 지금 '우리의 삶' 속에 필요한 댄디의 미덕을 불어넣고자 했습니다. 패션Fashion은 그저 옷을 잘 입는 기술이 아니라, 한 시대를 살아가는 이들의 건강한 열망Passion이니까요. 저는 국내 작가들을 사랑합니다. 그들에게서 긍정할 수 있는 삶의 조건과 공통분모가 더 많이 발견되기 때문이지요. 같은 시대를 사는 작가들의 시선에서 우리의 모습을 발견하고 싶었지요. 온갖 그림 속 역사와 배경을 공부해야 겨우 접근 가능한 서양 작가들의 그림보다 같은 공기를 마시고 밥을 먹고 동일한 노동 조건에서 일하는 그들의 그림은 그만큼 이해하기 쉽습니다. 그 속에서 또 다른 나를 볼 수 있는 가능성도 더 크죠.

개념의 옷을 '단디' 입어라

박종영의 마리오네트 연작은 사십 대에 접어들면서 급격한 신체의 변화를 느끼는 제 마음의 한구석을 콕 찔러주었고, 유진영의 그림은 가족을 만들고 꾸려가기가 참 쉽지 않음을 다시 한 번 상기시켜 주었습니다. 성연주의 작품은 유행에 휩쓸리지 않고 '나 됨'의 아름다움을 찾는 지혜를 알려주었고, 우종택의 그림은 조직 내에서 여전히 '줄'을 대느라 바쁜 사십 대 남자들의 자화상을 떠올리게 했습니다. 노종남의 그림에선 천 번을 흔들려도 어른이 되기는커녕 엄마에게 혼나는 키덜트인 저를 발견했고, 박승예의 작품에서는 인터넷에서 키보드 배틀을 벌이다가 나도 모르게 자기와 견해가 다르다는 이유로 타인들을 배제하고 공격하려는 제 안의 본성을 뒤돌아보게 되었습니다. 김현정의 그림에선 온라인에서 회자되는 '된장녀 신드롬'을 넘어 우리 시대에 필요한 쇼핑의 기술을 배울 수 있었고, 성태진의 판화 작품에서는 사회 변화를 위해 우리가 어떻게 연대하고 정치적인 지혜를 발휘해야 하는가를 생각해볼 기회를 가졌습니다.

이렇게 이 책에서는 쇼핑과 스타일, 정체성, 세련됨의 의미, 사회적 삶과 연대 등등 삶의 다양한 문제들을 정밀하게 매의 눈으로 읽고 느껴보고자 노력했습니다. 개인의 스타일을 만드는 일은 단순한 개인의 차원이 아닌 사회 전체의 미감을 표현하는 일이며, 사회의 일원으로서 책임을 다하겠다는 윤리적 의무입니다.

책을 시작하는 이 글을 빌려 마흔두 살의 삶을 환하게 채워준

34명의 작가들에게 뒤늦은 감사 인사를 올립니다. 그들의 작품 속에서 저는 정신의 겨울을 버텨낼 따스한 한 벌의 스웨터를 짰습니다. 이 책을 읽는 모든 분들이 단디(단단하게) 입고 이 시대의 한기를 이겨내시길 소망합니다. 무엇보다 개념 찬 '옷발'을 날리는 댄디가 되시길요.

2014년 1월

김홍기

차례

댄디, 현실을 직시하다

이미화, 「도시의 회화」

서울, 사는 게 참 힘들다

도시, 삶의 통증을 일으키는 우리의 고향

햇볕이 격자무늬 창 사이로 무료하게 쏟아집니다. 코발트블루 물감을 풀어놓은 듯한, 하늘빛이 산포되는 시간을 만끽하고 있습니다. 답답한 사무실을 나와 한강이 내려다보이는 야외 목조 테이블에서 글을 씁니다.

요 몇 년간 여름은 오랫동안 익숙하게 알아온 계절의 특징과는 매우 다른 모습을 보입니다. 국지성 호우가 쏟아지고 아열대기후에서나 볼 수 있는 도시 스콜이 빈번하게 모습을 드러내지요. 추석 즈음엔 거의 폭탄에 가까운 빗물이 덩어리를 이루며 떨어지기도 합니다. 이로 인한 피해가 얼마나 심각한지 반지하 주택 건설을 허락하지 않겠다는 법령까지 떨어졌습니다. 아스팔트로 도시의 피부가 숨 쉴 곳을 잃고, 생의 자맥질을 허락할 수 있는 작은 여백까지 모두 봉쇄당한 결과입니다. 1970년대 이후 근대적 도시 '서울'의 미래를 견고하게 꾸리지 않은 탓이기도 합니다. 브라질의 쿠리치바처럼 생태적 면모를 갖춘 인간의 도시를 만들기보다, 자본의 효율을 극대화한다는 대의에 혼신을 기울인 탓이지요. 도시 내 녹지란 찾아보기 어렵고 작은 쉼을 위한 공간을 마련하기도 수월치 않아, 그나마 시민공원이라 불리는 곳은 주말이면 사람 수가 수종樹種의 숫자를 능가하는 곳이 서울입니다. 이럴 때 우리는 습관적으로 '도시에 붙어먹고 사는 게 참 쉽지 않다'라는 푸념을 늘어놓지요.

도시 속 인간, 여덟 개의 표정을 그리다

도시라는 비정한 공간에서, 인간이 품는 감정은 대개 여덟 가지 정도로 압축됩니다. 묵인과 타협, 투쟁과 저항, 냉소와 회의, 관조와 화해입니다. 이러한 태도는 인간의 생존 방식이자, 자신을 둘러싼 풍경을 바라보는 시선의 빛깔입니다. 묵인과 타협은 비겁하게 세계를 살아가는 타락한 자아의 삶의 방식이고, 투쟁과 저항은 기존의 질서를 뒤엎고 새로운 인간의 집을 지으려는 저항의 징후입니다. 냉소와 회의는 흔히 '쿨하다'라고 표현되는 우리 시대의 정서입니다만, 결국 별개의 존재인 나와 너, 서로 섞일 수 없음에 대한 감정을 표현한 것일 뿐입니다.

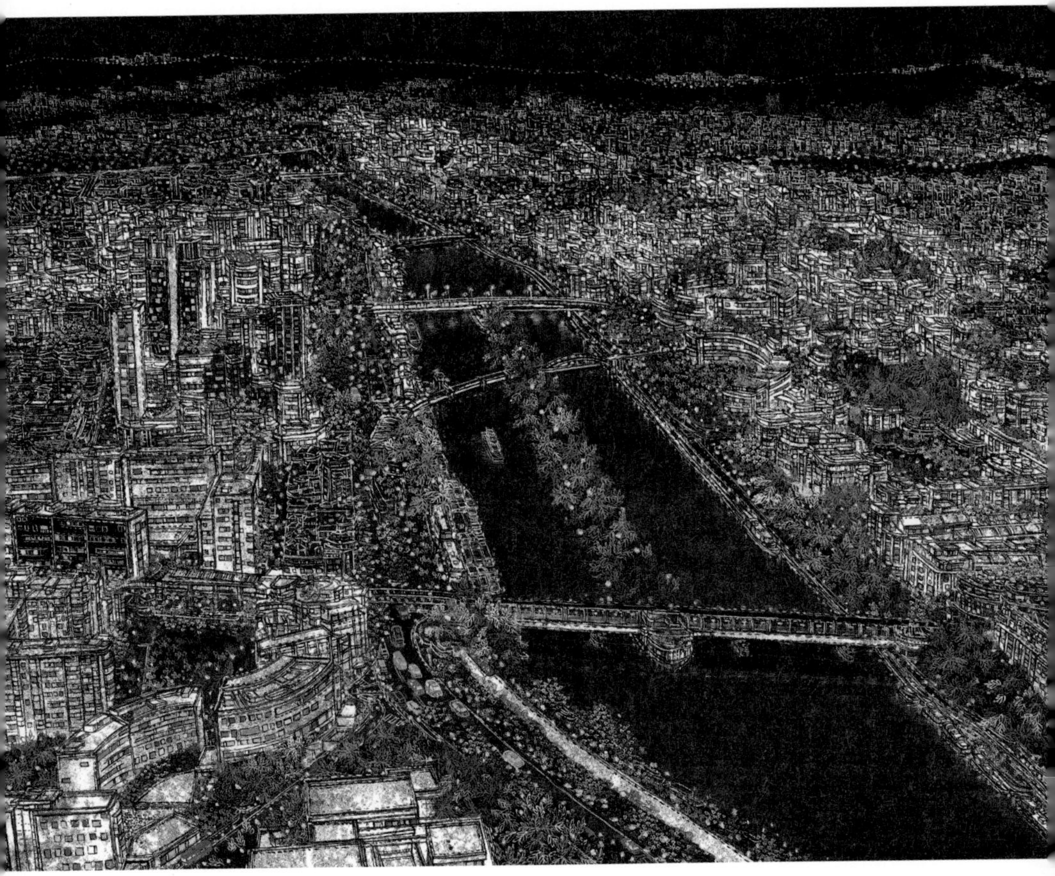

이미화, 「도시의 회화」

이제 읽어보려는 이미화의 도시 풍경화는 바로 비판과 관조, 냉소, 화해가 돌올하게 서로 얽혀 있습니다. 한 가지 생각의 무늬만으로 직조하기엔, 붉은색과 푸른색, 검은색의 화면을 가득 메운 도시는 도식화를 거부한 채 도도하게 우리 앞에 서 있습니다. 그것도 아주 우뚝.

베르톨트 브레히트는 「서정시를 쓰기 힘든 시대」라는 시에서 "마당의 구부러진 나무가 토질 나쁜 땅을 가리키고 있다. 그러나 지나가는 사람들은 으레 나무를 못생겼다 욕한다"라고 일갈합니다. 도시 서울 속 인간의 면모가 더욱 거칠고 폭력적인 성향을 띠는 건 우리 인간의 본질이 나빠서일까요, 아니면 도시라는 태생적 토양 때문일까요. 의문을 던질 수밖에 없습니다. 살인을 비롯한 흉악범죄 발생 비율도 서울이 가장 높지요. 물론 인구밀도를 고려해야겠지만 아무리 그렇다 해도 지금의 서울은 정말이지 흉폭한 곳입니다.

인간은 왜 풍경을 그리워하는가

자, 이제 또 다른 풍경에 대해 생각해봅니다. 영국 근대회화 전시회에 다녀온 적이 있습니다. 19세기 중후반, 영국 최고의 풍경화가였던 윌리엄 터너와 그의 영향을 받았던 프랑스 인상주의에 이르는 작품들이 갤러리의 황갈색 벽면을 배경으로 촘촘히 걸려 있더군요. 신화와 역사를 회화 소재의 지고선으로 삼았던 서구에서는 언제부터 풍경이 그려지기 시작했을까요?

한국을 포함한 동양에서도 산수화라는 형태를 빌려 자연을 묘사해왔습니다만, 서양의 풍경화와는 큰 차이가 있지요. 동양과 서양의 자연은 그 의미부터가 다릅니다. 동양의 산수란 결국 자연을 바라보는 주체의 마음 상태, 수련의 정도를 투영하는 매개였습니다. 여기에 반해 서구의 풍경화란 정복해야 할 대상을 기록하려는 목적을 갖고 있었죠. 신화 그림과 초상화를 주문 받아 생계를 꾸려가던 화가들은 일종의 휴식처럼 풍경의 질감을 그리며 스트레스를 풀기도 했습니다. 일종의 정신적 도피였던 셈입니다. 특히 19세기 중반 낭만주의 시대에 접어들면서 풍경은 주요한 회화 장르로 등극합니다. 여기엔 많은 이유들이 있겠지만, 무엇보다 본격적으로 시작된 산업화와 정치적 격변 속에서, 애써 현실에 눈을 감고 목가적 풍경에 마음을 맡긴 탓이지요.

동서양의 구분이 더 이상 유효하지 않은 요즘, 이미화의 그림에 등장하는 다종다양한 건물로 가득한 도시의 풍경은 모든 메트로폴리탄의 속성이기도 합니다. 이미화의 그림 속 도시의 모습에는 화려한 외관과 이면의 공허가 녹아 있습니다. 도시의 화려함은 은박이라는 소재를 통해 드러납니다. 은박은 화면에서 재료의 물성을 통해 시각적인 효과와 함께 평면성, 그리고 이미지로서 의미를 드러내지요. 은박과 함께 면面을 구성하는 것은 빨강과 검정, 파랑 세 계열의 색色입니다. 전통적인 산수화가 선線을 중심으로 사유의 폭을 옮겼다면 이미화의 그림은 색을 통해 도시를 이야기합니다. 색은 하나의 유기체로 얽혀 있는 도시의 단면을 표현하는 방법입니다. 건물들의 실루엣은 비록

이미화, 「도시의 회화」

이미화, 「도시의 회화」

엇비슷하지만 서로의 색을 닮아가며 퍼집니다. 이렇게 하나의 색이 도시 전체를 아우르며 전통 산수화의 여백 같은 효과를 내는 것이죠. 예전 산수화에선 수묵 빛 어둠이 화선지에 스며들었다면 그녀의 그림에선 화려한 색의 향연이 도시 전반에 스며듭니다. 다행입니다. 그나마 도시 속 인간들의 내면까지 우울한 색으로 채색되지 않아서 말입니다.

우리가 꿈꾸는 도시의 색깔

도시 역사학자인 조엘 코트킨은 "장소의 신성, 안전을 제공하고 권력을 발산할 수 있는 능력, 도시에 활력을 주는 통상의 역할, 이 요소들이 도시의 총체적인 건강을 결정해왔다. 이 요소들이 존재하는 곳에서 도시 문화는 번성한다. 이 요소들이 약해질 때 도시는 흩어지고 결국은 역사에서 퇴장한다"라고 주장합니다. 고대 메소포타미아에서 현대의 메트로폴리스까지 문명의 시금석이었던 도시의 명멸을 설명하는 요소들을 되새겨볼 필요가 있습니다. 언제부터인가 도시는 자본의 축적 정도에 따라 장소를 나누어 신성을 부여하고 있습니다. 신체적 안전뿐만 아니라, 정서적 안정을 위한 장치도 같은 도시 내에서 서로 나뉘고 있지요. 그 안에서 개인은 자신의 꿈을, 권력을 발산할 수 있는 능력을 발휘하기가 점점 더 어려워지고 있죠. 우리의 서울은 어디에 서 있을까요? 이미화의 그림을 보면서 자꾸 머릿속으로 파고드는 생각입니다.

홍찬일, 「현대인의 자화상 3—과로 빌딩」

당신은 지금 어디로 향하고 있습니까?

큐비클, 내 영혼을 가둔 어둠의 방

오늘도 야근을 해야 할 판입니다. 밀린 기획안을 보강해 이사진 앞에서 발표를 해야 하거든요. 머그잔에 커피를 가득 부어 책상 위에 올려놓은 후, 지인인 큐레이터가 보내준 작품 이미지를 보고 있습니다. (밀도 깊은 일을 하기 전에 꼭 시각적인 이미지를 보면서 결심을 굳히는 버릇은 회사 생활 14년이 넘은 지금도 여전합니다.) 홍찬일이란 작가가 만든 '현대인의 자화상'이라는 제목의 구상 작품들입니다. 머리가 아플 때는 선과 색이 분명하고 한눈에 대상을 알아볼 수 있는 구상 작품들을 봅니다. 그만큼 나 자신에 대한 생각 하나만으로도 버겁다는 방증이겠죠.

작가의 작품을 자세히 보니 금속 프레임을 이용해 거대한 건물

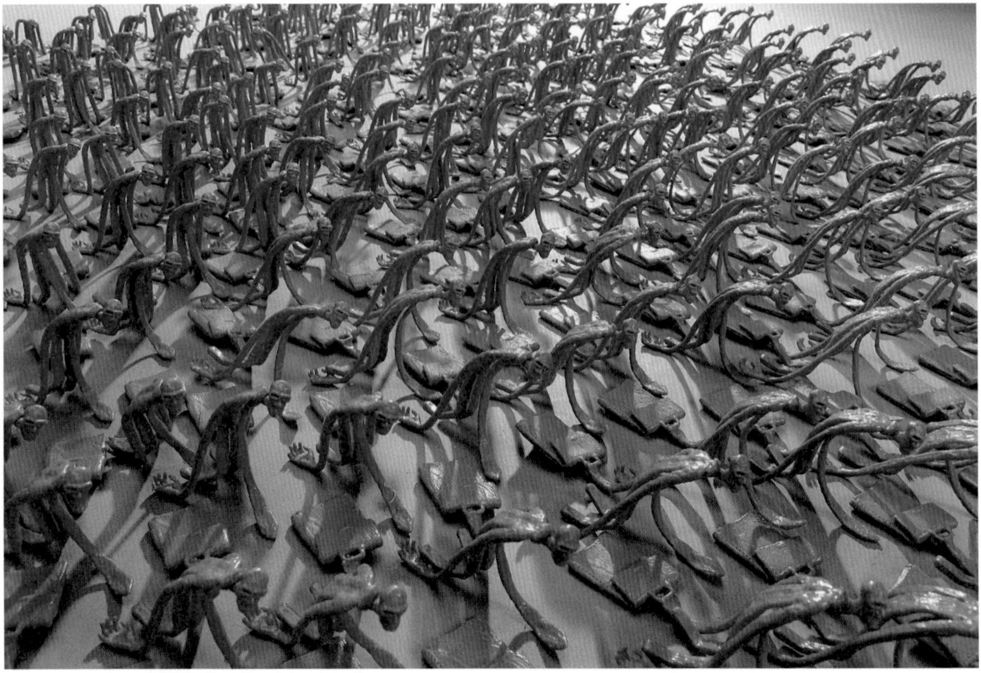

홍찬일, 「현대인의 자화상 20—러시아워」

의 구조를 만들고 그 속에 하나같이 같은 동작으로 일에 열중하고 있는 사람들의 모습을 담았습니다. 구조물 표면을 덮어줄 외피가 없으니, 사무실에서 일하는 사람들의 표정과 몸짓은 관람객들에게 무차별로 공개되어 있죠. 서류 가방을 질질 끌고 사무실로 나서는 직장인들의 움직임은 마치 매스게임 같습니다. 자신만의 공간에 갇혀 또 다른 이들과 사슬로 연결되어 있는 모습은 또 어떤가요?

작품이 보여주는 세계는 사실 지금 우리들의 모습을 담고 있습니다. 제겐 금속 프레임은 건물의 외벽 같아 보이기도 하고, 한편으로는 사무실 내의 동료들과 나를 구분하는 칸막이, 큐비클cubicle처럼 보이기도 했습니다. '큐비클'의 라틴어 어원은 작은 침대 방을 뜻하는 cubiculum입니다. 폭 1.5미터의 큐비클, 파티션을 쳐서 노동자 한 명에게 만들어준 한 평의 땅입니다. 원래 큐비클이 등장한 것은 1960년입니다. 후기자본주의는 모든 사무용품의 표준화를 심화시켰고 조립을 쉽게 할 수 있도록 모든 부품을 모듈로 변화시켰습니다. 당시 가구업체였던 허먼 밀러사社는 미국 모더니즘 디자인의 거장이었던 조지 넬슨의 감독하에 조직의 목표에 최적화된 인간과 그들을 위한 디자인에 몰두하게 되었는데요, 그 노력의 산물로 등장한 것이 큐비클입니다. 당시 수학자와 인류학자, 행동공학자들이 함께 고안해, 군집 생활을 하며 최대의 효율을 달성하는 벌집 형태의 배치 공간 속에 개인을 위치시킨 것이지요. 이 큐비클은 개인주의와 팀을 통한 협력이라는, 상충하는 삶의 진실을 모순적으로 보여주는 일종의 은유입니다.

스킬라와 칼립디스, 현대인의 초상을 생각하다

영어에 '스킬라와 칼립디스 사이between Scylla and Charybdis'란 표현이 있습니다. 진퇴양난이란 뜻인데요. 이 스킬라와 칼립디스는 고대 그리스 대서사시 『오디세이아』에 나오는 바다 괴물들입니다. 한쪽은 소용돌이를 일으키는 괴물, 또 한쪽은 날카로운 이빨을 가진 바다 괴물이죠. 어느 쪽을 택하건 위험하기는 매한가지입니다. 절대악이냐 혹은 차악이냐의 차이일 뿐이지요. 홍찬일의 구상 작품 속 현대인의 초상에는 이 스킬라와 칼립디스의 공포 속에 갇혀 어쩌지 못하는 현대인의 면모들이 녹아 있습니다.

2009년 기준으로 한국의 연간 평균 노동시간은 2,232시간입니다. 유럽은 1,560시간입니다. 일상의 풍경을 일러스트적인 구상 작업으로 표현한 '심각하지 않게' 읽어낼 수 있는 작품 앞에서, 심드렁한 느낌이 드는 건 왜일까요? 일과 조직을 둘러싼 풍경이 바로 우리 안팎에서 일어나고 있기 때문입니다.

세계적인 조직행동학자인 찰스 핸디는 『텅 빈 레인코트』(21세기북스, 2009)란 책에서 현대인이 직면한 아홉 가지 역설적 상황에 대해 이야기합니다. 그중에서 조직을 둘러싼 역설적 상황 이야기는 곱씹어볼 부분이 많습니다. 조직은 비생산적인 노동과 사람들을 가능한 한 퇴출시킴으로써 효율성을 키워왔습니다. 조직은 얼마 남지 않은 잉여 노동력과 역량을 만일의 상황에 대비한 완충장치로서 조직 내에 보유하기보다 밖으로 내보낸 다음 필요할 때면 끌어다 쓰는 경영전략을

홍찬일, 「현대인의 자화상—동료의식」

채택합니다. 이를 두고 신자유주의 정책에 찬성인 사람들은 '조직을 침체시키는 요소를 제거했다'라고 주장하고, 반대하는 사람들은 '노동시장의 불안감을 주변부까지 확산시켰다'라고 비난합니다.

홍찬일 작가의 「동료의식」이란 작품을 보세요. 프레임은 하나같이 성공의 사다리처럼 보이지만, 실상은 철저하게 '서로에게 선을 긋는' 격자무늬로 되어 있습니다. 그 속에서 넥타이를 맨 남자들이 아크로바트를 하지요. 제겐 저들의 넥타이가 발기한 성기로 보이기도 했습니다. 거리 구석구석을 메우고 있는 폐쇄회로 TV는 이제 조직 속으로 들어와 인간의 행동 하나하나를 간섭하고 구속합니다. 그 속에서 벌어지는 동료들과의 경쟁은 요즘 한국 사회를 떠들썩하게 하는 '서바이벌 프로그램'을 닮았습니다. 「나는 직장인이다」라는 제목을 붙여야 할까 봅니다. 붉은 핏빛으로 채색된 사무실의 모습, 그 아래에서 추락한 인간의 잔해들이 안개처럼 피어오릅니다. 은근히 소름이 돋습니다.

생의 주름을 접는 시간

경영학자들은 미래의 조직 형태를 '사안별로 모이는 프로젝트 연합체'가 될 것이라고 예언합니다. 지금도 이런 변화의 조짐은 충분히 보이고 있지요. 조직은 더 이상 평생을 거주할 수 있는 궁전이 아닌, 회원제로 운영되는 콘도미니엄의 형태가 된다는 것이지요. 작가가 청색 블록으로 지은 「불안정한 사무실」은 관객들이 직접 무너진 블록

홍찬일, 「현대인의 자화상 19—불안정한 사무실」

을 다시 쌓을 수 있게 만들었습니다. 개인이 자신의 과업과 목적에 따라 접었다 펴서 자신만의 큐비클 공간을 새롭게 디자인할 수 있듯, 우리의 사무실도 비슷한 성격의 공간이 되어가는 것이죠.

급한 마케팅 보고서 하나를 정리하고선 회사 옥상으로 올라갑니다. 요즘 텃밭을 가꾸는 재미로 살고 있거든요. 배추애벌레가 초록빛 잎사귀의 표면을 지나갑니다. 유연하게 자신의 몸을 꼬물꼬물 접었다 폈다 반복하며 앞으로 나아가는 애벌레. 촘촘하게 박힌 섬모와 수백 겹의 주름이 접혀 있는 애벌레의 몸을 자세히 들여다봤습니다. 한 뼘의 공간을 관통하기 위해 애벌레는 반복되는 생의 무게에 인이 박혔을 몸을 끌어당기고 밀어올립니다. 하늘과 초록빛 이파리, 그 사이를 중재하며 전진하는 애벌레의 주름에서, 생명의 힘을 느낍니다. 흔히 주름을 낡고 쇠락하고 오래된 것들의 상징처럼 이야기하지만, 애벌레의 주름은 바로 생의 원동력에 다름 아닙니다. 주름이 생기는 건, 우리가 움직이고 있다는 증거입니다. 뼈마디가 연결된 부위에는 필연적으로 주름이 생길 수밖에 없습니다. 인간의 신체를 통해 만들어진 주름은 옷에 아름다움과 존엄을 부여하는 기능을 합니다. 값비싼 의상일수록 신체와 직물이 맞물려 만들어내는 자연스런 주름을 옷의 미적 요소로 이용하는 건 '주름'에 담긴 찬연한 긍정의 힘 때문입니다.

글을 쓰다 보니 작가나 작품 소개가 아닌 경영 에세이처럼 되어버렸습니다. 글을 쓰는 지금도 마음속엔 답답한 앙금이 많다는 방증이 아닐까 싶은데요. 언제 시작했나 싶었던 한 해도 끝을 향해 가고 있고,

곧 연봉 협상과 재계약 문제가 다가오겠죠. 세월의 흐름을 포착하거나 잡는 일은 이제 포기한 지 오래입니다. 다만 오늘도 저를 둘러싼 이 좁은 큐비클 속에서, 홍찬일 작가의 작품을 보며 한 뼘씩 한 뼘씩, 생의 진득한 주름의 힘을 펼쳐 나아가고 싶은 마음뿐입니다.

유진영, 「어서 오세요」

남자 마흔, 뽀로로보다 못한 내 인생

당신의 가족은 안전하십니까?

마흔, 생의 후반전을 시작해야 하는 변곡점에 도달한 요즘, 자꾸 저도 모르게 페이스북으로 친구들의 근황을 묻는 습관이 생겼습니다. 친구들의 페이스북은 양육에 관한 이야기가 대부분입니다. 아이들에겐 부모의 부재를 채우는 '뽀통령'(뽀로로의 애칭)이 최고의 영웅이지요. 함께해주는 시간이 그 어느 때보다 줄어든 요즘, 부모 노릇하기가 쉽지 않습니다. 시민단체들이 마련한 '좋은 아빠 되기' 프로그램은 넘쳐나지만, 실상은 이론과 실천 사이의 괴리로 가득합니다. 미혼 시절에는 결혼만 하면 좋은 가정이, 가족 공동체가 절로 만들어지는 줄 알았는데, 살아보니 이게 아닙니다.

가족의 탄생, 그 힘든 시간의 흔적들

유진영의 개인전 〈어서 오세요/어서 가세요〉전은 현대의 가족을 다뤘습니다. 최근 들어 한국 사회에서도 가족 해체에 대한 다양한 논의들이 이루어지고 있고, 전통적 개념의 가족 개념은 점점 더 희박해져가고 있지요. 작가는 사람들의 은신처인 집을 배경으로 가족의 진실과 허상을 그려낸 작품을 선보입니다. 가정이란 울타리 속으로 작품세계를 이동시켜, 가정이라는 극히 제한된 공간에서 일어나는 일상을 통해 가족의 내면을 심도 깊게 들여다보는 것이죠. 전시가 열렸던 갤러리도 일반 가정집을 개조한 곳이었는데요. '집'이라는 콘셉트에 맞게 이 전시는 3부로 나뉘어 각각의 집에서 손님을 맞이하는 가족들의 상황을 표현했습니다.

명절 때 찾아오는 손님과 친지 들, 그들에게 화목한 가정의 이미지를 보이기 위해, 사람들은 서로에게 가진 감정의 응어리들을 억압하며 누르지요. 그런 모습이 투명한 유리 조각에 덧입혀진 화려한 꽃무늬를 통해 오히려 아이러니하게 나타납니다. 유진영의 조형에는 하나같이 화려한 꽃무늬가 새겨 있습니다. 그것은 각 인물들의 의상과 실내장식, 커튼 등으로 다양하게 나타나는데요. 이 꽃무늬가 유려하기보다는 뭔가 자신을 속이는 가면의 역할을 하고, 자신의 감정을 숨기는 매체로 사용된다는 점에서 전체적인 느낌은 매우 암울합니다. 하긴 고등학교 시절, 추석 전후로 엄마와 감정싸움을 벌인 적이 있었는데요. 엄마의 이야기는 친척들 앞에서 이상한 말을 하지 말라는 것이었

유진영, 「위장 가족」

습니다. 사실 이런 일들은 자녀들의 성장통을 경험해야 하는 가족들에겐 익숙한 정서적 풍경이지요.

나는 뽀통령의 아빠다

일본의 저명한 정신과 의사인 사이토 사토루의 『아버지가 변해야 가족이 행복하다』(종문화사, 2007)란 책을 읽었습니다. 다른 전문가들보다 유독 일본 학자의 글에 끌렸던 것은 한국과 일본 사이에 뭐라 딱 집어서 설명할 수 없는 공통점이 존재한다고 느꼈기 때문입니다. 학교에서 성장하는 과정과 어른들과 아이들의 상호 소통 방식, 기존 질서에 대한 저항감의 표출 등…… 또 하라주쿠로 대표되는 패션의 하위문화는 조금만 지나면 한국에 그대로 수입되지요.

그들과 우리는 이상하리만치 닮은 점이 많습니다. 그래서인지 사회병리학적인 징후들도 비슷합니다. 폭식하는 엄마와 알코올중독에 빠진 아빠, 거식증, 과도한 가족 의존증 등 요즘 한국 사회에서 부상하는 정신의 습속들은 일본과 우리의 공통점인 '초경쟁'과 '집단주의' 문화에서 기인하는 듯합니다. 이 과정에서 부모는 철저하게 자식들에게 강자의 논리만 관철시켜, 약해 빠지면 사회에서 도태된다는 신조로 아이들을 키우고 있죠.

사이토 사토루 박사는 부모의 기능에는 크게 세 가지가 있다고 지적합니다. 자식을 품에 안는 홀딩Holding 작업, 자식들의 행동에 한계

유진영, 「위장 가족」의 세부

를 설정하고 욕구불만 상태를 인위적으로 일으키는 리미트 세팅Limit Setting, 마지막으로 자식을 떼어놓는 디태치먼트Detachment, 감정적 거리 두기가 그것입니다.

흔히 '자식을 기른다'라고 하면 첫 번째 기능에 치중하기 마련이지요. 문제는 이 첫 번째조차도 이 땅의 아빠들은 아내들에게 모든 걸 맡겨버리곤 한다는 것입니다. 이 홀딩 작업의 핵심은 아이를 아내가 껴안고, 그 아내를 아빠가 뒤에서 껴안아주는 일이란 것을 잊지 않는 데 있습니다. 엄마가 건강한 자기애를 충족시킬 수 있도록, 자신감 있는 엄마가 되도록 지탱해주는 존재로서 남편, 아내에게 정서적 지원을 해주는 아빠가 되는 것이 관건이지요.

두 번째로 한계 설정이 필요합니다. 페이스북으로 만난 친구들의 근황에는 온통 아들/딸이 뽀로로 앞에서 경배하는 모습, 땡글땡글한 눈망울을 굴리며 비디오를 보는 모습 등이 올라오지요. 아이들과 친하게 놀아주는 아빠도 좋지만, 이제 그만 '밥 먹을 시간이다' 혹은 '자러 가야지'라고 엄마가 말하는데, 여기다 대고 '괜찮다'고 말하는 아빠는 빵점이라고 사토루 박사는 말합니다. 부부 사이가 나쁘더라도, 이 경우 아빠는 엄마를 지지하는 것, 이것이 제대로 된 양육의 전략이라고 밝히고 있습니다. 한계를 설정할 때, 아이는 자신의 우군을 만들기 위해 부모 중 한쪽을 이용하는 법을 포기하게 된다고 하지요.

마지막 단계는 자식에게 헌신하는 엄마의 열정에서 아이를 떼어놓는 일입니다. 아이가 사춘기에 접어들면 아빠의 역할은 다시 중요한 국면을 맞게 되죠. 언제부터인가 한국 사회에서 권위주의란 말과 권위란 단어가 혼동되면서, 사회적 부성에 대한 인식이 흐려졌습니다. 친구 같은 아빠가 최고인 듯했지만 이 또한 정답은 아니었다는 것이죠. 부모는 자녀의 욕망을 일정 정도 억제할 수 있어야 하고 부부가 함께 아이를 보호하고 역할을 전략적으로 분배해야 합니다. 이것이 가장 완벽한 부모의 상이랍니다.

우리 가족은 안전합니다

다시 유진영의 작품으로 돌아옵니다. 감정을 억제하며 친척들 앞에서 거짓 웃음을 짓는 사람들. 영어에서도 화려한 건물의 외관을 의미하는 파사드facade란 단어는 프랑스어로 '얼굴'을 뜻하는 17세기 단어에서 유래되었다고 하죠. 여기엔 제2의 의미가 담겨 있는데요, 바로 '감정을 숨기는 행동'이란 뜻입니다.

요즘 40대 남자에 대한 생각을 글로 풀어가면서 친구들에게 다양한 멘토링을 받고 있습니다. 이론에만 머물고 싶지 않기 때문이지요. 가족은 한마디로 규정하기 힘든, '인간이 만든 가장 복잡한 조직'이란 생각이 듭니다. 저 스스로 기업의 조직 설계를 전공했고, 조직과 부서 간의 소통과 변화 관리 등 다양한 화두를 놓고 머리를 굴려봤지만, 가족은 일단 제3자의 위치에 놓고 객관성이란 렌즈를 관통해서 보기 어렵더라고요. 그래도 참 애매모호한 이 가족의 실체, 그들이 억누

유진영, 「위장 가족」

르고 있는 가족 간의 상처와 감정에 대해 미술작품을 통해 살펴봤습니다. 당신의 가족은 어떻습니까?

박종영, 「마리오네트 8」

섹스리스가 된 너에게

여자보다 인형이 좋은 너에게

친구에게 전화가 왔습니다. "이혼 마무리했다." 친구는 짧게 끊어 말했습니다. 힘들게 연애해서 결혼에 골인한 커플인데 안타까웠죠. 제 친구는 4년간 섹스리스 커플로 살았다고 하더군요. 사람이 헤어지는 데 별별 이유가 다 있겠지만, 섹스가 적지 않은 영향을 미친다는 걸 새삼 확인하게 되는 계기였습니다. 40대에 접어들면서 몸의 탄력이나 회복력이 예전 같지 않다는 걸 새삼 느끼는 차라, 친구의 이혼은 저로서는 많은 생각에 잠기게 하는 사건이었습니다. 꿀꿀한 기분을 뒤로 한 채 인사동으로 나갔습니다. 나무로 만든 구체관절 인형을 선보인 전시장에 들어갔는데요. 홍송과 미송을 조각해 만든 인형은 무표정의 가면을 쓰고, 인간을 맞이합니다.

작가 박종영이 제작한 마리오네트는 요즘 인기를 끄는 구체관절 인형입니다. 눈을 깜빡이는 건 기본이고 인간과 같은 구체관절을 갖고 있어서, 인형을 소유한 사람 마음대로 인형의 몸을 꺾어 자태를 빚어낼 수 있습니다. 무표정한 인형을 보면서 내 안에서 '말하고 싶지 않아서 회피하는' 어떤 것을 발견했던 것은 아닌지 궁금했습니다.

예전 사회 초년생 시절, 유럽 출장을 갔을 때 흔히 말하는 섹스숍에 들른 적이 있습니다. 지금이야 별 신기할 게 없지만, 당시 눈에 들어온 다양한 성기구들로 가득한 가게 풍경은 신기 그 자체였습니다. 자위기구의 다종다양함도 놀라웠지만, 눈길을 끌었던 것은 섹스 토이라 불리는 인형이었는데요. '도대체 저런 걸 사는 사람들은 누굴까?' 라고 자문하면서도 실 구매자들이 있다는 점에 놀랐습니다. '저거 살 돈이면 그냥 연애를 할 것이지' 하면서 혀를 차보기도 했죠.

당신의 섹스와 작별하라

한국에도 온라인으로 섹스 토이가 판매되고 있습니다. 섹스 토이에 사람의 혼이 들어가 생활하는 이야기는 영화에서 자주 써먹어서 진부할 정도죠. 성적 판타지를 만들어내는 데 인형만큼 안성맞춤인 게 있을까요? 여기에서 질문을 던져야 합니다. 인간은 왜 인형을 만들었을까요? 인형은 자신을 닮아줬으면 하는 마음을 투사하기 위해 만든 사물입니다. 아내와 사랑을 나누기보다, 포르노를 보면서 자위를 하는

박종영, 「마리오네트 8」의 세부

남편들이 늘고 있다죠. 섹스 토이를 사용하는 남자들의 심리는 과연 무엇일까요? 여기엔 여성에게 다가가지 못하는 좌절된 마음이 담겨 있습니다. 한편으론 성적 환상과 관련된 죄의식과 터부를 인형에게 투사하기 위함이 아닐까 생각해봅니다.

인류가 일부일처제의 토대를 만든 것은 400만 년 전 인간이 직립보행을 하면서부터입니다. 네 발로 걷던 인류가 직립보행을 하면서 성행위에 변화가 일어나는데요, 냄새 맡던 동물에서 시선을 교환하는 동물로 전환된 것이죠. 서로의 눈을 보면서 화학작용이 일어났겠죠. 영어에서 응시gaze란 단어가 '욕망을 품은 시선'이란 뜻인 건 이런 이유에서입니다.

남자의 경우 결혼 6~9년 차에 접어들면 나이에 상관없이 고정된 파트너에게 성적 매력을 느끼지 못하고, 여자의 경우, 그렇게 되는데 10년 정도가 걸린답니다. 결국 섹스를 촉발시키는 시각적 매력이 무뎌지면 '새로움'을 추구하려는 인간의 욕망은 고정된 파트너 외의 상대를 찾게 됩니다. 마흔이 넘어가면서 젊은 날 섹스를 대할 때와는 다른 문법이 필요하다는 생각을 해봅니다. 섹스와 관련된 예전의 기억과 작별할 필요가 생긴 것이죠. 특히 성기 중심적인 사고를 버려야 합니다. 이를 위해 내 몸의 기억을 포맷할 필요가 있습니다. 성관계를 맺을 때, 서로의 몸을 더듬고 성기를 쓰다듬을 때, 그 몸은 생물학적 실체가 아닌 인간의 실존적 삶 자체여야 합니다. 성기 중심적인 사고가 지배하는 섹스는 성행위의 최종적인 목표인 자유를 구속합니다.

에로티즘을 사유한 철학자 조르주 바타유는 "에로티즘에는 유혹과 공포, 긍정과 부정의 엇갈림이 있고 이런 점 때문에 인간의 에로티즘은 동물의 성행위와 구분된다"라고 말합니다. 에로티즘은 인간을 인간이게끔 만드는 하나의 특질입니다. 섹스를 할 때는 친밀감 외에도 질투, 증오, 분노, 타인을 지배하고 싶은 욕구, 독점욕과 같은 감정들이 함께 쏟아져 나옵니다. 하지만 서로의 몸을 더듬을 때 이런 다양한 측면이 융합되며 폭력적 감정이 배설되고 와해됩니다. 우리에게 섹스는 단순한 희열의 장이 아닌, 몸속 깊이 내재된 감각을 일깨우는 행위입니다. 우리가 실존적인 인간으로 살아가기 위해 섹스를 포기해서는 안 되는 이유입니다.

무감각한 섹스는 범죄다

현대 사회에서 수많은 감각의 포화 속에 둘러싸여, 우리의 감각은 무뎌지기만 합니다. 제가 이번 책에서 후각과 촉각, 시각 등 다양한 감각을 건드리는 내용의 미술작품을 소개하고 글을 쓴 이유는 다른 데 있지 않습니다. 우리의 감각을 벼리고, 날것의 감성을 유지하고 싶었기 때문입니다. 철학자 이희원은 『무감각은 범죄다』(이루, 2009)에서 진정한 오르가즘을 찾아야 하는 이유는 '무감각한 존재가 되지 않기 위해서'라고 합니다. 무감각한 인간이 왜 그 자체로 범죄인지, 그는 다음과 같이 정리합니다.

박종영, 「마리오네트 8」의 세부

첫째, 무감각한 사람은 타인의 고통에 전혀 개의치 않는다. 즉 무감각한 인간은 양보나 희생을 모르며 모든 사람이 자기를 위해 희생하는 건 당연하다고 생각하며 타인의 욕구를 위해 자기욕구를 통제하거나 조절하지 않기 때문이다.

두 번째, 자신의 욕구를 솔직하게 표현할 용기가 없는 사람들은 자신의 욕구를 관철시키기 위해 도덕적인 위장을 비롯한 허위 이데올로기를 동원한다.

세 번째, 무감각은 지배 이데올로기가 기능하기 위한 토대다. 무감각한 인간들은 지배자의 위치에 설 때 언제나 삶의 끔찍함을 '선함과 아름다움의 이데올로기'로 포장한다. 사회구조적 문제로 유발되는 고통과 분노를 '견딤과 관용의 허위의식'으로 무마하려는 시도는 언제나 각 사회 구성원의 무감각을 마련해놓는 치밀함을 보여준다.

저는 그의 글을 읽을 때 소름이 끼쳤습니다. 힐링과 자기계발이 삶을 지배하는 세상의 이면에는, 점차 감각을 잃어가는 우리가 있습니다. 자기계발이 종교가 된 시대, 그 속엔 더 이상의 성장을 기대하거나 돌파구를 가질 수 없도록 촘촘히 그물을 친 사회의 내면이 있습니다. 입으로 힐링을 이야기하지만 '견딤과 관용의 허위의식'을 퍼뜨리는 자칭 '힐링 강사'들이 연일 매체에 등장해 우리에게 거짓 위안과 꿈을 심습니다. 이 속에서 살아가려면 우리는 더욱 감각적인 존재가 되어야

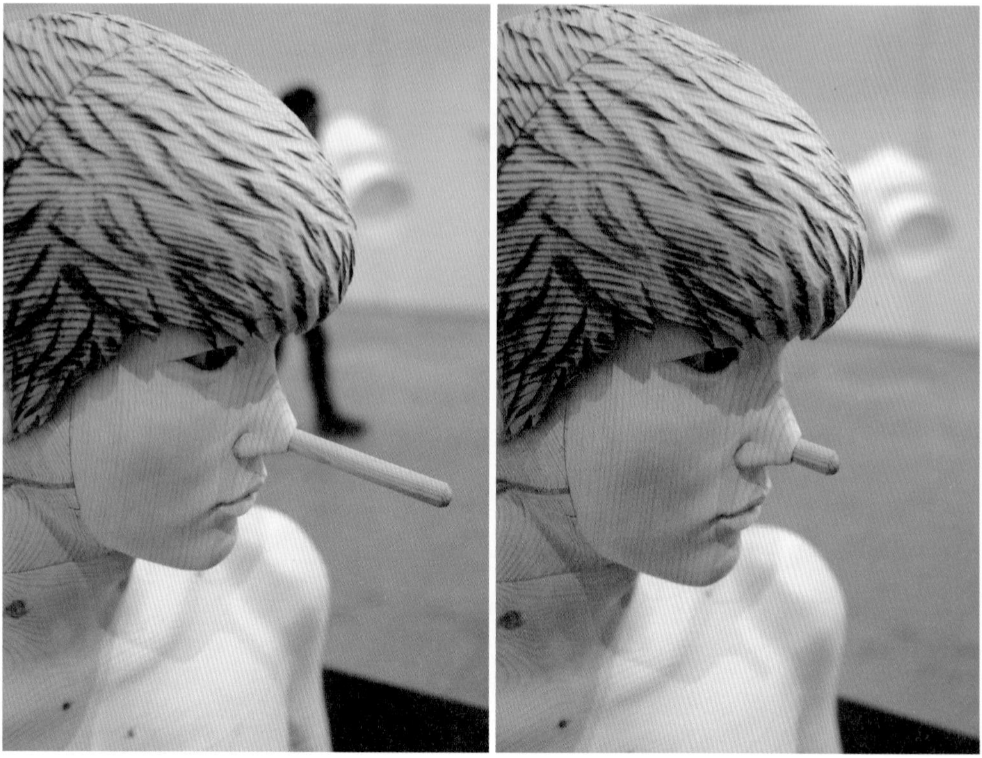

박종영, 「피노키오-아담」

합니다. 몸에 누적된 각질을 벗기고, 익숙해져버린 몸의 관행을 부숴야 합니다. 우리의 몸과 작별해야 합니다.

지을 작, 헤어질 별, 작별作別은 그저 떠나보내고, 흘려보냄을 의미하지 않습니다. 철저하게 내가 주체가 되어 헤어질 준비를 하는 것입니다. 타인의 몸을 더듬고 껴안고 빨고 삽입하던 내 몸의 기억들을 다시 만들어야 합니다. 사랑을 나누는 순간의 기억을 거짓으로 포장해선 안 됩니다. 피노키오는 거짓말을 할 때마다 한 뼘씩 코가 길어지지만, 우리의 섹스는 거짓말을 할 때마다 그와 나 사이의 거리감을 한 뼘씩 늘어나게 합니다. 타인의 아픔과 신음을 들을 수 있고, 언제든 스프링처럼 되튀어 기성의 벽에 부딪칠 수 있는 몸을 가져야 합니다. 이것이 진정 댄디의 육체입니다. 감각적으로 사랑하세요. 나를 둘러싼 모든 것들과.

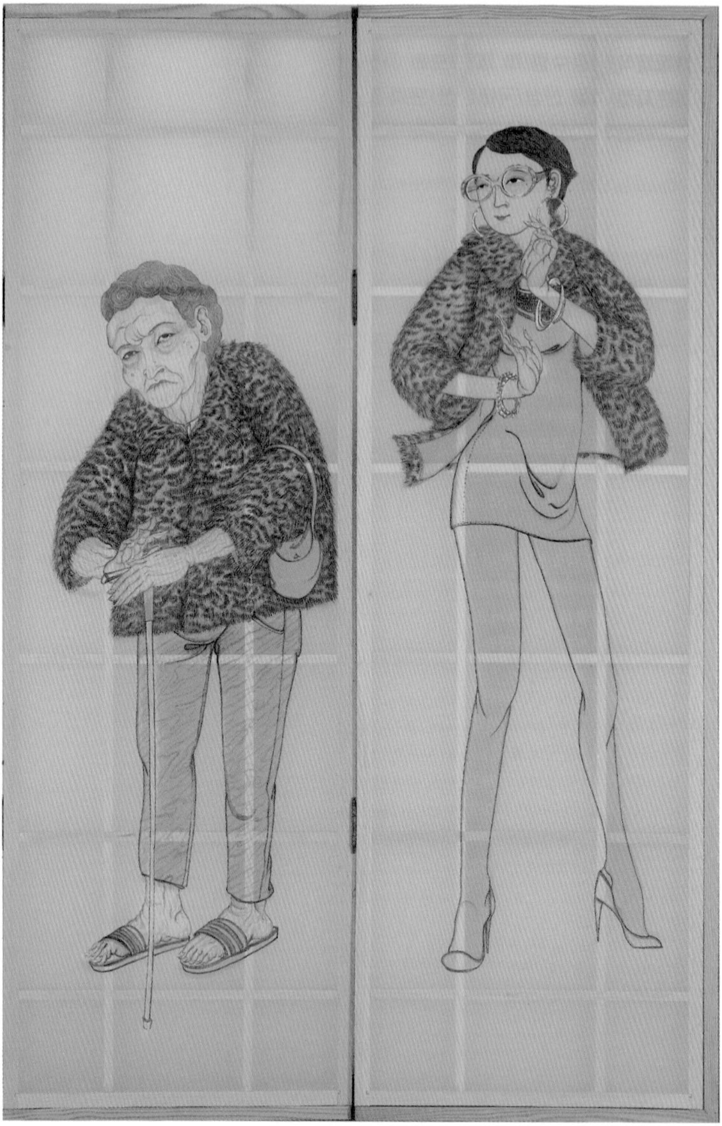

김태연, 「지름신 팔 폭 병풍도」의 일부

내 아내가 결혼했다, 홈쇼핑과

갈라 팬티, 지름신을 만나다

얼마 전 옛 회사 선배를 만났습니다. 백화점 바이어로 일하던 시절, 잡화 쪽을 담당하던 선배였는데 퇴사 후 자신의 회사를 차렸습니다. 란제리 브랜드를 하나 만들 생각인데, 좋은 디자이너를 소개해달라고 하더군요. 국내의 저명한 여성 디자이너 한 분을 소개해드리고 저도 동석했습니다. 그런데 이 디자이너 선생님, 일언지하에 제안을 거절하며 하시는 말씀이 "요즘 홈쇼핑에 나오는 속옷들이 너무 장식적이고 야해서 디자인을 못하겠어요. 나이가 들어가면서 나는 단순한 게 좋던데"라고 하십니다.

이래저래 제안은 다른 디자이너에게 넘어갔지만, 그 이후로 홈쇼핑에 나오는 선배 회사의 란제리 방송들을 쭉 봤습니다. 기존 섹시

속옷의 지존은 T자 형태로 간신히 국부만 가리는 티 팬티였습니다. 그런데 최근에 더욱 강한 게 나타났습니다. 일명 갈라 팬티. 일반 여성용 팬티와 달리 중요 부위가 오픈되어 있죠. 유럽의 섹스숍에서 팔던 제품이 우리 시장에서 인기를 끌다니 놀랍기도 했습니다. 방송을 타자마자 '주문 폭주'란 자막이 뜹니다.

홈쇼핑 채널을 볼 때마다 정신이 없습니다. 호스트들의 제품 설명이 속사포처럼 쏟아지고 모델들의 포즈가 쉴 새 없이 이어지죠. '상담전화 폭주!' '황금 같은 기회, 지금 잡으세요!' '사과 한 상자 4만 8,000원, 배 한 상자에 5만 2,000원. 하지만 함께 사시면 단돈 1만 원만 더 내시면 돼요.' 소비 욕구를 자극하는 각종 멘트가 귓가에 으르렁댈 때면 저도 모르게 전화 버튼을 만지작거리고 있습니다. 갈라 팬티에서 각종 식품, 인테리어 용품, 미용도구, 도서와 음반, 최근엔 여행상품권에 이탈리아 유학 티켓까지 나왔더군요.

홈쇼핑은 고전 시대, 자신의 운명을 점치고 신탁을 받기 위해 가던 신전과 닮았다는 생각이 듭니다. 많은 주부들이 홈쇼핑을 애용하긴 하나 봅니다. 산술적인 매출액을 명시하는 것보다 제 주변의 기혼 남자들의 고아대는 소리를 들어보면 알죠. 퇴근 후 집에 갔는데 유난히 아내가 사근사근할 때는 이미 홈쇼핑의 지름신에게 은혜를 받은 이후라네요. "자기야 로얄 코펜하겐 세트 하나 6개월 할부로 샀는데 괜찮지?"

철학자 디드로, 쇼핑의 조건을 묻다

지름신이란 최근 새롭게 등장한 신의 이름입니다. 충동구매와 과소비를 조장하는 욕망에 신격을 부여한 표현이지요. 근대 이전까지 인간의 삶을 지배해온 것은 종교였습니다. 현대에는 소비를 통해 이전 종교와 신에게서 찾던 위안을 얻고 있죠. 자신이 소속되기를 희망하는 집단을 표상하는 기호를 얻기 위해 소비 중독에 빠집니다.

한 장의 그림 앞에 서 있습니다. 제목은 「지름신 팔 폭 병풍도」. 그림 속 인물들이 하나같이 화려한 호피 무늬 옷을 입고 있습니다. 그림 속 인물들을 보세요. 성별과 연령이 전혀 다르고 종도 개와 인간으로 엄연히 구별되건만, 동일 상품을 소유하는 것만으로 그들은 같은 신을 숭배하는 신도가 됩니다. 작가 김태연은 실크스크린 기법을 통해 우리 시대의 소비 풍경을 현대적으로 담았습니다.

디드로 효과Diderot Effect란 것이 있습니다. 소비가 또 다른 소비로 이어지도록 하는 파급 효과를 말합니다. 이는 18세기 프랑스의 대표적인 철학자 드니 디드로의 일화에서 비롯된 말인데요. 디드로는 살림이 넉넉하지 않은 탓에 당시 시인이자 작가인 볼테르, 사상가 루소 등에게 경제적인 지원을 받으며 살았습니다. 큰딸의 결혼 비용을 마련하려고 아끼던 서재 가구와 장서를 러시아의 여황제 예카테리나 2세에게 팔아야 했을 정도로 가난했던 그에게 어느 날 친구가 진홍빛 침실 가운을 선물합니다. 디드로는 가운을 선물 받고 일어난 이후의 일들을 에세이에 기록합니다. 1769년에 쓴 『나의 오래된 침실 가운을 떠

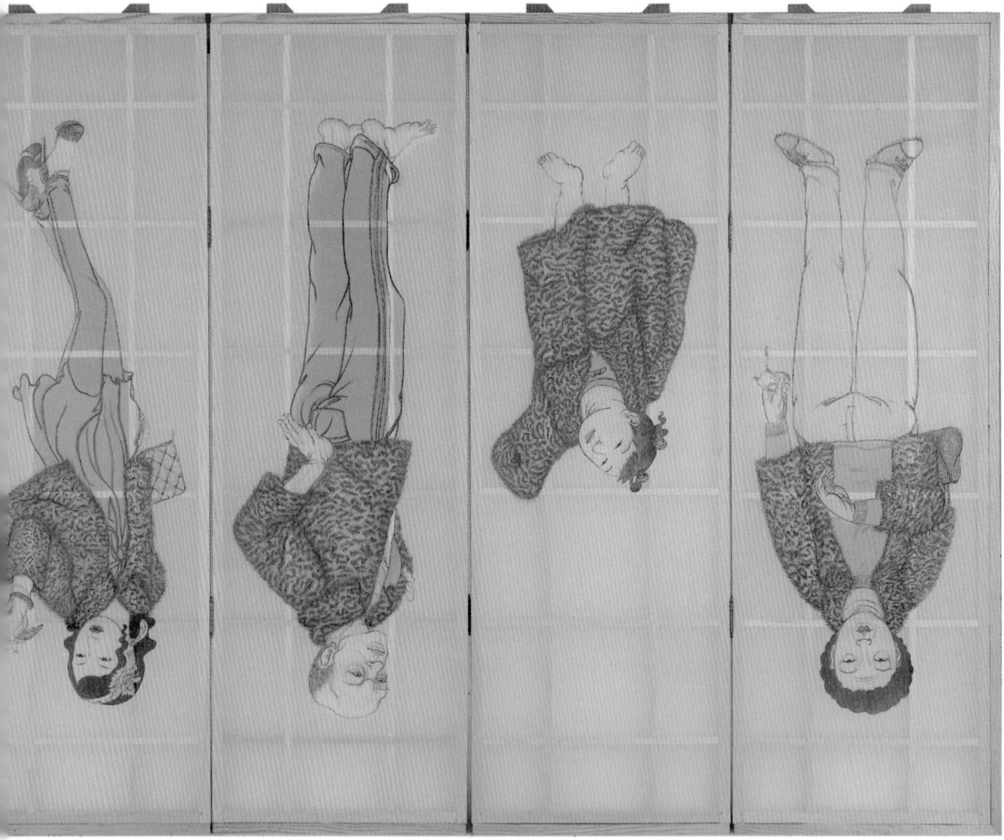

김태연,「지름신 팔 폭 병풍도」

나보내며Regrets sur ma vieille robe de chambre』란 작품인데요. 여기에는 '경제적 여력보다 취향만 발달한 이들에게 주는 경고'란 부제가 달려 있습니다. 무슨 내용일까 궁금해서 인터넷으로 원전을 읽어봤습니다. 모든 건 친구가 선물로 준 가운 때문이었습니다. 새 옷을 입고 서재에 앉으니 책상이 초라해 보여 책상을 바꾸고, 새 책상이 들어오자 책꽂이가 눈에 거슬리고, 새 책꽂이 다음엔 의자를 삽니다. 결국 서재는 새로운 모습으로 바뀌고 말죠. 디드로의 탄식을 들어보시죠.

> 옛 가운을 입을 때는 내가 옷의 주인이었는데, 새 옷과 함께 나는 옷의 노예가 되었구나. 모든 환경이 자신의 우아한 기품에 맞추어야 한다고 강요하는 오만한 진홍빛 가운이여. 황금 양털을 보호하던 용도 나보다는 걱정이 덜했을 터. 세상의 모든 염려가 나를 둘러싼다. 저주 있으라, 진홍색 물을 들여 보통의 물건에 가격을 얹어 받는 이여. 내 몸의 주름을 감싸던 오랜, 옛 친구 같던 가운은 어디에 간 것인가. 친구들이여 나를 보고 교훈으로 삼게. 가난은 자유를 가져다주지만 부는 장애를 가져다준다는 것을.

18세기 디드로의 고민은 오늘날 우리의 소비 행태에도 그대로 적용됩니다. 새집을 사면 가구를 전면적으로 교체하거나, 성형을 할 때 눈만 해야지, 코만 해야지 했다가 전신을 뜯어고치는 것도 디드로 효과로 설명할 수 있습니다. 사회학자들은 이것을 디드로 통합(사물이 얼마나 오래되고 어디서 왔고, 크기는 어떤가를 기준으로 그룹화 하는 것)이라고 부릅니다. 한 가지 물건을 구매하면 주변의 물건들도 그것과의 통일성, 어울림을 위해 바꿔가는 것이죠.

우아한 소비를 위하여

디드로의 일화가 우리에게 말해주는 것은 '충분한 소비의 선을 어디쯤에서 그을 것인가'의 문제입니다. 문제는 '충분하다'는 것이 매우 주관적이어서 기준을 잡기가 어렵다는 것인데요. 전직 월 스트리트의 성공적인 애널리스트였던 조 도밍후에즈는 『돈이냐 인생이냐!』(사람in, 2001)라는 책에서 충분개념은 네 가지로 구성된다고 말합니다.

> 첫째, 자신의 상태를 알고 있어야 한다. 돈이 얼마나 들어오고 나가는지를 파악해야 한다. 둘째, 내부 잣대이다. 스스로 기준을 세워서 남이 어떻게 살고 뭐라 하든 신경 쓰지 않아야 한다. 셋째는 목적이다. 자신의 능력을 사용하는 목적—가족, 봉사 등—이 있어야 끝이 보이지 않는 돈의 마라톤에 쉼표와 마침표를 찍을 수 있다. 마지막은 책임이다. 스스로 선을 긋고 균형을 잡을 수 있어야 한다.

저는 패션 큐레이터로서 명품 소비나 수집 행위에 대해 격려를 보내는 쪽입니다. 어떤 사물을 통일성 있게 테마를 잡아서 소비하는

김태연, 「지름신 팔 폭 병풍도」의 뒷면

일은 인간의 내면과 스타일을 강화시켜준다고 믿습니다. 다만 여기에도 큐레이션, 즉 창조적인 편집 능력은 필요합니다. 그림 뒷면을 보세요. 동양화에서는 색이 곱게 보이도록 비단 뒤에서 채색을 가해 앞쪽으로 배어 나오게 하는 '배채背彩'란 기법을 씁니다. 작가는 의도적으로 배체의 의미를 변형해서, 각종 광고 문구에 현혹되어 쇼핑에 몰입하는 우리의 초상을 그렸습니다. 옳은 소비를 위해선, 분별 있는 씀씀이도 필요합니다. 마냥 검소하자고 말하는 것이 아닙니다. 다만 '검소하다frugal'는 단어의 라틴어 어원이 frugalis유용한와 frux'열매' 또는 '가치'에 뿌리를 두고 있다는 점을 주목해 보자는 것이죠. 검소라는 소비 행태는 유용한 가치를 선택적으로 찾아가는 행위입니다. 우리가 어떤 것을 구매하고 소비하는 일은 이렇게 유용함과 가치에 토대를 두어야 합니다.

특정한 소비 형태를 통해 다른 사람보다 행복해질 수 있는 방법은 무엇일까요? 그것은 경험을 사는 것입니다. 경험은 삶을 긍정적으로 재해석할 수 있도록 만들어주며 개인의 정체성을 의미 있게 만들어줍니다. 지금 당장 보온병에 모과차 가득 담아, 친구들과 한적한 공원을 거닐어보세요. 이런 서비스는 죽었다 깨어나도 홈쇼핑에서 팔지 않거든요. 지금 당장 전화하세요, 친구들에게.

최윤정, 「Heroes #02」

댄디의 안경, 세상의 기준을 재검토하다

안경테를 쇼핑하는 시간

청담동에 제가 종종 찾는 안경점이 있습니다. 명확하게 말하자면 안경점이라기보다는 안경테를 전문으로 하는 가게지요. 가게 이름도 예쁩니다. '안경, 얼굴에 선을 긋다'. 주인장이 금속공예를 전공한 아티스트인데, 수제로 된 빈티지 스타일의 안경테를 만든답니다. 큰마음을 먹고 안경테를 하나 샀습니다.

안경테만큼 얼굴선에 활력을 불어넣어주는 것이 또 있을까요? 더구나 강렬한 색상이 들어간 선글라스는 우리의 기분을 감춰주는 커튼 역할을 하기도 합니다. 안경은 얼굴에 걸칠 수 있는 유일한 액세서리입니다. 테를 선택하는 기준은 얼굴형과 보이는 느낌이지요. 계란형 얼굴엔 보스턴 스타일의 테가 제격이고 마름모형 얼굴에는 웰링턴 스타일, 동그란 얼굴에는 깜찍(너의 '깜찍'은 남의 '끔찍')한 느낌의 로이드 스타일이 좋습니다. 안경테의 형태와 더불어 소재도 중요합니다. 금·은·철과 같은 금속 프레임은 예리한 인상을 심고, 뿔 프레임은 지적이고 온화한 느낌을 발산합니다.

안경을 구성하는 다섯 가지 요소는 템플(안경다리), 노즈헤드(코 걸침 부분), 림(테), 브리지(코걸이), 엔드 피스(귀 걸침 부분)로 나뉘는데요. 이 다섯 가지 요소의 무한 조합을 통해 얼굴에 선을 그립니다. 코와 눈높이의 복합적인 측정, 얼굴 너비, 관자놀이의 각과 길이를 측정함으로써 눈과 렌즈와의 정확한 거리를 측정합니다. 너무 멀면 매력이 사라지고 너무 가까우면 눈썹의 섹시함을 잠식한답니다. 이 교묘한 균형점을 찾는 일은 결코 쉽지 않습니다. 안경도 잘 쓰려고 마음먹으면 따져야 할 게 한도 끝도 없답니다.

안경은 권력이다

사회 속에서 안경이 갖는 사회심리학적 의미는 무엇일까요? 1920년대 본격적으로 영화 속 주인공들이 자신의 캐릭터를 살리기 위해 선글라스를 착용하면서, 금발의 육체파 배우들에게 이 안경은 고혹적인 가터벨트나 섹시한 스타킹과 동일한 가치를 갖게 됩니다. 에로티시즘을 담는 소품이 된 거죠. 프랑스어로 안경lunettes의 어원은 달Lune과 의미상 연결됩니다. 렌즈의 형태를 달처럼 둥근 것으로 상정한 것인데, 원은 왕권을 상징하는 반지에서도 볼 수 있듯 권력의 정점을 상징한답니다. 안경은 여성의 통통한 엉덩이와 형태상 연결되기도 합니다. 그만큼 영적 수준과 통속 수준을 교차하는 변화무쌍한 사물입니다.

어디 이뿐인가요. 안경은 사회계층 간의 이념을 규정하는 은유가 되었습니다. '색안경 쓰고 본다'라는 표현이 괜히 나오게 된 게 아닙니다. 그러고 보면 우리 사회엔 다양한 안경을 쓰고 사는 족속으로 가득합니다. 마치 온라인 게임 속 목표를 수행하기 위해 이합집산 하는 종족과 다를 바 없지요. 그들에게 칼과 갑옷이 필요하듯, 우리 사회는 안경이란 이념의 오브제를 '득템'하도록 부추깁니다. 진보와 보수의 시선이 갈리고, 철학에 따른 해결 방법이 다릅니다. 그들은 세상을 제대로 이해하려면 '자신들의 안경'을 써야 한다고 주장합니다. 국회에서 예산안을 둘러싸고 영감님들의 첨예한 '현피 뜨기'가 잦은 건 이런 이유에서죠.

문득 나는 어떤 안경을 쓰고 세상을 보나 궁금합니다. 최윤정의 '팝 키드' 연작 그림들을 한번 볼까요? 아이들의 선글라스 위에는 스타벅스와 마이클 잭슨, 죽은 다이애너 비와 예수의 이미지에 이르기까지 다양한 현대의 팝 아이콘들이 등장합니다. 작가는 그림 속 인물들이 하나같이 미디어를 통해 세상의 신화를 접한다는 사실을 지적하고 싶었다고 합니다. 신화란 고대 그리스 신화에 나오는 바람둥이 신들의 이야기를 의미하는 것이 아닙니다. 그것은 미디어를 통해 생산되고 유포되며 그 과정에서 만들어진 믿음의 형태를 말합니다. 결국 그림 속 안경은 우리를 둘러싼 다양한 매스미디어입니다.

미디어가 만들어내는 세상에서는 점점 실제와 허구, 연출된 세계와 진실의 세계를 구분하기가 어렵습니다. 작가는 선글라스란 패션 소품을 통해 구분하기 어려운 이중의 세계를 드러냅니다. 선글라스는 소비사회가 우리에게 주입하는 메시지를 감추는 일종의 가면입니다.

요즘 꼬마 아이들의 소비 수준이 어른 못지않은 건 한편으론 아동기부터 소비자로 교육시켜 '대를 이어' 브랜드에 충성케 하려는 전략 때문입니다. 이러한 소비의 사회화 과정을 통해 아이들은 특정 기업의 열혈 고객으로 변신합니다. 상품을 구매하는 일은 단순히 우리의 사회적 욕구를 채우기 위함이 아닐 것입니다. 특히 아이들에게 해당 기업이 사회적인 역할을 잘하고 있는지, 원가를 마냥 낮추려고 아동 및 여성 착취와 같은 그릇된 노동 관행을 취하고 있진 않은지, 최근 한국 사회를 달군 갑과 을의 문제에 해당되는 기업은 아닌지, 이런 것들을 아이들과 한번 쇼핑하면서 이야기해보는 것도 좋다고 생각합니다.

최윤정의 그림 속 안경은 단순하게 낮은 시력을 보정해주는 광학장치가 아닙니다. 그림 속 안경은 인간의 시각성을 조정하고 통제하는 일종의 거울이 되는 셈이죠. 나이가 들면서 세상의 기준들을 다시 한 번 재검토하고 싶을 때가 있습니다. 특정한 색안경으로 우리를 둘러싼 타인들을 평가하는 우를 범하지 않기 위해서입니다.

최윤정, 「Pop Kids #4」

최윤정, 「Pop Kids #40」

당신의 장밋빛 안경을 벗어라

대학 시절, 이제는 작고한 세계적인 상담 전문가 앤 랜더스의 글을 영문으로 읽곤 했습니다. 그녀의 상담 목록에 들어온 글들은 너무나도 소소해서, 뭐 이런 것도 상담을 다 해주나 하는 생각도 했지요. 사소해 보이는 질문에 답하는 그녀의 독특하고도 따스한 스타일과 해법은 항상 놀라왔습니다. 그런 그녀가 안경에 대해 재미있는 발언을 했습니다.

Rose-colored glasses are never made in bifocals.
Nobody wants to read the small print in dreams.

"장밋빛 안경은 복합렌즈로 만들지 않는다. 왜냐하면 누구도 꿈속에서 단서 조항을 읽고 싶어하지 않기 때문이다"란 뜻입니다. 'small print'란 작은 글씨체란 뜻도 있지만, 원래 꼼꼼하게 읽지 않으면 차후에 해가 될 수 있는 계약서상의 불합리한 단서나 조항을 뜻하는 말입니다. 그러니 결국 이 말은, 행복이란 몽상 속에서조차도 삶의 작은 조항 하나하나를 쓰윽 읽고 넘어가기보다 철저하게 해석하며 능동적으로 풀어가야 하는 일이라고 말하는 것 같습니다.

글을 다 쓴 이른 새벽 시간, 산책을 하러 강가로 나갑니다. 자꾸 안경에 김이 서려 뿌옇습니다. 올 한 해는 누군가의 안경에 서린 김을 내 손으로 닦아내주는 한 해가 되었으면 합니다. 자신의 시각만 따르

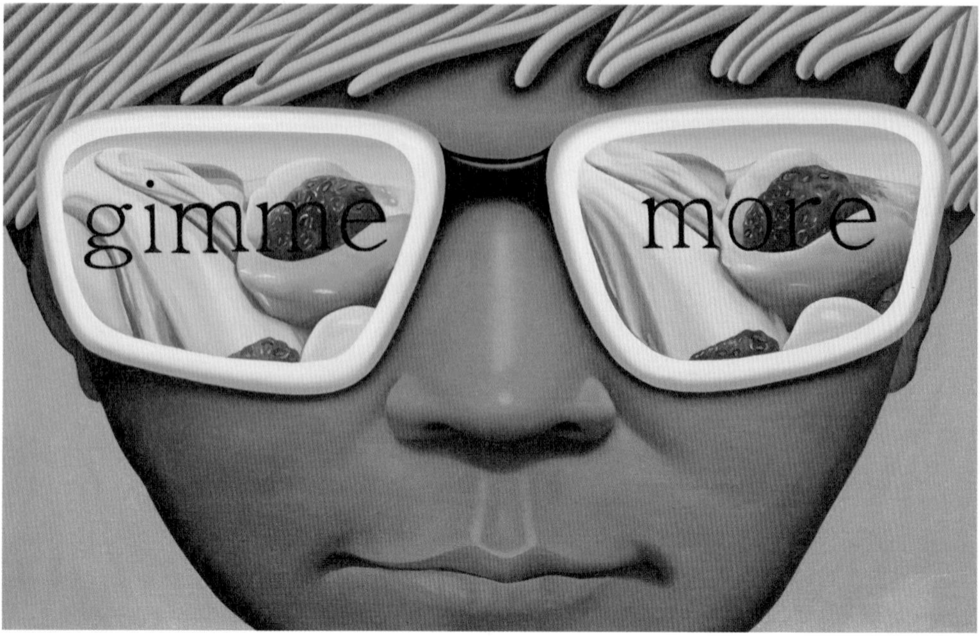

최윤정, 「Pop Kids #46」

다가 보지 못한 것들, 세상에 대한 굴곡된 시선들…… 이 모든 것을 말끔하게 닦아내어, 지나간 시간 앞에서 계면쩍게 머리를 긁는 일이 없었으면 합니다. 다른 이들의 안경으로 읽는 세상에도 관심을 가지려고 합니다. 경합하는 두 개의 가치가 긴장 상태에 있을 때라도 그 사이에서 해법을 찾아내는 노력을 하는 인간으로 살아가고 싶거든요. 안경알이 두 개인 건 바로 왼쪽과 오른쪽, 나와 타자를 상정하는 것이 아닐까요?

장우진, 「파도놀이 3」

인생의 패자부활전을 꿈꾸며

바람에게 길을 묻다

취객이 누워도 좋을 만큼 따듯했던 회백색 포도鋪道에 스산한 기운이 완연히 스미는 계절과 계절 사이, 환절기라 불리는 중간계의 시간에는 몸의 관절도 구석구석 환절煥折하는지 작은 기침이 끊임없이 이어집니다. 뒤늦은 나이에 스위스에서 경영학 공부를 하는 친구가 보내준 책이 있습니다. 스위스 특파원 맹찬형씨의 『따뜻한 경쟁』(서해문집, 2012)입니다. 부제를 읽는데 제 동공에 박히는 일곱 음절의 말, '패자 부활의 나라'. 국내에 있는 저도 모르는 책이었는데 멀리 있는 친구가 정작 저보다 먼저 이 책을 읽고 권하더군요. 하긴 저 또한 유학을 위해 한국을 떠나 있는 동안, 한국 사회를 제3자의 입장에서 더 잘 읽어볼 수 있었습니다. 여행을 비롯한 모든 '떠남'의 핵심에 익숙한 것들과의 결별과 재설계가 있는 이유일 것입니다. 모 대기업의 말년차 과장을 마지막으로 친구는 새로운 인생을 준비하겠다고 했습니다. 대부분의 사람들이 생각하는 자영업자로의 변신은 아니었고요. 오랫동안 직장 생활과 사회봉사를 함께해온 친구는 경영전략 분과 중에서 '지속가능한 경영'의 논리를 배우고 싶다고 했습니다. 외국에선 뜬 지 꽤 오래된 화두이지만, 실제로 한국 사회에선 추상적인 담론에만 머물 뿐, 그가 공부하는 영역의 틀이 이식되긴 어려운 상황입니다.

회사 생활을 참 오래했습니다. 입사 초기에야 부족한 급여를 짭짤하게 채워주는 야근 수당이 고마웠지만 언제부터인가 야근은 자연스레 붙어버린 혹 같은 존재가 되었습니다. 세월이 지나며 함께 입사했던 동료 198명은 점차 목이 좁아지는 조직 내부의 통로를 지나가기 위해 싸우고, 경쟁을 벌였습니다. 눈에 보이지 않는 '따돌림'마저 보입니다. 경쟁과 효율의 원칙은 여전히 한국 사회를 지배하는 정신의 구조입니다. 어디 직장만 그렇겠습니까? 국내총생산 성장률 통계를 보면, 경제적으로 윤택해졌다는 느낌은 들지만, 삶의 질은 그 막연한 '느낌'의 껍질 위에서 미끄러지고 있죠. 자녀 교육은 군사작전을 방불케 하고, 이 땅의 중년과 노년 들은 자녀들에게 올인 하느라 정작 노년의 삶을 위한 자산을 쌓지 못했습니다. 부당하게 설계된 경쟁구조 덕택에, 외국인 학교에는 돈 많은 내국인 학생들만 득시글거립니다. 씁쓸한 생의 이면들을 달래는 건 걸그룹들의 관음증 자극하는 오락거리가 전부. 기록적인 자살률과 출산 기피의 이면에 존재하는 사회의 얼개,

이 구조에 입힐 따스한 한 벌의 스웨터를 짜는 일이 이다지도 어려운 것일까요?

구조가 되었다는 것은 한 개인의 움직임만으로 이 흐름을 깨뜨리기 어렵다는 뜻도 됩니다. 맹찬형씨가 서두 부분에서 인용한 명말 청초의 유학자 고염무의 말처럼 "천하가 흥하고 망하는 데는 한낱 필부에게도 책임이 있다"라고 했으니, 이 말대로 하자면 지금 우리 사회의 고착된 구조를 만든 데 저 또한 분명 책임이 있는 것이죠.

풍화, 우리의 내면 시계 리셋하기

한 권의 책을 읽으며 내 나라의 이면을 읽는 일이 어스레한 마음의 무게로 다가오던 오후, 인사동에 나가 전시를 봤습니다. 〈바람의 화〉란 전시 제목이 눈에 들어왔습니다. 작품들을 먼발치에서 보면 그저 동양화풍의 추상화된 산과 계곡, 파도의 형상이 그려져 있을 뿐입니다. 그런데 작은 잉크 방울을 분사해 찍어낸 무한복제 가능한 판화 작품을 한 발 앞에서 자세히 들여다보니 그 자연은 완전히 다른 세계를 그립니다. 셀 수 없이 많은 인간 형상들이 오르고 뛰고 추락하고 매달려, 서로를 밀쳐내거나 끌어당깁니다.

장우진 작가는 과밀화된 사회에서 꿈은 곧 경쟁의 장이 되고 "같은 목적을 향해 손을 뻗을 때 사회는 개인에게 그 어떤 거친 자연보다 억압적이고 폭력적"으로 변한다고 말합니다. 꿈에 담긴 양면적인

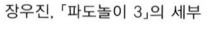

장우진, 「파도놀이 3」의 세부

모습을 추상적인 풍경화로 그려낸 그의 작품을 들여다보다, 마음 한 곳이 오스스해짐을 느낍니다. 그 경쟁의 심연 속에서 나 또한 예외가 아님을 알기 때문이죠.

그림 속 군중의 모습을 보고 있자니, 그 모습이 꼭 살벌한 구조 속에서 풍화하고 바스러져가는 낙엽만 같습니다. 작가는 자신이 주조한 풍경을 가리켜 '숭고하다'라고 표현합니다. 숭고란 인간의 이성을 압도하는 거대한 힘을 대할 때 느껴지는 감정입니다. 숭고한 장소는 우리에게 우주가 우리보다 강함을, 우리는 연약하고 한시적이고, 우리 의지의 한계를 받아들일 수밖에 없다는 것을, 결국 우리 자신보다 더 큰 필연성에 고개를 숙여야 할 이유를 가르칩니다. 자연은 우리에게 이 거대한 초월적 힘에 짓눌리지 말고, 그것에서 영감을 받고, 자연을 지은 조형자의 '힘'을 우리 안에서 재발견할 것을 요구합니다. 그런데 여기서 간과해선 안 될 요소가 있습니다. 인간들이 쌓여 만들어진 저 거대한 숭고 앞에서 '쫄지' 않는 일입니다. 이것들은 우주가 잉태하고 바람과 물이 서로를 비벼 만들어낸 조형자의 세계는 아닙니다. 우리가 만들어온 구조이고, 그 속에는 반드시 균열의 틈새와 약한 고리가 있다는 것을 알아야 한다는 것이죠.

패자부활전을 위한 무대를 만드는 일

그런 의미에서 『따뜻한 경쟁』이란 책에서 읽은 "공존 사회는 생각만으로 실현해낼 수 없다. 첨단 건물을 짓는 것만큼 정교한 설계도가 필요하다"란 말이 와 닿았습니다. 경쟁과 공존을 한자리에 배치할 수 있는 삶의 디자인은 무엇일까요?

예전에 경영전략을 공부하면서 들었던 수업 중에 하나가 바로 '조직설계론'입니다. 조직설계란 조직을 건축물처럼 짓는 일입니다. 조직이라는 건축물을 짓는 벽돌과 벽돌 사이는 이음새 없이 촘촘히 결합되어야 합니다. 이것을 경영에서는 흔히 '적합도fit가 높다'라고 표현합니다. 조직 내부의 자원을 둘러싼 부서들이 원활하게 연결되어 네트워크를 이룰 때 쓰는 말이죠. 양복을 멋지게 입은 남자를 가리켜 "저 남자 슈트 핏 잘 나네"라고 할 때의 그 핏fit으로 생각하셔도 무방합니다. 옷이 3차원의 인체에 얼마나 잘 맞는지를 말해주는 핏은 주름이 생기지 않고 몸에 잘 맞는지, 신체의 자연스러운 선과 옷의 구조적인 선의 배열이 잘 이뤄져 있는지, 옷을 앞과 뒤와 옆에서 봤을 때 대칭을 이루는지, 옷의 여유분은 어느 정도인지에 따라 판명됩니다. 옷을 구성하는 원칙은 조직을 구성하는 원칙과 닮아 있습니다. 나아가 한 국가의 사람과 사람 사이, 꿈을 두고 경쟁하는 이들을 위한 무대를 만드는 원칙에도 적용되지 않을까요?

우리 사회는 너무 몸에 밀착된 옷을 입고 있는 듯합니다. 여유분이 없어요. 그러니 조금만 발을 잘못 딛거나 과하게 움직이면 대번에 옷이 찢어지고 맙니다. 여유란 다른 것이 아닙니다. 사회적 약자를 안아내고, 그들의 생각을 다시 경쟁의 장에 끌어들일 수 있는 여백을

장우진, 「도약」

장우진, 「인산인해」

말합니다. 혁신적 생각을 갖고 도전한 이들에게, 다시금 도전할 기회를 주지 않는 사회는 건강하지 않습니다. 경쟁과 공존을 한 자리에 배치하는 디자인의 원리 중 가장 중요한 것이 바로 이 여백이거든요. 너무 많이 주면 느슨해 보이고, 너무 적게 주면 찢어지니까요.

옷의 아름다움을 결정하는 것이 구조의 대칭성에 있듯, 사회의 장 속에서 함께 경쟁하는 이들의 출발선과 과정, 그것을 나누는 결과물의 무늬가 대칭성을 띠고 있는지 다시 물어야 합니다. 대칭은 곧 균형입니다. 신체의 자연스러운 성장과 사회 구조의 성장, 그 선은 동일하게 흘러가야 합니다. 사람에게 인위적인 성장을 몰아세우는 사회, 경쟁에서 이기기 위해 수치화된 스펙만 요구하는 사회는 옷의 멋스러움을 살려낼 수 없는 법이죠. 패자부활전을 열고, 그 무대에 선 이들을 위해 따스한 한 벌의 스웨터를 짜줄 수 있는 사회. 이런 세상을 꿈꿔보는 게 잘못된 걸까요?

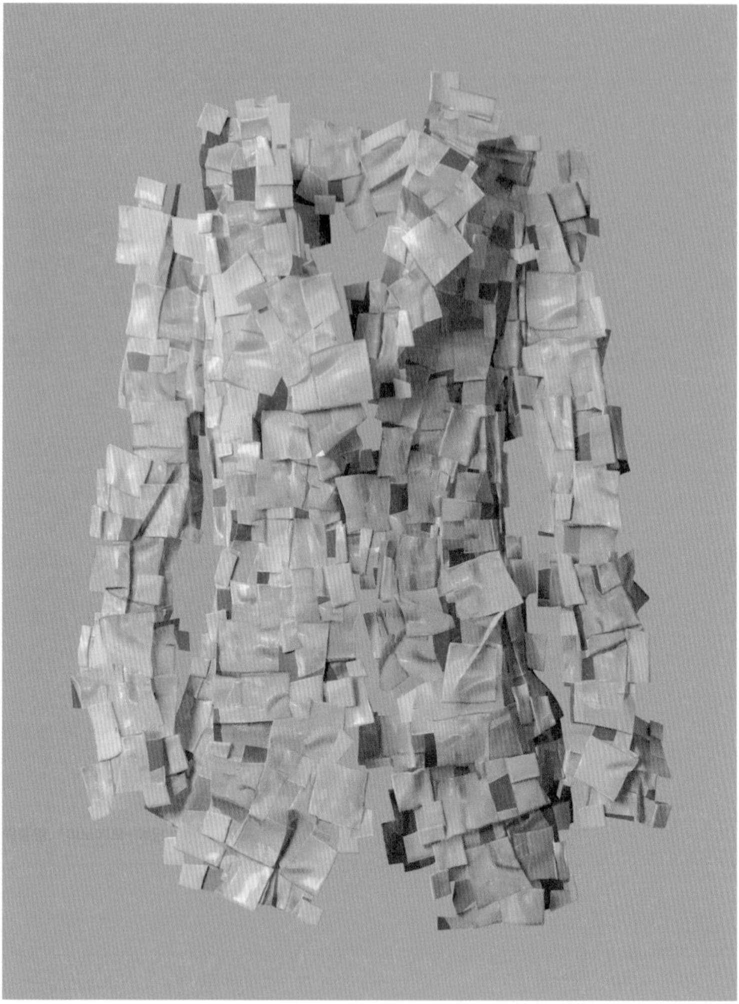

성연주, 「치즈」

댄디, 유행의 희생자가 되지 마라

맛있는 옷을 입는 시간

성연주의 작품들은 흥미롭습니다. 파란색 풍선껌으로 만든 드레스, 맛살로 만든 셔츠와 조끼, 시금치로 만든 스커트, 치즈 조각을 이어 붙여 만든 재킷…… 참외 껍질을 이용해 만든 반바지는 참외 특유의 줄무늬 때문에 따듯하고 화사합니다. 이외에도 토마토, 가지, 연근과 같은 음식물을 이용해 만든 각종 옷들이 눈앞에 펼쳐집니다. 이 연작의 제목은 '입을 수 있는 음식'이란 뜻의 웨어러블 푸드Wearable Food입니다.

작가는 실제 음식 재료와 사진 기술로 조작된 패턴을 섞어 완성된 한 벌의 옷을 만들었습니다. 작품을 보는 순간, 우리는 즉시 옷의 재료가 쉽게 부패할 수 있는 음식 재료임을 인식합니다. 사진 속 작품

성연주, 「자몽」

들은 결코 실제로 입을 수 없는 옷이지만, 우리는 이러한 의심을 잠시 보류한 채, 이미지가 만든 세계에 푹 빠집니다. 어디까지가 실제이며 조작인지에 대한 생각은 뒤로 던져버리죠. 허구를 현실로 만드는 예술의 강력한 힘을 느낄 수 있습니다.

저는 이 작품을 보면서 많은 생각을 했습니다. 무엇보다 패션 전시를 기획하는 제겐 음식 재료로 만든 옷의 형상들이 시각과 미각을 동시에 충족시키는 공감각적인 충격을 준다는 점이 좋았습니다. 여기에 더해서, 작가가 만든 이미지들은 부패하기 쉬운 음식의 속성을 빌려 패션의 가장 주요한 화두, 바로 유행의 속성과 파괴력을 말해줄 가능성을 갖고 있다는 점에 끌렸지요.

똑똑한 것들이 유행에 희생되는 이유

유행은 흐름입니다. 일시적이기도 하고 세대를 넘어 지속되기도 하죠. 사회학자 조엘 베스트는 『That's a fad!—개인과 조직이 일시적 유행에 현혹되지 않는 5가지 방법』(사이, 2006)에서 단기적인 유행이 중장기적인 흐름인 트렌드나 혁신과 어떤 차이가 있는지를 구분합니다. 나아가 일시적인 유행에 빠지지 않고 트렌드를 예측하는 법을 제시하고, 혁신을 추구하기 위해서 무엇이 필요한지를 말해주고 있습니다. 패션의 역사를 공부하는 제게 이 책이 흥미롭게 느껴진 것은, 그의 분석을 자기계발을 비롯한 사회 변화의 영역에 적용할 수 있었기 때문입니다.

조엘 베스트는 시간의 지속성에 따라 유행을 세 가지로 분류합니다. 우선 카디건, 스웨터나 재킷처럼 세대를 넘어 오래도록 인기와 사랑을 누리는 품목들을 '클래식'이라 부릅니다. 두 번째로 폭발적인 인기를 누리다 급작스레 수요가 사라지는 짧은 유행을 '패드fad'라고 부릅니다. 이것은 하루 동안이란 뜻의 'for a day'를 줄인 말입니다. 패드의 예로 뭐가 있을까요? 한때 배우 현빈씨 덕에 유행한 '이탈리아 장인이 한 땀 한 땀 만든 추리닝'을 생각해보세요. 고기만 먹고 살 뺀다는 황제 다이어트를 비롯한 일명 원푸드 다이어트나 각종 몸매 관리법도 패드의 일종입니다. 연예인이 방송에 나와서 '효과 봤다' 그러면 확 달아올랐다가 몇 달 후면 사라집니다. 특정 집단 내에서 반짝했다가 사라지는 것들입니다. 마지막으로 '혁신'이 있습니다. 혁신이란 '새롭게 하다' '갱신하다'란 뜻의 라틴어 'Innovatus'에서 왔습니다. 혁신은 처음에는 서서히 퍼지다가 인기가 급상승한 다음 계속해서 오랫동안 인기를 유지하는 경향이 있는 것을 말합니다.

성공적인 혁신은 주변부로 퍼지는 확산 과정을 통해 우리의 삶 속에 정착됩니다. 우리는 삶에서 일시적인 변화보다는, 영구적이고 지속적인 변화를 꿈꾸며 삽니다. 문제는 이 두 가지를 구분하기가 만만치 않다는 점이죠. 우리 주변의 자칭 '뜨는 것'들 사이에서 어떻게 하면 일시적인 유행과 혁신을 구분할 수 있을까요?

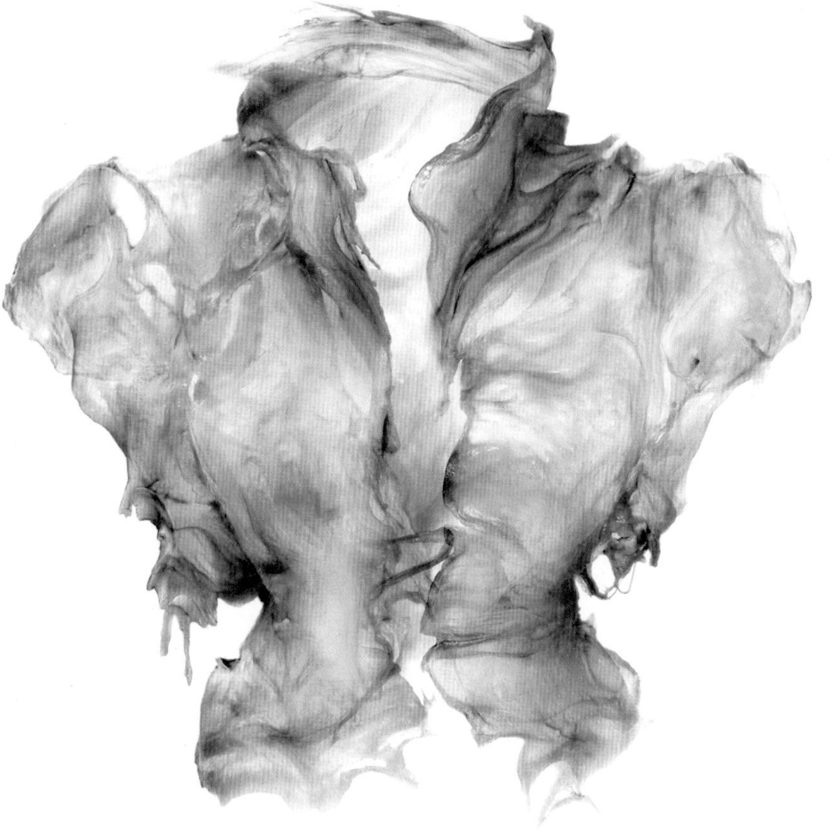

성연주, 「풍선껌」

순간과 영원 사이, 패드와 혁신

패드 이야기를 좀 더 해보죠. 전문가 집단이 만드는 패드도 있습니다. 특정 질환에 대한 의사들의 진단법, 교육 전문가의 교수법, 경영 혁신을 부르짖는 컨설팅 회사의 전략들도 여기에 포함됩니다. 이것을 제도적 패드institutional fad라고 부릅니다. 한때 메이저 컨설팅 회사에 다닌다고 하면 '와' 하던 시절도 있었는데, 요즘에는 예전 같은 영화는 못 누리는 것 같습니다. 컨설턴트란 '99가지의 섹스 방법은 알지만 여자/남자에 대해선 당최 모르는 인간들' '3음절의 신조어 사기꾼'이라는 농담도 있더군요. 경영학을 공부하고 현장에서 뛰어온 제겐 왜 이 말이 농담으로 들리지 않을까요?

패드도 처음에는 중대한 혁신인양 보이지만 혁신과 달리 금세 자취를 감춥니다. 경영 혁신을 둘러싼 수많은 신조어들을 생각해보면 알죠. 최고 경영자의 연두교서에 등장하는 혁신을 가장한 말들은 내용은 같은데 단어만 바꿔서 재탕 삼탕 우려먹는 경우가 많습니다. 제도적 패드에서 핵심적 역할을 하는 것은 '확산에 대한 환상'입니다. 환상에 빠지는 순간, 혁신이 (패드가 아닌) 진보를 뜻하리라는 확신에 빠지게 됩니다. 영구적으로 가치 있는 진보로 남으리라는 확신에 푹 젖게 되죠. 전형적인 패드도 처음에는 혁신과 똑같은 패턴을 그리며 확산됩니다. 하지만 그게 전부죠. 그런데도 패드가 혁신이라는 지나친 확신에 빠져, 의문을 제기하는 이들은 고집쟁이나 상상력이 부족한 냉소주의자로 취급되기 십상입니다.

성연주, 「돗나물」

우리는 한 벌의 옷을 구매하는 것 같은 사소한 일에서부터, 인생에서 내리는 다양한 의사결정의 '약발'이 오랫동안 먹히기를 기대합니다. 그런데 생각처럼 쉽지 않습니다. 유행 컬러가 바뀌었다고 멀쩡한 가전제품을 교체하거나 벽지와 커튼을 바꾸고, 유행에 뒤쳐진다며 옷을 버리기도 합니다. 이런 종류의 패드는 비용이 많이 들지는 않습니다. 사람들은 자신이 비용을 감당할 수 있는 한도 내에서 의사결정을 할 것이고, 새 옷을 입음으로써, 바뀐 실내 인테리어를 보며 얻게 되는 만족감이 비용을 상쇄하기 때문이죠. 하지만 인생에서 중요한 문제들을 놓고서는 제도적 패드에 넘어가선 안 됩니다. 이 제도적 패드는 여파가 큽니다. 옷은 잘못 입으면 창피 한 번 당하면 끝입니다만, 이 제도적 패드에는 엄청난 돈과 개인의 노력과 시간, 조직의 역량이 동원되기에 실패하면 굉장한 허탈감에 빠지게 됩니다. 우리에겐 패드보다 혁신이 필요합니다. 자기 혁신을 넘어, 조직과 사회 전반을 혁신하기 위해서는 우리 가까이에서 '혁신'의 얼굴을 한 패드를 식별해내야 합니다. 일시적인 것에서 영원한 것을 구별해내야 한다는 뜻입니다.

정신의 아이패드가 필요해

조엘 베스트는 일시적 유행에 현혹되지 않는 다섯 가지 방법을 말하고 있습니다. 먼저 새로운 혁신 혹은 사고방식이라며 세상을 부추길 때, 과거에 등장한 비슷한 종류의 패드가 있는지 찾아보라고 이야기합니다. 두 번째, 경이로운 주장은 일단 의심하라고 합니다. 그렇게 잘난 디자인이고 생각이면, 왜 이제야 나오게 되었을지 한 번쯤 회의해볼 필요가 있지 않을까요? 세 번째로 지속적으로 설득력 있는 증거를 요구할 것을 요구합니다. 자칭 유행의 선도자들은 자신의 생각이 옳았음을 증명하는 증거들을 내놓습니다. 이 증거 요구를 지속적으로 하라는 것이죠. 어떤 효과가 발생했는지 그걸 판명할 수 있는 기준이 있는지 말입니다. 네 번째로 그는 뒤쳐진다는 두려움에 집착하지 말라고 당부합니다. 많은 사람들이 왜 일시적인 유행에 너도나도 합류하려 할까요? 그건 너무 오래 기다리면 선도적인 사람이라는 인상을 얻지 못하게 될까 두려워서랍니다. 변화에 뒤쳐진다는 두려움이 광풍에 몸을 맡기도록 하는 요소가 된다는 것이죠. 저는 마지막 충고가 가장 와 닿더군요. 실패와 좌절을 공표하는 사람은 극히 드물다는 주장입니다. 사람들은 자신의 실패담을 공공연하게 떠들지 않는다는 것.

우리는 삶을 바꾸라는 제안에 기꺼이 귀를 기울입니다. 왜일까요? 변화와 진보, 이성에 대한 신념을 가진 존재이기 때문입니다. 하지만 진보라는 말이 변화가 균일한 속도로 이뤄진다는 뜻이라고 믿어서는 안 됩니다. 변화는 극히 산란하고 수많은 시행착오와 불확실성, 혼란을 수반하기 때문입니다. 그것이 우리가 환절기를 겪을 때마다, 문지방을 넘어 또 다른 단계로 갈 때마다 생의 미열에 시달리는 까닭이지요. 유행이란 폭력에 휘둘리지 않기 위해 패드Pad, 충격완화용 보호구가 필요한 때입니다.

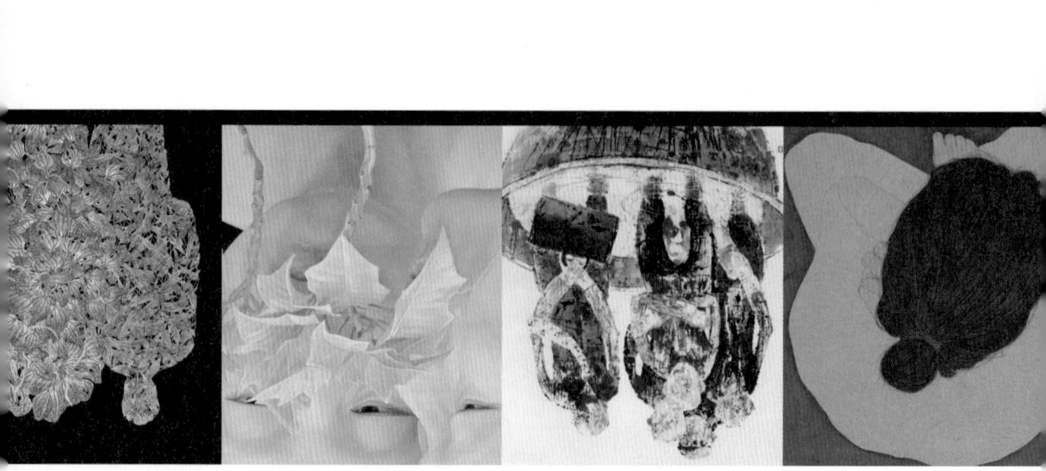

댄디, 삶을 책임지다

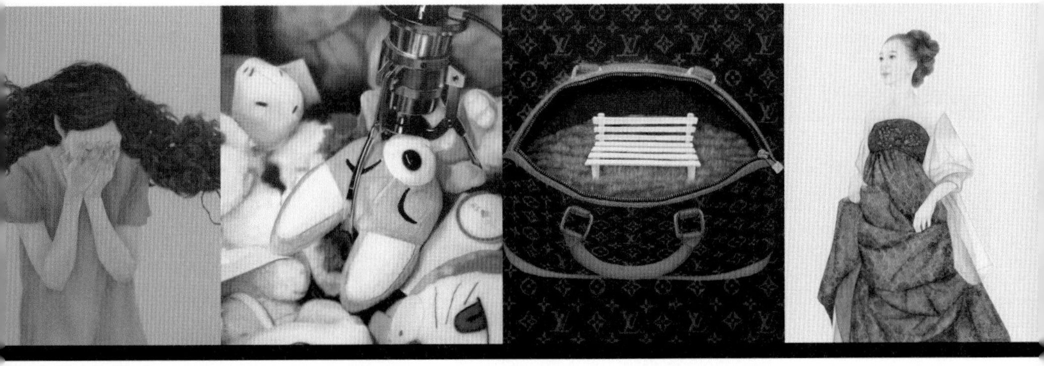

백승아, 「민(閔)」

마흔 살, 몸에 눈뜨다

세상은 왜, 뚱뚱한 남자를 싫어하는가

퇴근 후 운동을 위해 체육관으로 향합니다. 일과 후 지친 몸을 달래며 러닝머신 위를 부유합니다. 저는 요즘 다이어트에 돌입했습니다. 방송 프로그램을 맡으면서 화면에서 좀 더 날씬하게 보였으면 싶은 마음 때문이죠.

오래전 뉴질랜드에서 미친 듯 다이어트를 한 적이 있습니다. 그때 20킬로그램을 감량했죠. 매일 4리터의 물을 마셨고, 10킬로미터를 뛰었고, 발레 수업을 받으며 몸의 균형감을 잡았습니다. 이때 시작된 섭생의 방식은 제 인생의 많은 부분을 바꾸어놓았습니다. 다이어트의 목표는 꼭 살을 빼는 것이라기보다, 작가로서 몸에 축적되는 정신의 독을 빼고, 감성의 표피 위에 내려앉은 먼지를 떨어내기 위함입니다. 저는 다이어트를 시작할 때 반드시 지키는 원칙이 있습니다. 첫째, 지금의 내 몸을 사랑할 것. 둘째, 절대로 지금의 신체를 폄하하는 말을 하지 말 것. 셋째, 몸이 가벼울 정도로만 먹고 신체기관이 흡수할 수 있는 만큼까지 혀의 유혹을 통제하고, 위장을 비롯해 내 몸의 곳곳을 어루만지며 감사하다고 말하는 것입니다. 세 번째가 가장 중요합니다.

예전 다이어트를 시작하면서 한의사인 이유명호씨가 쓴 『살에게 말을 걸어봐』(이프, 2001)란 책을 읽은 적이 있습니다. 그는 한의사답게 '살'의 개념을 독특하게 풀어냅니다. 살이란 축적된 지방분이 아니라, 인간의 영혼에 누적된 상처라고 말하죠. 우리의 옛 굿의 형태인 살풀이란 바로 이 마음의 상처로 가득한 살을 풀어내는 것이라고 주장합니다. 저는 이 말을 아직도 잊을 수가 없습니다. 돌이켜보면 살이 찔 땐 공통적으로 드러나는 징후가 있는데요. 우울해지고 그 우울을 벗어나기 위해 폭식합니다. 빨리 먹게 되고 헛헛한 슬픔, 왠지 모를 답답함을 먹는 걸로 풀게 됩니다. 그렇게 먹어도 행복해지지 않고, 결국 헛헛한 마음의 생채기가 살이 되는 것이죠.

뚱뚱한 것이 죄가 되는 사회

인간의 몸은 안식을 필요로 합니다. 안식이란 다른 것이 아닙니다. 6일을 일하고 나머지 하루를 온전히 쉼으로써, 생의 리듬을 사회적·우주적 리듬과 동기화하는 것입니다. 그 과정에서 내 신체의 각

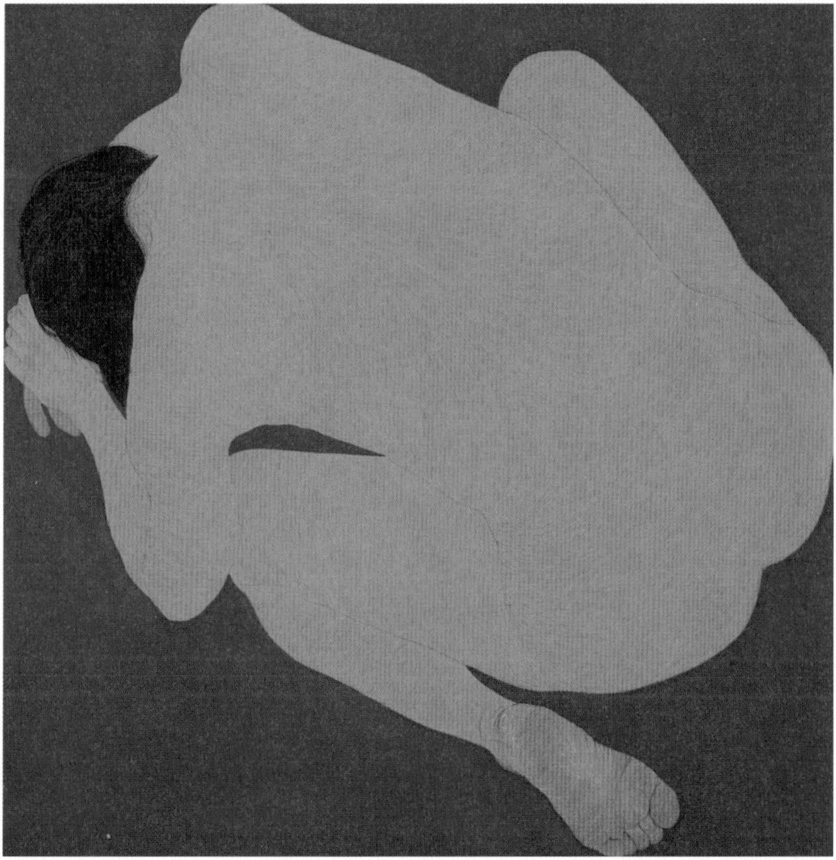

백승아, 「수(愁)」

부분이 얼마나 많은 폭력과 상처와 아픈 말과 관계의 어려움에 노출되어 있었는지를 재발견하고, 그 몸의 질감을 다시 어루만져 부드럽게 조율하는 것입니다.

백승아의 그림은 바로 신체와 그것을 껴안고 있는 표피의 관계, 신체와 질감의 관계론을 풀어내는 작업입니다. 동양화를 전공한 후에 외국에서 패션을 전공한 작가는, 제가 보기엔 패션에서 가장 중요한 것이 신체의 규정임을 제대로 이해하고 있는 듯합니다.

신체의 표현을 통해 시대의 미적 이념을 표현해온 것은 동서양이 마찬가지입니다. 개체는 사회를 떠나서 생각할 수 없고 사회는 개체의 구성으로 이루어졌기 때문에, 바로 개체화된 신체의 부분을 통해 사회와의 관계 맺기를 말하는 것이죠.

인류학자인 돈 쿨릭은 『비만과 집착의 문화인류학 팻』(소동, 2011)에서 영어 단어 '팻fat'에 담긴 다양한 시선들에 주목합니다. 팻은 '살진, 기름진, 풍부한, 비옥한, 유리한, 비장, 기름, 살, 윤택' 등 다양한 의미를 갖고 있음에도 불구하고, 대개의 경우 '뚱뚱한'이란 의미로 수렴됩니다. 과체중에 대한 사회적인 낙인찍기가 세계적으로 확산일로에 있고 저칼로리와 '라이트'로 상징되는 다이어트 상품, 지방흡입시술, 서바이벌 형식의 살 빼기 TV 프로그램의 인기는 뜨겁기만 합니다. 다이어트는 마른 여자들을 선호하는 시대정신에 부응해야 하는 여자들의 문화적 노동입니다. 남자들도 예외는 아닙니다. 뚱뚱한 몸을 가지는 순간, '통제력을 상실한 무능한' 인간으로 찍히고 말지요. 이 땅

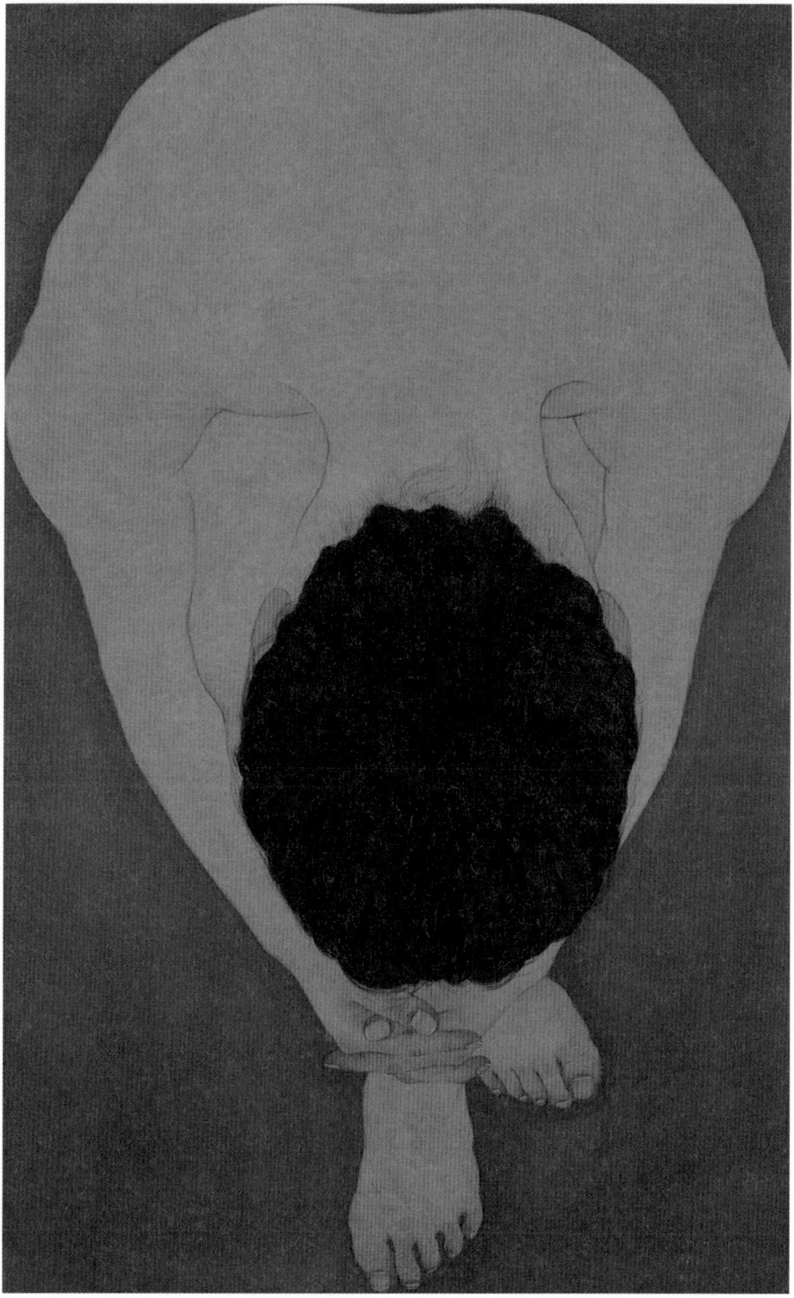

백승아, 「약(躍)」

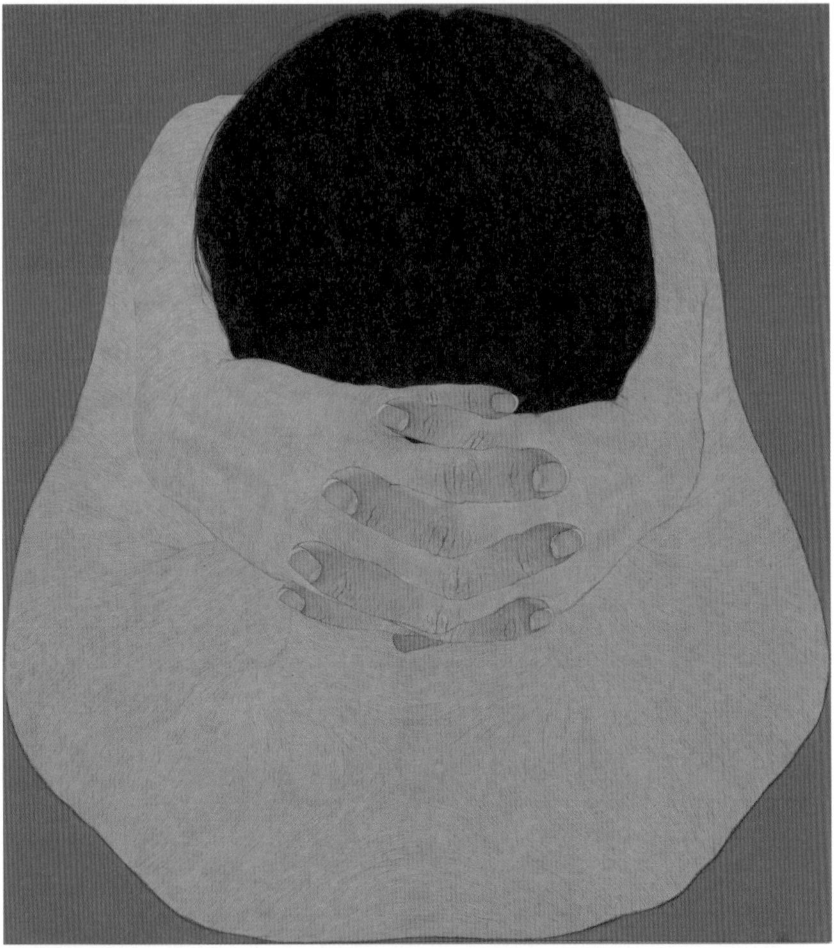

백승아, 「상(傷)」

에서 식스 팩이 있다는 건 단순히 보기 좋은 몸 선을 가졌다는 것을 넘어, 문화적으로 농축된 자본으로서의 신체를 소유하고 있다는 방증이기 때문일 겁니다.

평균 몸무게보다 23퍼센트나 덜 나가는 비정상적인 몸매를 이상적인 몸매라고 설파하는 미디어와 뚱뚱한 사람을 죄인 취급하는 사회는 끊임없이 지방 섭취를 줄이라고 떠듭니다. 하지만 다이어트를 하는 사람의 76퍼센트는 다이어트를 시작한 지 3년 뒤에 다이어트 이전보다 살이 더 찌며, 5년 뒤에는 95퍼센트나 더 살이 찌는 요요 현상 때문에 괴롭답니다. 여러분의 몸 상태, 자신의 신체가 최적화된 균형점을 찾는 일, 이것이 바로 진짜 다이어트입니다.

페인이 된 뚱보에게, 내 안의 페인pain부터 찾자

그림에서 다리와 손을 저리도 자세하게 그리는 작가의 의도는 뭘까요? 가장 노출이 심하고, 사회적 관계를 맺기 위해 가장 먼저 사용하는 신체의 부위, 즉 마음의 상처를 가장 직접적으로 받아내야 하는 부위이기 때문입니다. 많은 사람이 응시하고 있지만 정작 스스로는 무심코 지나쳐버렸던 팔과 다리에 집중하게 된 것은 바로 그런 이유이지요. 여러분, 다리와 팔을 집중해서 바라본 적이 있습니까? 스스로 물어보세요. 찬찬히 바라보다 보면 내 몸의 본질이 조금씩 보이기 시작합니다.

작가는 작업일지에서 "개인이라는 존재가 여러 가지 규제나 틀 속에 자신을 자발적으로 가두고 살아간다"라고 주장합니다. 그녀의 그림 속엔 신체 형상과 관련을 맺는 사회적 관계가 그려져 있죠. 화면에 꽉 차게 그리는 건, 그만큼 감금되고 가두어진 채 살아가는 우리들의 모습을 담기 위함입니다. 작가는 인격이 세월과 환경에 노출되면서 이루어진 흔적이라고 믿고 있죠. "몸의 살결, 발바닥의 갈라진 부분, 지문, 튼 살, 몸의 구석구석의 얼룩과 땀구멍" 등 피부의 표피에 집중하면서 섬세하게 그려내는 작업은 바로 다른 이와 나를 구분시켜주는 환원 불가능한 내 신체의 면면을 그리기 위함입니다. 슈퍼모델과 내 몸매를 비교할 이유가 하등 없다는 것, 흔히 매스미디어가 만들어내는 기준점이 되는 신체에 대해 그저 '그건 네 생각이고'라고 말해도 된다는 걸, 동양화풍으로 그려진 우리 신체를 통해 보여주는 겁니다. 관계망 속에서 우리 스스로 고통pain을 주고 입혔던 '몸'에 시선의 초점을 맞추다 보면 왜 우리가 폐인이 되어가는지 깨닫게 됩니다.

인간의 몸을 그리는 시간

저는 개인적으로 대한민국의 다이어트 담론은 바로크적인 속성을 갖고 있다고 믿고 있습니다. 그만큼 허장성세로 가득합니다. 섭생의 목표가 하나같이 기계적으로 조형한 몸을 만드는 것이 되어서는 안 됩니다. 회사 일과 글쓰기를 동시에 하면서, 과도한 업무에 질린 탓에 호흡을 놓치고 균형감을 상실해서 그 결과로 따라온 '살'의 상처들을 치유하는 것, 그것이 제 다이어트의 목표입니다.

저는 흔히 '40일, 다이어트의 기적' 같은 것을 믿지 않습니다. 우리에게 필요한 것은 온라인 공간에 중독되어 살아가는 우리들에게, 40일의 쉼을 주는 일이 아닐까요? 제가 12년을 끌어온 제 블로그에 안식년을 주고 자발적으로 활동을 멈췄던 이유이기도 합니다.

우리는 흔히 '포커스를 맞추다'란 표현을 씁니다. 포커스focus란 영어 단어는 '초점을 맞추다' 혹은 '집중하다'란 뜻입니다. 이 단어의 라틴어 어원을 찾아보면 의외로 '화로'란 뜻을 갖고 있습니다. 우리 몸을 응시하고 그 반응에 초점을 맞춘다는 것은, 멋진 몸매를 가진다는 뜻보다, 그 안의 냉결된 상처를 따스한 불로 녹여낸다는 뜻일 겁니다. '팻'Phat, '멋지다'란 뜻한 우리가 되어보자고요. 누가 뭐래도 마음만은 훌쭉하니까요.

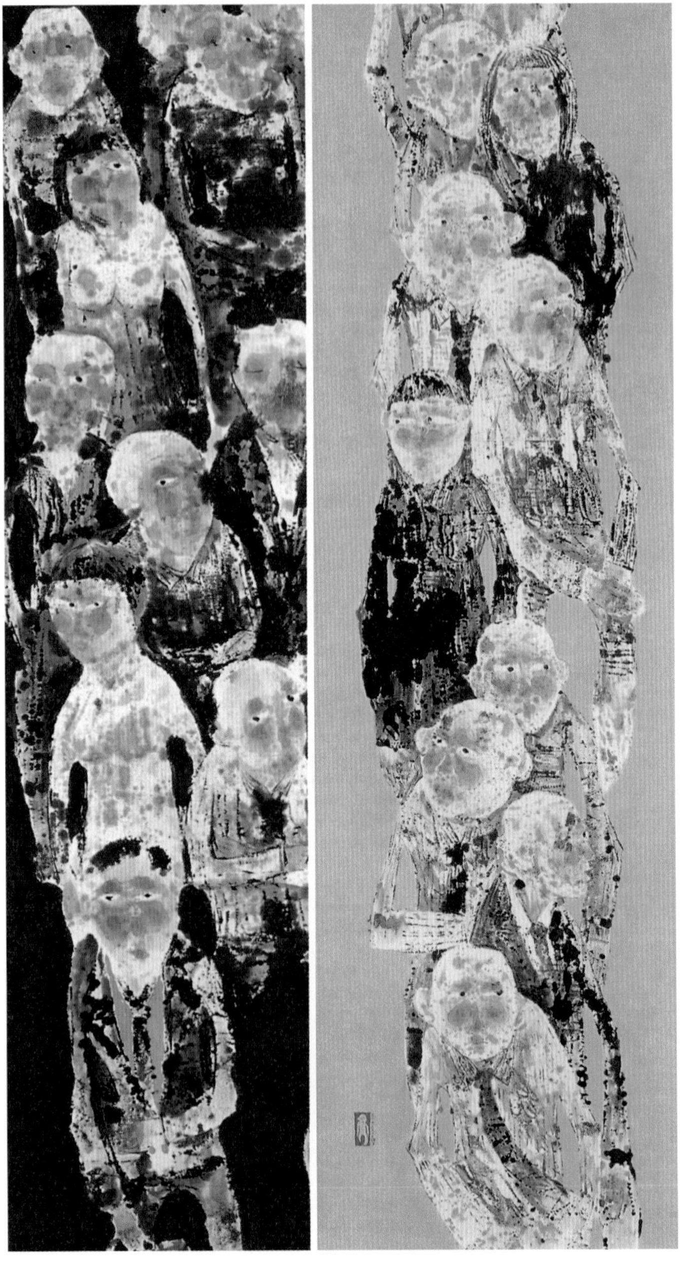

우종택, 「줄서기」

남자여, 줄 서는 법을 배워라

#1. '앞으로나란히'의 추억

얼마 전 특강 의뢰가 있어 지방의 모 대학에 다녀왔습니다. 강의 전, 예전에 다녔던 초등학교를 방문했습니다. 어렸을 때는 가로지르려면 땀 깨나 흘려야 했던 커다란 백사 운동장이 왜 이렇게 작아진 건지 의아했습니다. 발그레한 아도비 빛 벽돌로 단아하게 지은 학교 건물 외관은 여전합니다. 초등학교 입학식 날이 떠오릅니다. 오전 봄 햇살을 피해 시원한 나무 사이, 엄마 손을 잡았다가 뭐가 두려운지 엄마의 치마 뒤로 숨어 널브러진 운동장을 바라보던 그때. 인생 처음으로 만난 선생님은 우리들에게 '앞으로나란히'를 시켜 줄을 맞춥니다. 줄에 대한 감각이 없었던 걸까요? 저는 이 '앞으로나란히'를 하면 꼭 저를 기준으로 해서 뒷줄이 틀어진다며 꿀밤을 맞곤 했습니다.

#2. 줄을 서시오 줄을……

중학교 시절 아침 조회 시간, 반 별로 줄을 서는 일은 중요합니다. 질서정연하게 앞과 옆, 후방의 줄을 함께 맞추는 작업이 이어지고, 교장선생님은 예의 잔소리로 줄을 잘 서는 반은 공부도 잘한다며 추켜세우지요. 물론 도열의 정교함이 학업 성취도와 얼마만큼 상관관계가 있는지는 명확하지 않지만 말입니다.

대학을 다닐 때도 전산화 이전 세대이기에, 수강 신청을 위해 줄을 섰고, 수업 시간이 되면 가장 앞줄에 앉아 교수님과 시선을 맞추었습니다. 시선의 줄을 맞추는 일이 학점 취득에 얼마나 도움이 되는지 배운 시절이지요.

대학 2년을 마치고 군대에 입대했습니다. 군대만큼 남자에게 줄이 중요한 것인지를 '악에 받치도록' 배우게 되는 때는 없습니다. 소대가 연병장을 뺑뺑이 돌 때도 줄은 틀어져선 안 됩니다. 줄이 틀어진다는 것은 곧 전쟁에서의 실패이자 군인정신의 망각이죠. 훈련소 시절에는 혹독한 사격 예비훈련을 마치고 자투리 시간에 흡연을 할 때조차 도열이 흐트러졌다간 구둣발 세례가 이어졌습니다.

생전 처음으로 운전면허를 따고 거리로 나갔을 때도 기억납니다. 정지선을 위반하지 않으려고 핸들을 잡은 손엔 항상 땀이 차 있었습니다. 그 결과 안전운전의 원칙이 몸에 배었습니다. 돌이켜보면 줄을 서고 맞추는 일은 세월의 흐름에 따라 다양한 차원의 의미가 덧붙는 과정이었습니다.

선과 줄, 그 여백 사이

세포 곳곳에 아로새겨진 유전자 정보처럼, 사회화 과정의 한 축을 긋는 이 '줄서기'는 직장에 들어가면서 본격적인 변형 과정을 맞이합니다. 줄을 선다는 건 좋은 걸 먼저 얻을 수 있는 기회와 연결되며 성공과 안정을 가져다주는 사회적 기술이죠. 조직 내에서 '너는 누구의 라인이냐'라는 질문은 업무 영역과 의사결정 권한의 범위를 넘어 성공의 열쇠를 누가 쥐고 있는가, 누가 운전하는 버스를 타야 조직의 정상에 오를 수 있는가를 뜻합니다. 저 또한 입사 초기 선배들의 프로필과 업무 역량을 평가하며 나름의 조직 내 사회망을 디자인하곤 했습니다. 기업 내에서도 알짜배기라 불리는 하위조직이 있고, 같은 양의 노력과 업무 성과를 내도 자신의 활동이 선연하게 드러나는 부서가 있는 법입니다. 조직 행동에서 '의존성dependency'이 커지는 기업 내 희귀 자원과 의사결정권을 둘러싼 줄서기가 시작되는 건 바로 이런 이유에서입니다.

최근 직장인 1,984명을 대상으로 한 '사내 라인 문화 존재 유무'에 관한 설문조사 내용을 보니 응답자의 72퍼센트(1,429명)가 재직 중인 기업 내에 "라인(파벌) 문화가 존재한다"라고 답했습니다. 조직 내 파벌 형성은 권력을 얻기 위한 필연적인 수순입니다. 무조건 부정적으로만 볼 것이 아니지요. 고대 근동 지방에는 다림줄plumb line에 대한 이야기가 있습니다. 다림줄이란 성전을 건축할 때 벽이 정확하게 수직으로 세워지고 있는지 확인하기 위해 건축가가 사용하는 도구입니다.

건물이 안정되게 세워지려면 건물의 간주間柱와 벽이 다림줄과 나란히 되어야 하며 그렇지 않을 경우 건물이 무너질 수 있다는 것을 옛 건축자들이 알고 있었다는 점은 놀랍습니다. 조직이란 집을 짓는 데도 이 다림줄이 필요합니다.

기업 내의 줄은 인간의 띠로 구성됩니다. 부서와 지연, 학연, 입사 연차의 줄이 이 다림줄이 되려면 어떻게 해야 할까요? 우종택의 그림은 바로 이런 질문에 대한 답을 제공합니다. 일그러진 얼굴 표정, 메마른 허우대, 이미 떠나버린 것을 기다리는 간절한 눈빛을 하고 한 곳을 향하여 모여 있는 사람들의 모습이 보입니다. 아래턱은 처져 있고, 근육은 굳어버렸고, 건조한 주름과 검버섯 가득한 안면엔 수심이 가득하네요. 어떤 이는 맨발로 걷기도 하고 짙은 어둠이 먹어버린 듯한 팔과 다리를 가졌네요. 땀인지 눈물인지 알 수 없는 액체로 가득한 그릇 속에 발을 담그고 서로의 눈치를 보는 인간들의 모습은 14년 차 '직딩'의 시선을 단번에 끌고 맙니다.

줄서기, 양날의 칼

작가는 조직 내의 '줄서기'가 양산한 현대인의 초상을 그리고 싶었다고 합니다. 한지에 번지는 수묵의 느낌이 묘사하는 우리들의 모습은 '조직 속 익명인' 그 자체입니다. 그저 목에 걸린 넥타이와 얼핏 보이는 양복의 실루엣으로 회사원이겠거니 추정해볼 뿐이지요.

우종택, 「줄서기」

뒤에 업힌 남자가 앞을 향해 가는 남자의 눈을 가로막고 있습니다. 자세히 보니 어깨 위엔 원숭이가 앉아 있습니다. 조직 속 생존본능이 우리에게 강요하는 버려진 자존감의 상징입니다. 한국화를 전공한 작가는 모필로 섬세하게 대상을 묘사하기보다 발묵의 번짐을 이용, 독특한 자신만의 개성을 성취했습니다. 이뿐만이 아니죠. 아크릴릭 물감 같은 서양 재료를 이용해 더욱 다채롭게 표현함으로써 표현의 범위를 확장시켰습니다. 조직 내 줄서기도 이와 다를 바 없습니다. 부정적인 것으로 치부하기엔, 너무나도 엄연한 현실입니다. 조직에 긴장감을 부여하거나 단기간에 프로젝트를 끝낼 수 있는 힘을 모아주기도 합니다. 그러나 지나치면 조직의 응집성을 깨뜨리고 전체의 유효성과 도덕성에 치명상을 입히게 되죠.

영어에서 line이란 단어를 찾아보면, 순번을 기다리는 사람의 줄(열)이라는 뜻 외에도 옷의 윤곽선, 스타일, 계열, 방향성, 개인적인 견해, 노선 등 다양한 의미가 담겨 있습니다. 줄은 설 수도 있지만, 우리 스스로 긋기도 합니다. 화가는 줄을 그어 풍경을 화면 속에 담아내죠. 지금 어떤 선과 줄을 긋고 그 속에 편입되어야 할지 고민해야 할 때 입니다. 여러분은 어떤 줄을 염두에 두고 있나요? 굉장히 궁금한 하루입니다.

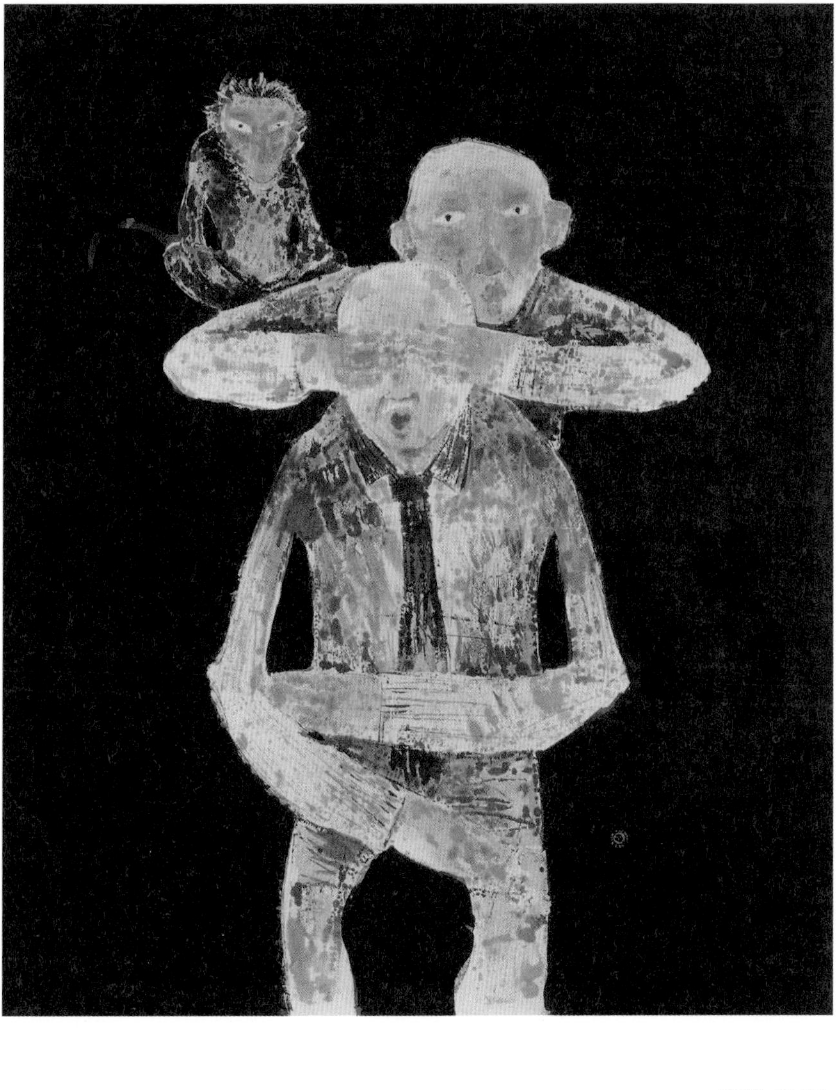

우종택, 「줄서기」

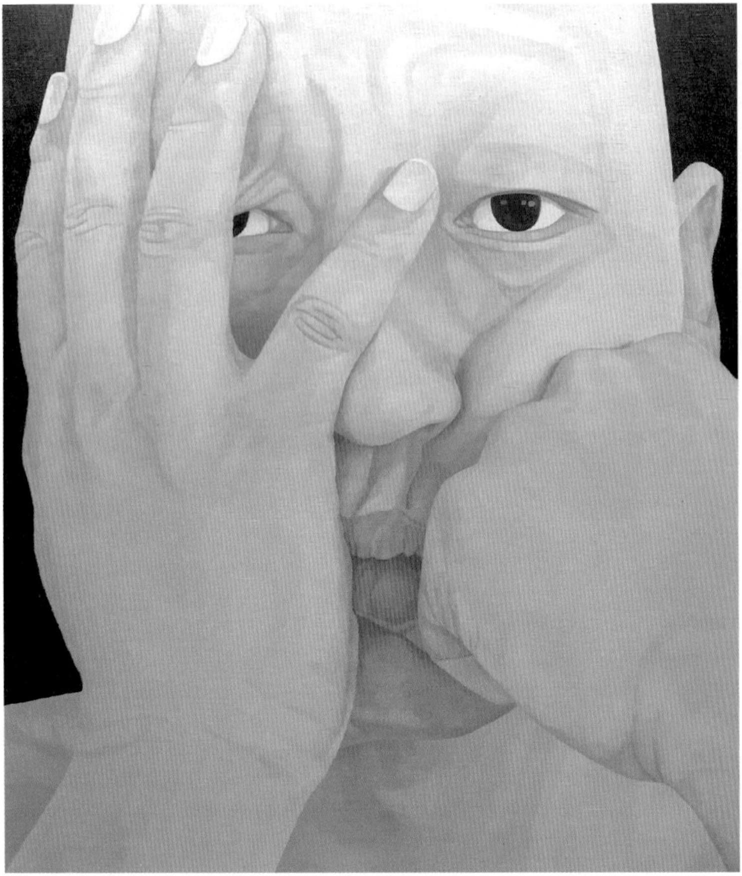

변웅필, 「한 사람으로서의 자화상 39」

기적을 부르는 그림

기적은 결코 자연에 반하지 않는다, 오히려 우리가 알고 있는 것에 반할 뿐이다. _성 오거스틴

낡은 반지를 벗어라

새해가 밝아옵니다. 겨울 한파가 일주일째 지속되었고, 밤새 내린 눈으로 거리는 온통 백색이었습니다. 겨울눈은 보송보송 부드러운 갑옷을 두른 채, 모든 세상의 외곽을 덮었습니다. 만물의 실루엣을 단순하게 만드는 눈의 신비. 겨울눈은 복작거리는 삶의 무늬에 여백을 입히고 우리에게 좀 더 단순해질 필요가 있다고 말하는 듯합니다. '송구영신送舊迎新'이란 표현을 영어로 찾아보니 'Ring out the old ring in the new'라고 하네요. 오래된 반지를 벗고 새로운 생의 고리를 손가락에 끼운다고 해석할 수 있겠습니다. 반지는 생의 순환과 전회를 의미하는 말이기도 합니다.

새해가 밝기 직전 우연히 한편의 영화를 봤습니다. 로맨틱 코미디 장르의 대가인 노라 에프론 감독이 연출한 「줄리 & 줄리아」란 작품이었습니다. 이 영화는 프랑스 요리의 대가로 성장한 1950년대의 줄리아 차일드의 인생과 하루아침에 임시직 공무원에서 스타 요리 블로거가 된 2000년대의 줄리란 여자의 삶을 교차시켜 보여줍니다. 1950년대 매카시즘의 혹독한 검열 사회를 살았던 줄리아와 2000년 초 9.11 테러의 와중에서 사람들의 분노와 상처의 목소리를 들어야 하는 공무원 줄리의 삶은 일면 닮았습니다. 그 가운데서도 자신이 좋아하는 일에 미치도록 도전해서 출판이란 결실을 맺는 것도 비슷합니다. 영화를 보면서 눈물이 주르르 흘렀습니다. 저도 블로거로 시작해서 출판을 하게 된 경우인데, 이 과정에서 출판 시장 논리를 잘 알지 못해 마음고생 했던 과거의 시간이 떠올랐기 때문입니다. 영화 속 주인공들은 하나같이 요리가 '정직'하기 때문에 좋다고 말합니다. 삶의 단면은 서로 다른 입장에 따른 수많은 해석으로 복잡하지만, 요리는 과정 속에 집어넣은 식재료의 질과 조리하는 손길의 정직성에 따라 '정확한 맛'을 낼 뿐이라고 말하죠. 요리를 하는 그녀들의 표정은 무척이나 밝고 환했습니다. 집에 돌아와 거울 속에 비친 제 얼굴을 봤습니다. 지난 한 해 나는 어떤 표정을 짓는 인간이었나 하는 생각이 들었습니다.

변웅필, 「한 사람으로서의 자화상-거울 1」

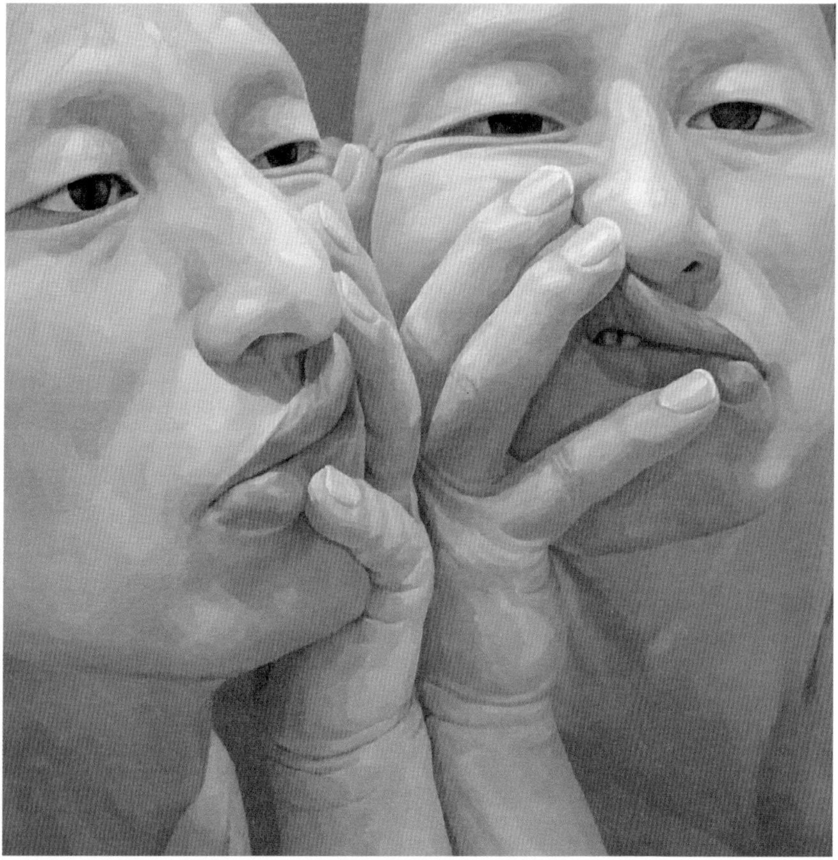

기적을 낳는 얼굴

얼굴을 가리켜 폄하하는 의미로, '면상面相'이란 표현을 씁니다. 상相에는 어떤 마음 밭을 일궈왔는지를 살펴본다는 뜻이 있습니다. 그러니 얼굴은 생의 무늬이자 정신적 이력서와 같은 것이죠. 나이가 들어가면서 생의 흔적과, 사유의 무게, 타인에 대한 배려, 자신의 정치적 입장, 라이프스타일 등 이 모든 것이 마치 나무가 자라듯 밭에서 여물어가는 무늬가 되는 것, 그것이 얼굴입니다. 올 한 해를 돌이켜보며, 나는 얼굴에 어떤 무늬를 새겨왔는지 살펴봐야겠습니다.

우리는 흔히 '생긴 대로 산다'라는 말과 '외모도 경쟁력'이라는 두 개의 지점 사이에서 어떤 결정을 내릴지 고민합니다. 외모가 경쟁력이 되는 시대가 무서운 것은 특정 유형의 외모와 스펙을 가진 사람을 '우수하다'라고 치켜세우는 논리이기 때문이죠. 자세히 살펴보면 인종주의자들의 논리와 다를 게 없습니다. 조제프 아르튀르 고비노란 학자는 『인종 불평등론Essai sur línegalité des races humaines』에서 백인종만이 역사의 주인이 되고 나머지 황인종과 흑인종은 보조적인 역할을 해야 한다고 주장합니다. 성형으로 고치는 우리의 외모가, 어떤 인종의 특정 '상'을 닮아가고 있다는 것, 여기서 다시 한 번 살펴봐야겠습니다.

여기에 반해 생긴 대로 산다는 건, 우주의 생성과 삶의 리듬, 우리의 모든 것을 아퀴 지은 절대자의 형상으로 빚어진 인간의 모습 그대로 본다는 것을 의미합니다. 문화철학자 에른스트 카시러는 이런 사

변웅필, 「한 사람으로서의 자화상-입맞춤 5」

유의 방식을 가리켜 상보적 세계관이라고 했습니다. 나만 면상을 가진 게 아니라, 내 눈에 비치는 타인의 면상도 있고, 그/그녀의 시선에 비치는 나의 면상도 있다는 거죠. 참 단순한 이야기이지만, 쉽지 않습니다. 인간에게는 철저하게 자신의 이기심을 포장하는 나르키소스적 일면이 있기 때문입니다.

변웅필이 그린 자화상을 볼 때마다, 클로즈업 화면으로 구성한 화가 자신의 얼굴을 통해, 저 자신의 모습, 나아가 타인의 모습을 봅니다. 한 인간의 얼굴 앞에서 나는 어떤 태도를 취해야 하나, 어떤 생각에 젖어야 하나를 자문하게 됩니다. 프랑스의 철학자 질 들뢰즈는 "땅은 조경을 통해서 영토화 된다"라는 주장을 하죠. 풍경을 조형함으로써, 의미 있는 지점으로 만든다는 뜻입니다. 우리에게 있어 얼굴은 뭘까요? 울고 웃고 화내고, 빈정거리고, 질시하고 모든 감정의 체계를 그리는 일종의 캔버스와 같습니다. 각각의 표정들이 하나의 영토를 이루며 얼굴이란 땅 위에 서게 되는 것이죠. 그런 의미에서 이 글에 앞에 소개한 송구영신의 영어 표현을 'throw out the old face in the new' 라고 바꾸면 어떨까요?

환한 얼굴은 곧 기적을 만드는 강력한 부적과 같습니다. "기적은 결코 자연에 반하지 않는다, 오히려 우리가 알고 있는 것에 반할 뿐이다"라는 성 오거스틴의 말을 다시 생각해봅니다. 얼굴의 표면엔 누적된 기억이 지층처럼 쌓여 있습니다. 우리의 선입견, 한 해 동안 느꼈던 좌절감, 상처, 인간관계의 배신감 등이 마치 프로그램처럼 굳어져 응고되는 것이죠. 이미 익숙해져 있다고, 새로운 일은 생길 수 없다고 푸념하는 표정 위로 기적의 구름은 흘러가지 않습니다. 오래된 반지를 벗어버리는 것이 생의 순환을 윤활하게 하려는 인간의 의지이듯, 한 해의 헝클어진 표정의 얼굴을 벗어버리고, 환하게 피어나는 얼굴을 가져보는 건 어떨까요? 기적이 뭐 별건가요?

성민우, 「결혼」

결혼, 일년생 풀들의 노래

대화야말로 사랑의 묘약

얼마 전 지하철을 탈 때마다 얼굴을 푹 숙였습니다. 지하철 쉼터 텔레비전에 매 시간 등장한 한 편의 영화 때문이었죠. 제목은 「사랑의 묘약」. 2012년 국제초단편영화제의 초청작이었는데요, 제가 이 영화에 출연을 했습니다. 배우 염정아씨가 재능기부를 해주신 덕에 영화제 첫날 호응도도 좋았고요. 베니스 국제영화제 예심에도 나가게 되었으니 저로선 기쁜 일이었습니다.

문제는 제가 이 영화에서 맡게 된 역할에 있었습니다. 무슨 역할이냐고요? 이혼 직전의 부부들을 위해 묘약을 파는 야매(?) 약장사입니다. 약장사를 찾는 여자들은 남편과의 성생활에 불만이 있는 사람들입니다. 하나같이 '밤새도록 하고 싶은' 욕망을 채워줄 약을 찾습니다. 제가 파는 약이 효과가 좋긴 합니다. 그들의 소망처럼 '밤새도록 할 수' 있게 도와주죠. 단 그것이 부부간의 섹스가 아닌 대화였다는 게 차이입니다. 먹는 순간 하반신이 마비되고, 그 마비를 풀려면 하루 종일 상대와 밀린 대화를 해야 하는 약. 이게 과연 묘약이 될 수 있을까요? 글을 쓰다 보니 스포일러가 되어버렸네요. 감독님께 혼날까 두렵습니다.

대지의 풀들, 정녕 강한 것들의 세계

꾹 짜면 쪽빛이 우러날 것 같은 결 고운 하늘. 짙어가는 겨울의 한복판을 건너 전시장으로 발걸음을 옮겼습니다. 전시 제목은 〈일년생〉. 무슨 뜻일까 하고 들어갔는데 작가 이름이 어딘가 모르게 눈에 익습니다. 혹시나 해서 화가의 전체 작품을 묶어놓은 도록을 보고서야 '아, 이분이구나' 했답니다.

몇 년 전 한국인권재단과 함께 '마흔 살, 남자학교'란 프로그램을 운영한 적이 있습니다. 저는 미술치료 분과를 맡아서 남성분들과 그림 수다를 떨었습니다. 가족과 사랑, 꿈, 아내에 대한 생각 등 많은 이야기를 나누었지요. 당시 40대 남자에게 결혼은 무엇일까를 그림으로 풀어보려고 데이터베이스를 뒤졌습니다. 그때 제 눈에 들어온 한 편의 그림이 있었으니, 성민우란 작가가 그린 결혼사진 그림이었습니다. 검은 배경을 구성하는 비단 위에 금분과 채색을 이용해 정교하게 그린 가족사진과 결혼식 장면이 눈에 들어옵니다. 자세히 보니 사람들의 모습이 풀로 엮여 있습니다. 금빛과 보라색, 녹색이 적절하게 조화를 이루며 촘촘하게 짠 한 장의 직물처럼 인간의 몸을 감쌉니다. 그림의 의미가 궁금해 작가에게 의미를 물었습니다. 작가 노트를 올려봅니다.

> 질경이는 양지에서 잘 자라는 풀이고 달개비는 음지에서 잘 자랍니다. 흔히 여성은 음으로 남성은 양으로 이야기됩니다. 이 작업에서 여성은 질경이로 남성은 달개비로 표현이 되고 있습니다. 일종의 도치입니다. 붉은 선으로 그려진 풀 하나하나의 잎맥은 각기 다른 풀로 그려진 여성과 남성의 이미지를 엮어냅니다. 한 여자와 남자가 만나 결혼을 합니다. 다른 성, 다른 배경, 다른 성격이 만나 결혼이라는 형식을 통해 사랑의 결실을 이루는 것을 결혼이라고 하지요. 그러나 결혼은 단순한 사랑의 결과물만은 아닌 것 같습니다. 결혼을 통해 서로 함께 살기 어려운 질경이와 달개비가 혈연, 핏줄보다 어려운 관계를 형성하며 살아가야 하는 것이 결혼입니다. 수많은 갈등과 오해가 결혼 뒤에 이어지지만 가족, 혈연이라는 관계로 결혼은 공고해져 갑니다. 양지에서 자라는 질경이는 음지에서는 조금 다른 모습으로 살아갑니다. 달개비는 햇빛을 받아들이기 위해 잎을 피우지만 양지보다는 음지의 서늘함을 더 닮았습니다. 너무나 다른 이 풀들의 교집합을 결혼이라는 형상으로 보여주고 싶었던

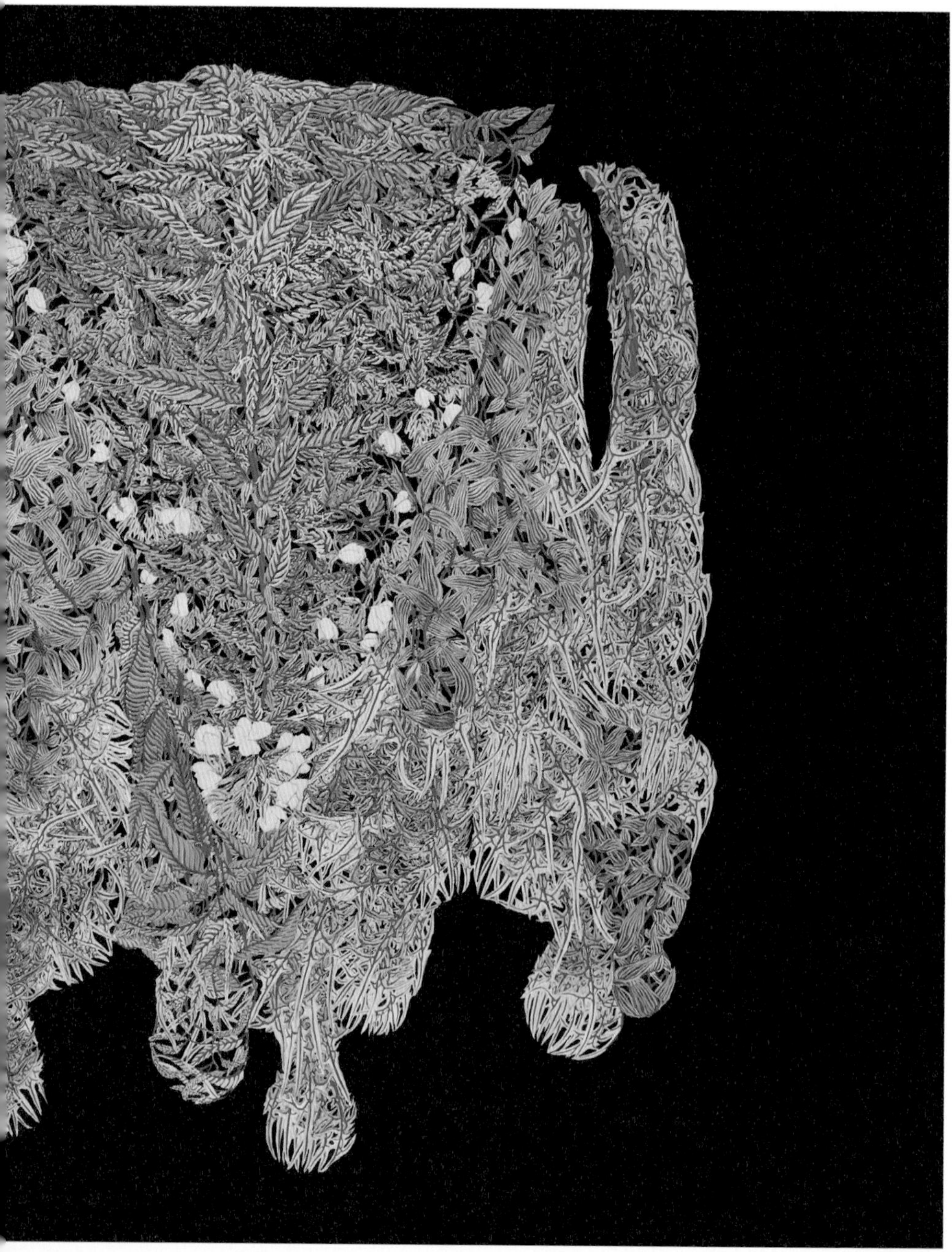

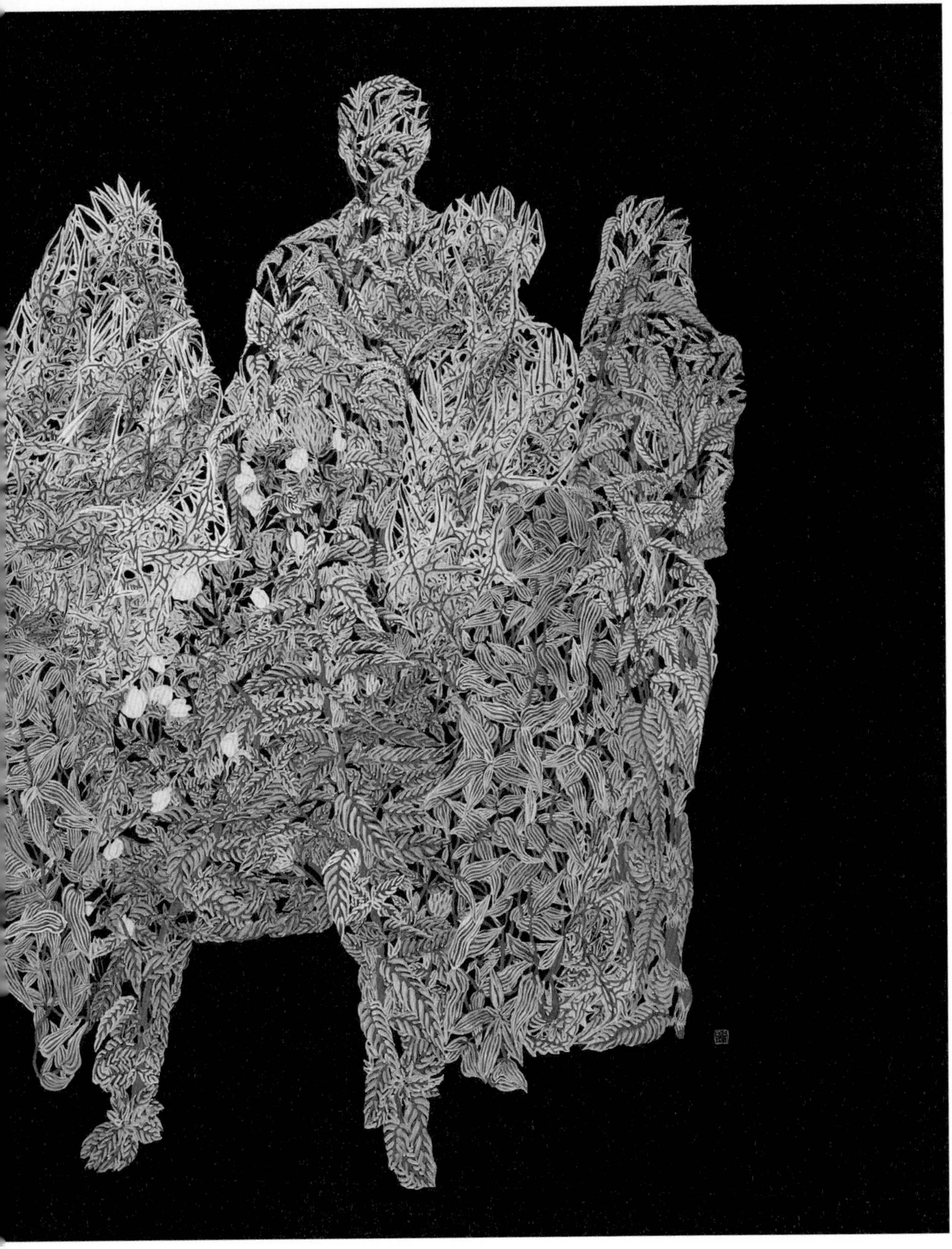

성민우, 「가족」

작업입니다.

성민우 작가는 12년의 결혼생활 동안 소중한 두 아이의 엄마가 되었습니다. 학부 시절 남편을 만나 결혼을 했고 늦게 그림을 시작했습니다. 작가 본인의 표현대로 '결혼이 아닌 시집을 갔다'라는 점을 되짚어보면 그림 속 풀들의 의미를 이해할 수 있습니다. 다른 이들보다 빨리 시작한 결혼생활은 녹록하지 않았을 것입니다. 시댁 상황 때문에 아버님을 모시고, 아이들을 키우며 사는 동안, 바깥출입이 쉽지 않았던 작가는 어느 날 산책길에 피어난 질경이 꽃을 봤습니다. 남초록과 보랏빛 들풀이 군생을 이루며 자라는 길을 따라 걷는 시간, 작가는 자신의 결혼에 대해 '단순한 맺어짐이 아닌 어떤 삶의 문제들을 풀어가는 상황의 연속'이라고 믿게 되었다지요.

그녀가 그린 또 다른 그림 「가족」은 결혼식장에서 찍은 가족사진을 바탕으로 다양한 인물들이 표현되어 있습니다. 아이를 안은 인물과 어린 조카들, 어머니와 시집 안 간 누이들까지, 식물의 이미지로 그려진 가족은 다름 아닌, 결혼 이후에 우리가 갖게 될 미래의 땅입니다. 작가는 그림을 그림으로써 그들을 품었을 것입니다. 선을 그린다는 뜻의 드로잉에는 끄집어낸다는 뜻도 있지요. 작가가 끄집어낸 내면의 세계 속으로 들어가보죠.

성민우, 「그녀를 위한 부케」

식물의 운명은 인간의 운명이다

질경이는 길가에 피는 들풀의 대명사입니다. 이 풀의 특징은 반드시 길이란 상수가 존재한다는 것입니다. 길을 따라 자라는 속성 때문에 독일에서는 '길의 파수꾼'이라는 애칭으로 불린다지요. 식물의 섭생을, 그들이 성장하고 사멸하는 과정의 속살을 조금만 살펴보면, 인간의 삶이 남우세스럽기만 합니다. 질경이가 길을 따라 자라는 것은 사람이나 동물의 발에 밟히는 것을 오히려 역이용하기 위해서랍니다. 씨앗은 지나다니는 사람이나 동물의 발바닥에 묻어 새롭게 자라날 자리를 찾아 종자를 퍼뜨리지요. 그렇게 지르밟아도 쉽게 꺾이지 않는 것은 질경이 잎 속에서 강한 실처럼 차오르는 다섯 가닥의 줄기 때문입니다. 또한 유연해서 언제나 자신의 몸을 휠 수 있기 때문이기도 하죠. 짙은 초록빛 이파리 속에서 다섯 가닥의 줄기는 마치 인간의 몸을 구성하는 혈관처럼 이음새 없이 서로를 견인합니다.

보랏빛 달개비는 또 어떤가요? 이 꽃은 세 개의 단아한 타원형의 꽃받침을 피워내며 길가나 풀밭, 냇가 같은 습지에서 자랍니다. 각 마디마디에서 뿌리를 내리며 많은 줄기가 자라나는 달개비. 이 풀은 한창 피어날 때면 이파리가 실크처럼 부드러워서 명주나물이라고도 불린답니다. 양지에서 자라는 질경이와 음지에서 잘 자라는 달개비는 태생상 결코 만날 수 없는 운명인지도 모르겠습니다.

인간 세계에서 이렇게 확고부동한 삶의 방식을 익히며 살아온 두 개체가 하나로 묶이는 사회적 사건이 바로 결혼입니다. 교육을 통해 새겨진 취향과 태도가 하루아침에 누군가의 취향과 하나로 통합되기란 쉽지 않습니다. 왜 캔버스의 배경이 검은색일까요? 검은색은 모든 것을 빨아들이는 강력한 힘을 갖습니다. 그러니 결혼이란 엄연한 현실에서 마주하게 되는 다양한 사건들을 은유하는 것은 아닐까요. 섬세하게 뿌리를 내리는 질경이와 보랏빛 달개비는 결혼을 통해 얻고자 하는 행복에의 의지가 아닐까 싶습니다.

흔히 음과 양의 세계라 부르는 남자와 여자의 만남을 도치시킨 것은, 지금껏 우리가 지나친 여성성과 남성성으로 구분된 세계를 살아오느라 놓치고 있었던 것들을 부각시키기 위함은 아닐까요? 여성이 남성을 배우고, 남성이 여성을 배울 때, 각자가 대지 아래로 내리고 있던 뿌리는 하나로 모여 금빛 찬란한 화엄의 세계를 이룰 수 있습니다. 화엄이 별것인가요? 엄숙하고 단정하게 제자리에서 피는 꽃들의 속살에 각인된 수많은 계절의 수행이 아닐까요? 지르밟을수록 자신의 지경을 확장하는 질경이와 단단한 매무새를 갖추었으되 표면은 명주처럼 보드라운 달개비에게서 사랑의 묘약을 찾아야 할 것 같습니다. 하긴 달개비는 몸의 열을 내리는 데 좋다지요. 생의 고비, 결혼의 환절기를 맞이할 때마다 우리 안에서 차오르는 이유 없는 열을 내리고 싶다면, 오늘 하루 남편을 꼭 안아주시는 것도 좋을 듯합니다. 이것이 이야매 약장수가 드릴 수 있는 최고의 처방전이 될 것 같습니다.

요시자와 도모미,「상처를 널어라」

머리카락을 빗으며 마음의 결을 가지런히

머리를 빗는 시간

친구가 사준 상아 빗을 꺼내 거칠어진 머릿결을 가다듬었습니다. 하루 종일 자판 위에 붙어 글을 생산하는 인생을 살아가면서 얻게 된 자유와 사유의 몫만큼 제 신체에서 빠져나간 것이 있으니, 바로 머리카락입니다. 유명 화장품 회사에서 '메이크업의 문화사'를 가르치는 인기 강사로 뽑히면 뭐합니까? 정작 저 자신은 너무 돌보질 않으니 말이에요. 어찌되었든 최근 M자형 탈모 초기 진단을 받은 후에, 살찔까 두려워 하루에 한 끼만 먹었던 버릇도 고치고, 허브를 넣은 물에 머리도 감고 트리트먼트도 정기적으로 받고 있습니다. 세월의 무게를 이고 온 여린 머리카락, 그 속에 담긴 생각들이 미끌미끌한 비누 거품을 타고 빠져나오는 것 같습니다. 머리카락이 분실될 때마다, 헛헛함이 쓴

담즙처럼 마음 골짜기에 고입니다.

가는 머리카락에 담긴 빽빽한 의미

소녀의 팔랑거리는 머리카락 촉감, 화려한 반투명 옷을 입은 채 섬세한 꽃 포자 위에서 영혼의 방을 나들이하는 나비의 날갯짓, 모공이 순백으로 메워진 결곡한 여인의 피부…… 사실적인 질감과 더불어 현실을 덮는 초현실적인 세계가 엄마가 가슴팍에 끌어올려 덮어준 이불처럼 소녀의 마음을 껴안습니다. 일본 출신의 신인 작가 요시자와 도모미가 그리는 세계입니다. 머리카락을 빨래 널듯 줄에 널고 있는 모습이나, 머리칼 같은 엷은 스트라이프 무늬가 그려진 셔츠를 입고 뭔가를 말하지 않기 위해 꽉 입을 틀어막은 채 화면 밖을 응시하는 여인의 모습도 있습니다.

「커넥션—연결되어 있음에 대하여」란 작품을 보면 머리카락 한 올 한 올이 바람에 휘날립니다. 자세히 보니 머리카락 사이로 작은 나뭇가지들이 보입니다. 중세에는 머리카락을 뇌에서 영혼의 수액을 공급받으며 피부를 뚫고 자라는 식물이라고 생각했다지요. 굵고 길게 땋아 식물적인 느낌을 더한 아프리카 여인들의 머리카락이 바로 그 예죠. 이렇게 보면 머리칼은 단순한 피부의 확장이 아닌 세상으로 진입하려는 소녀의 아련한 꿈이 용해된 기호입니다.

영혼과 신체를 매개하는 영적인 사물로 인식되어온 머리카락은

요시자와 도모미, 「커넥션-연결되어 있음에 대하여」

중세로 접어들면서 영적인 의미들이 더욱 강화돼 덧붙습니다. 수사들은 환상삭발(고리처럼 가운데를 둥글게 비워 깎은 머리형)을 하여 신을 위한 희생과 정화를 하고, 나아가 과도한 공격성을 제한하고자 했답니다. 고대인들은 머리카락을 한 개인의 영혼이 거주하는 머리를 보호하는 임무를 맡은 방패라고 생각했다지요. 한 올의 머리카락에는 인종, 권력, 욕망, 삶과 죽음 등 정교하게 접힌 겹겹의 의미가 담겨 있습니다.

머리카락은 상태와 성질, 색상을 통해 소유자의 정체성을 드러냅니다. 전통적으로 머리카락은 집단에서의 위상을 표시하는 거울이었고 현대의 헤어스타일은 취향과 직업, 성격, 정치적 성향 등 메시지를 보내는 송신장치이자 개인의 환원 불가능한 식별 부호로 자리 잡고 있습니다. 머리카락 색깔은 또 어떻고요. 르네상스 시대의 저명한 의사 장 리에보는 1582년 출간한 『인체를 아름답게 하는 세 권의 책』에서 갈색 머리는 정직과 충절의 상징이지만 빨간 머리는 오만하며 악덕에 빠지기 쉬운 성격이라고 규정합니다. 가정폭력금지법안을 제청하고 여성들에게 나이 차가 심한 남성과 결혼하지 말 것을 조언할 정도로 진보주의자였던 그조차도 머리카락과 관련해서는 납득하기 어려운 기준을 내놓습니다. 고대부터 현대까지 당대의 미인도를 분석할 때 빠지지 않는 단골 기준이 된 것은 금발이냐 아니냐였습니다. 여인들은 심지어 분뇨에 머리를 감는 등, 금발을 얻기 위해 별의별 엽기적인 방법들을 다 동원하기도 했습니다. 문화적인 의미들을 응축한 머리카락은 현대에 와서 유전학을 통해 개인의 유전 정보와 기억을 축적하고 있는 저장고로 격상되지요.

세상의 결을 빗는 시간

요시자와 도모미의 그림에서 촘촘하게 엉켜 있는 머리카락은 인간의 숲에서 소녀가 대면해야 할 '관계 맺기'의 어려움을 보여주는 듯합니다. 「비밀스런 대화」란 그림을 보면 머리카락이 서로 엉킨 두 소녀의 모습이 보입니다. 머리의 엉킴은 둘만이 간직해야 할 유년의 기억, 혹은 상처가 아닐까요? 소녀들의 표정엔 설명할 수 없는 우울한 기운이 감돕니다. 누구의 머리칼이라고 말하기 어려울 정도로 엉킨 머리카락을 가다듬고 빗기며 소녀들은 서로의 비밀을 털어놓을 것입니다. 풋사랑에 대해, 혹은 신체의 미묘한 변화와 자신의 진화를 이야기하겠지요. 그녀들은 자라면서 배우게 될 것입니다. 깊어서 더 맑은 가을빛 해묵은 강물처럼 더욱 깊게 사랑하고, 사람을 만나고, 아파하고 즐거워하는 법을 말입니다. 다시 보니 개별적인 두 사람이 아닌, 한 소녀와 그녀 자신의 정신적 분신이 투영된 모습을 그린 그림은 아닐까 하는 생각도 해봅니다. 엉킨 머리카락을 풀어낸다는 것은 헝클어진 나 자신을 어루만지는 자기 치유의 모습일 수 있을 테니까요.

페이스북 친구들 중 딸을 둔 이들의 글에는 항상 딸에 대한 걱정과 기쁨이 동시에 나타납니다. 요즘 '딸바보'란 말이 인기던데요, 그만큼 딸을 아끼는 아빠들이 늘었다는 것이겠지요. 가부장이란 단어요시자와 도모미, 「비밀스런 대화」

가 구세대의 화석이 되어버린 시대지만, 그렇다고 그 어느 때보다 딸과 아빠의 관계가 원만해졌다는 뜻은 아닙니다. 딸은 아빠의 마음속에 여전히 아이로 존재하지만 이미 스스로의 길을 걸어가기 위해 자꾸 아빠와 부딪치지요. 그런 모습에서 아빠는 더 이상 딸이 '나에게 기대지 않는' 상황을 아쉬워할지도 모릅니다. 그러나 여전히 아빠는 딸에게 '세상의 모든 남자들을 평가하는 기준'이 되는 존재이지요. 단, 그 기준이 물질적인 혹은 사회적인 성공의 잣대만을 의미하지 않아야 할 겁니다. 무엇보다 아빠는 딸의 삶에서 '언제든 그곳에 서 있음'을 느끼게 해주는 존재여야 할 테니까요.

세상에서 가장 사랑하는 딸의 머리카락을 빗겨주시는 건 어떨까요? 지금까지 자라오면서 무수히 건너야 했던 인간의 숲, 그 나지막한 갈림길 위에서의 만남들로 인해, 아마 딸의 머리카락 사이로 그려지고 있는 가르마에는 '모든 걸 다 안다'고 자부했던 아빠조차 감식하지 못한 상처의 무늬가 숨겨져 있을지도 모릅니다. 영혼의 고른 참빗질을 견뎌낸 올의 힘이 빠지지 않고 여전히 우리를 지킬 수 있도록, 오늘 하루는 딸과 단독 면담 한번 하시지요. 아마 징그럽다고 피할지도 모르지만요. 그래도 '고고씽'입니다.

이은, 「캐치 미 이프 유 캔」

댄디의 밀당이
자녀 교육, 필요해

인형을 뽑으며–곰돌이 푸와 토토로 사이에서

퇴근 후 극장에 갔습니다. 매표 후 남은 20여 분의 시간을 보내려고 오락실에 들어갔지요. 커다란 유리 상자 안에 담긴 자칭 '뽑기' 인형을 보면 전투력이 올라갑니다. 모바일 폰만으로 실시간 게임을 즐길 수 있는 요즘, 현란하게 펼쳐진 인형이 주는 시각적 즐거움은 남다릅니다. 네 개의 촉수를 가진 크레인을 이용, '이동과 하강→선택과 상승→이동→인형 투척'의 순서로 연결되는 인형 뽑기는 진부하고 비루한 일상의 행운을 점치는 '아케이드 복권'인 셈입니다.

인형 뽑기 게임이 처음 등장한 것은 1978년입니다. 일본에서 수입된 이 게임은 원래 인형이나 캐릭터보다는 담배나 초콜릿 같은 물품을 넣어두고 시작됐죠. 이후 1993년부터 인형만 들어 있는 일명 크레인 게임기가 개발되어 시판됩니다. 이 크레인 게임기 속 세상을 보면, 한탕주의에 빠진 현실의 은유인 것만 같아 아쉬울 때도 있습니다. 특히 물건이 나오는 구멍의 크기보다 훨씬 큰 '미끼용 상품'들이 들어 있음에도, 사람들은 그걸 뽑을 수 있으리란 환상에 빠진다는군요. 사행성을 넘어 중독성에 가까운 매력을 발산하는 이 뽑기, 어찌되었든 주의 대상입니다.

나 잡아봐라–사는 건 선택과의 줄다리기

인형 뽑기라는 소재를 마치 사진처럼 그린 이은 작가의 그림을 소개합니다. 그의 그림을 처음 본 것은 어느 겨울, 짧은 겨울햇살이 곱던 날이었죠. 처음엔 사진 전시회인줄 착각할 정도로 재현의 수준이 높았습니다. 「캐치 미 이프 유 캔」이란 영화 제목을 패러디한 그림 제목도 인상 깊었죠. 날 잡아보라며 놀려대는 곰돌이 푸의 눈동자가 제 망막에 맺혔습니다.

흔히 미술사에선 이런 스타일의 그림을 가리켜 극사실주의 회화Hyper-Realism라고 합니다. 대상에 대한 새로운 해석이나 주관을 일절 배제하여 마치 사진을 보듯 완벽하게 재현하는 것이 특징이지요. 한편으론 현실보다 더 현실 같은 화면을 그림으로써, 우리가 실제라고 믿는 '현실'의 쓸쓸한 이면을 전복시키는 힘을 갖고 있습니다. 저는 그의 그림 속에서 '선택'의 문제로 고민하는 우리 모두의 자화상을 떠올

이은, 「캐치 미 이프 유 캔」

럽니다. 40대에 접어들면서 많은 선택의 기로에 놓입니다. 자녀 양육과 부부관계의 문제에서 이직이나 창업과 같은 경력 개발에 이르기까지 다양한 스펙트럼의 '선택'과 대면하죠.

자식 농사가 만사—차라리 뽑기가 쉬울걸?

일본의 교육심리학자인 사이토 사토루는 『아버지가 변해야 가족이 행복하다』란 책에서 현대의 아버지들이 복원해야 할 '사회적 부성'의 두 가지 원칙을 제시합니다. 첫 번째는 자식들의 행동에 한계를 설정하여 '일정한 욕망을 억제하는 법'을 키우는 것이고, 두 번째는 어머니와 자식의 밀착된 관계를 끊는 칼과 같은 역할을 함으로써 사회의 일원으로 아이를 양육하는 것입니다.

아이와 정서적인 관계의 망을 잇고, 지지관계를 구축하고 아이의 장점과 단점을 파악, 장기적인 생의 이력을 캔버스에 그리는 일은 만만치 않습니다. 마치 그림 속 크레인에 걸릴 듯 말 듯 웃으며 우리를 향해 '날 잡아보시지' 하는 인형을 낚아채는 일처럼 말이죠. 그럼에도 또 다른 한편에는 인형을 귀신처럼 척척 잘 뽑아내는 이들이 있습니다. 그들에게 비결을 물었습니다. 결론은 간단합니다. "한 번에 뽑는다는 생각을 버리는 것" "몇 번의 기회를 통해 입구 근처로 옮긴 후 뽑을 것" "사물에 크레인을 댈 때, 무게중심과 악력을 생각할 것" 등입니다. 이 원리를 한번 자녀 양육의 원칙에 대입해보면 어떨까요?

이은, 「캐치 미 이프 유 캔」

한 번에 뽑는다는 생각을 버린다는 것은 자녀의 성장을 '장기적 관점'으로 바라본다는 뜻입니다. 재능 있는 아이로 키우기 위해서는 학교에서의 수학 능력을 넘어, 지적 호기심과 인내심, 유연성과 긍정성을 양육해야 합니다. 특정 영역의 지식을 갖추는 것보다 우선순위가 되어야 할 항목이죠. 장기적인 목표에 다가가기 위해 국부적으로 한 발자국씩 접근할 수 있는 지혜를 가르치는 부모가 되어야 합니다. 인형을 입구 근처로 옮기기 위해 평균 서너 번의 시도를 해야 하듯, 자녀가 자연스럽게 이력을 개발할 수 있도록 삶의 도전을 허락하는 것입니다.

자, 이제 가장 중요한 원칙을 되새겨볼까요? '인형의 무게중심과 크레인의 악력'을 생각하는 것입니다. 아이의 역량과 강점을 넘어, 가치관과 욕구를 중심에 두는 것입니다. 욕구를 평가할 수 있도록 자신만의 채점표self-scoring inventory를 만들어 작성하며 스스로 관심사를 깨닫도록 하는 것, 이것이 관건입니다. 역량보다 욕구가 무게의 중심점에 놓여야 합니다. 그래야 실패하지 않습니다. 이 과정에서 자신이 가꾸고자 하는 라이프스타일과 가족 간 관계, 개성의 유형을 발견하게 되는데요. 여기서 부모의 개입은 매우 중요합니다. 바로 악력이 필요할 때죠. 이때 타인(자식)에 대한 욕구의 강도를 조절해야 합니다. 이 과정에서 우리 자신의 정서적 면모까지 살펴볼 수 있어야 수평적인 대화 관계로 발전할 수 있답니다.

성경의 시편에서는 자식이 부모에게 있어 '금촉으로 만든 장수의 화살'이라고 비유하더군요. 자식 농사가 만사라는 말을 쓰시는 분들을 자주 뵙니다. 심지어 교육이론서를 수차례 집필하신 교수님조차 사석에선 아이를 키우는 일이 이론대로 되지 않는다며 푸념을 늘어놓는 걸 봤습니다. 행운이 뭐 별건가요?, 그림 속 인형들은 사진보다 화려한 색을 자랑하며 채색되어 있지만, 우리 아이들을 그림보다 더 밝고 찬란하게 키워가는 일, 그것이 바로 그림의 이면에 질펀하게 놓인 생의 씁쓸함을 극복하고 행운을 '나의 것'으로 만드는 방법이 아닐까요? 그림이 "나 잡아봐라~"를 연발하며 우리를 놀릴 때, "잡았다!" 하고 물리칠 수 있는 기운을 이 그림을 통해 얻으시길 바랍니다. 우리 아이랑 오랜만에 뽑기나 한번 하러 가야겠다고요? 행운을 빕니다!

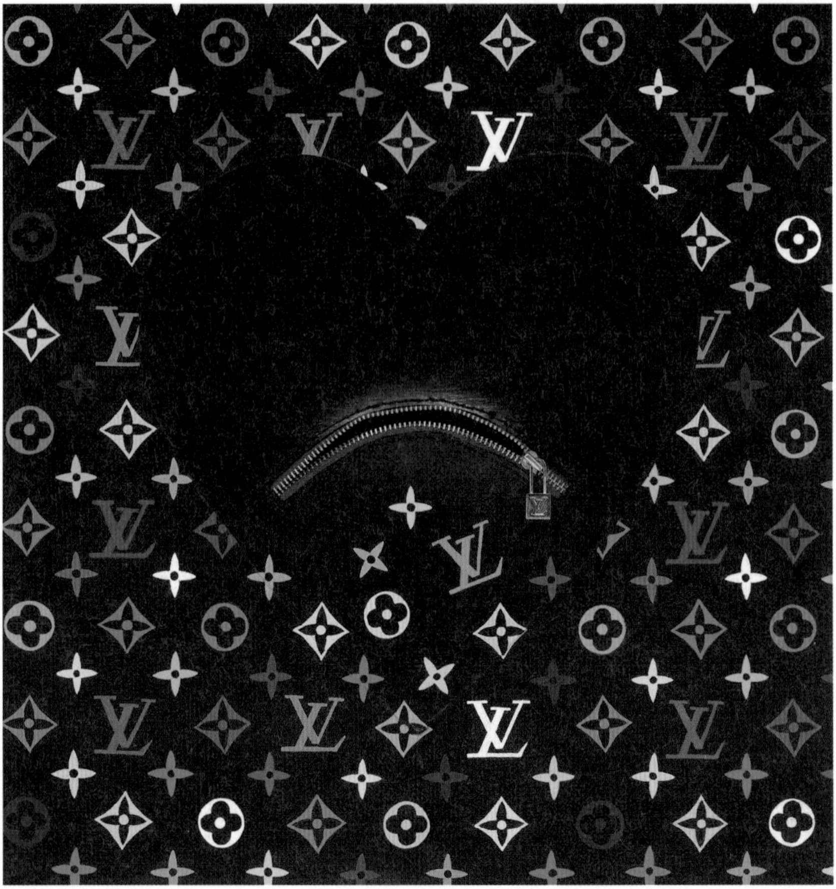

조미숙, 「Love Me」

인생이란 가방에 담아야 할 것들

계절에 맞는 가방을 꺼내며

주말 내내 굵은 빗방울이 포도 위로 내렸던 어느 가을의 일입니다. '입추'란 단어를 달력에서 발견하고선 가슴속에 물컹한 어떤 것을 만지는 느낌을 받았습니다. 여름 내내 폭염을 가슴에 삭히며 초록빛 글을 쓰려던 작은 꿈은, 한증막을 방불케 하는 열기와 습기 아래 내려놔야 했습니다. 상반기는 유독 방송과 원고, 외부 강의가 많아 부산하게 보냈습니다. 주말이면 집 앞 카페에서 하루 종일 도서관에서 빌린 책을 꼼꼼하게 읽으며 밑줄을 긋고 글을 썼습니다.

저는 항상 빨강, 검정, 노랑 이 세 가지 색상이 알알이 박힌 새철백을 들고 다닙니다. 검은색 의상을 좋아하다 보니 옷차림에 색이 개입되는 경우가 적어서, 탁하고 둔중한 느낌을 빼려고 화려한 색의 가방을 들고 다니죠. 무채색 의상에 환한 색의 방점을 찍고 삶의 런웨이를 걷는 시간에, 가방은 결코 빠져서는 안 될 패션 아이템입니다. 가방은 우리의 삶 전체를 통해 우리와 함께합니다.

환절기에는 옷장을 정리하고 계절의 문법에 맞는 소품들을 다시 꺼내어 손질합니다. 이유는 간단합니다. 맥락에서 분리된 의복 품목은 '의미'를 상실하기 때문이지요. 개별 인간의 패션을 구성하는 각각의 품목들은 마치 활자공이 조판을 위해 사용하는 개별적인 활자와 같이 서랍장 안에 쌓일 수 있지만 조합이 되어 함께 놓일 때는 유니폼을 형성합니다. 옷장 속 품목들을 정렬하는 행위는 결국 '나'라는 자신의 정체성을 오롯하게 보여주기 위한 것입니다.

핸드백과 모자, 슈트, 액세서리 이 모든 것들은 세분화된 사회적 맥락 안에서 세분화된 사회적 역할에 대한 변별적 표지를 구성합니다. 직무상 필요로 하는 물품을 담기 위한 가방들이 있을 테고요, 갓난아이가 있는 엄마의 가방은 처녀 시절의 가방에 비해 더욱 많은 물품들을 담게 되겠죠. 가방을 뜻하는 어휘들이 색sack, 팩pack, 파우치, 토트백, 클러치 백 등으로 다양한 것은 그만큼 세분화된 우리들의 사회적 '행동'을 묘사하고 담아내기 위한 목적일 것입니다. 핸드백은 여인들의 또 다른 자아이자 온갖 종류의 위험에 대처하기 위한 무기이며, 인생의 모든 순간을 담는 그릇입니다. 결국 어떤 것을 수납하고 비워낸다는 것은 가방을 들고 다니는 여인들의 철학적 선택이기도 합니다.

가방의 고고학, 정체성을 묻다

'생활을 위해 필요한 소지품의 운반과 보호 관리를 목적으로 하는 봉제 제품.' 이것이 가방의 사전적인 정의입니다. 인류가 가방을 사용한 가장 오래된 흔적을 기원전 9세기경 아시리아의 부조에 보이는 네모난 손가방 같은 것으로 유추해보기도 합니다. 하지만 어떤 것을 수납하고 담기 위한 목적을 고려해보면 원시시대로까지 그 기원을 찾아 올라갈 수 있지요.

1950년대에 핸드백은 수납의 의미를 넘어 글래머와 지위 상징의 의미를 띠게 됩니다. 전후의 여인들은 다시 한 번 자신들의 아름다움을 뽐내고 싶었고 이때 바로 샤넬의 2.55 핸드백이 등장하게 되죠. 2.55라는 이름도 1955년 2월에 첫 생산이 되었음을 뜻하는 것입니다. 이후 그레이스 켈리가 임신한 자신의 배를 가리기 위해 사용했다는 에르메스 핸드백이 '켈리 백'이란 애칭으로 인기를 끌었고요. 프라다와 구치, 루이뷔통과 같은 명품 브랜드들은 앞다투어 자신들의 매혹적인 힘을 담아내는 모노그램을 찍은 가방을 내놓습니다. 모노그램은 단순히 브랜드의 표지가 아닌 지위에 대한 기호였습니다. 핸드백의 기호적 가치는 사물 자체의 사용상의 가치를 넘어 현대 사회의 제단에 바쳐진 일종의 제물과 같은 역할을 하게 됩니다.

이런 양상들을 그리는 화가가 있습니다. 화가 조미숙은 핸드백을 그립니다. 그녀는 핸드백을 통해, 우리 사회 내부에 편만하게 증폭되고 있는 상징 가치와 사용 가치의 괴리감을 드러냅니다. 명품 로고

조미숙, 「It's Your Style」

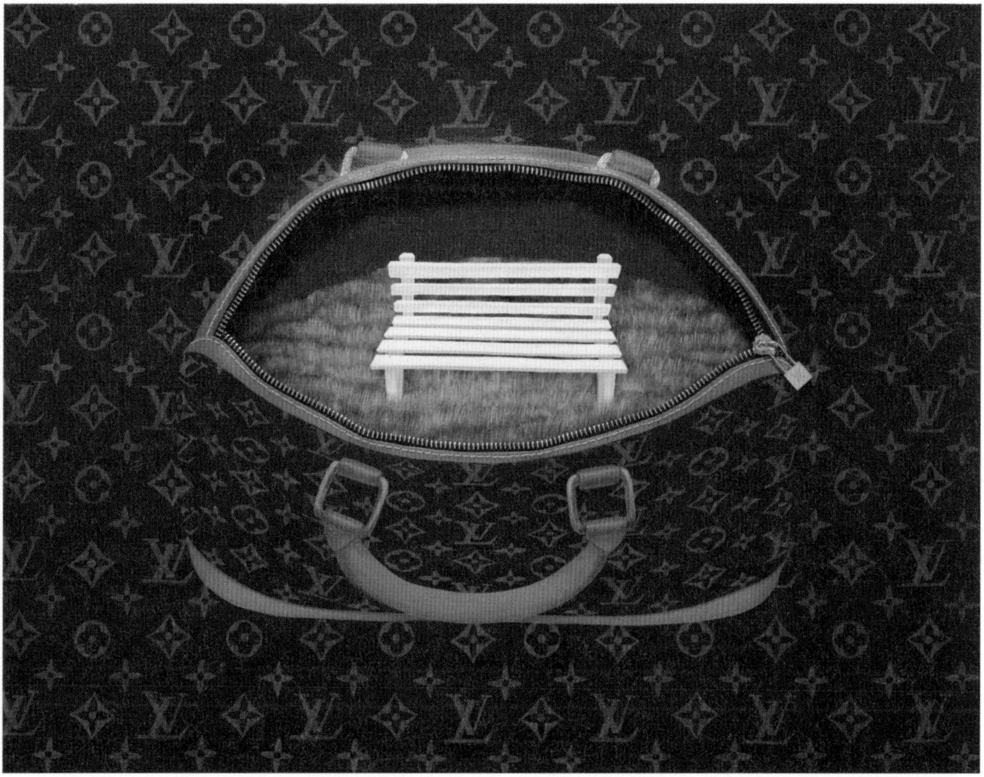

조미숙, 「It's Your Style」

가 찍힌 패션을 걸친 애완견의 모습에서 그저 한번 씨익 웃고 넘어가기엔 왠지 모를 아련함마저 느껴집니다.

그림 속 가방들은 하나같이 입을 벌리고 있습니다. 우리 안에서 지속적으로 증폭되는 욕망의 모습을 표현이라도 하려는 듯 말입니다. 가방의 개폐부, 즉 뚜껑 부분에 지퍼를 달아서 마치 온라인 채팅 창의 이모티콘처럼 형상화해 놓은 그림도 인상적입니다. 무언가를 연다는 것은 또 다른 욕망을 채우기 위한 사물을 사서 가방에 넣는 일을 포함합니다. 어디 이뿐일까요? 가방을 열 때마다 가방 주인이 감추고 싶었던 정체성, 비밀스런 것들이 흘러나오게 될 것입니다. 하트 형태의 지갑에선 화려한 색감의 꽃망울이 떨어지고, 또 다른 가방을 열면 푸른 하늘과 초록 잔디밭 위에 쉼을 위한 벤치까지 나타납니다.

조미숙의 작품은 그저 팝아트적으로 핸드백의 형상화한 것 이상일지도 모른다는 생각이 들었습니다. 저는 핸드백을 포함한 가죽 제품의 문화에 관심이 많아서 서구의 다양한 워크숍들에 참석한 적이 있습니다. 가죽을 복원하는 기술에서 무두질하고 가꾸는 것, 나아가서 이러한 질감의 재료를 이용해 완전한 핸드백을 만드는 일까지 옆자리에서 살펴볼 기회가 있었습니다. 가방을 만드는 이탈리아 공방에서 만난 한 장인은 제게 핸드백이 '사람의 몸과 닮았다'는 말을 해주더군요. 그러고 보니 핸드백의 몸판과 옆판, 뚜껑과 밑판을 사람의 척추와 허리선, 머리와 다리에 비유할 수 있었습니다. 우리가 흔히 늘씬한 여성들의 몸매를 S라인으로 표현하듯, 핸드백의 옆판은 여인의 실루엣을 그대로 드러내기에 알파벳을 따라 그 형태를 지칭하기도 한답니다. 이렇게 사람의 신체를 본뜬 제2의 신체인 핸드백은, 운명적으로 우리들의 정서와 열망, 희원希願의 마음을 담습니다.

인생의 가방에 담아야 할 것들

가방은 끊임없는 담기와 비우기를 통해 우리에게 그 존재를 확인시켜줍니다. 중요한 것은 무엇을 담을까, 무엇을 비울까를 결정하는 일이 아닐까 싶습니다. 마흔이 되면서 제게는 많은 변화가 생겼습니다. 사물을 사서 수집하고 사용하고 처분하는 과정까지, 순환하는 과정을 다시 한 번 살펴볼 수 있는 지혜가 생긴 것입니다.

최근 프랑스의 사회학자 장클로드 카프만의 『여자의 가방』(시공사, 2012)이란 책을 읽었습니다. 가방을 뒤지며 여인들의 삶을 엿보고자 했던 학자는 78명 여인들의 가방을 샅샅이 열어, 그 속에서 가방과 여인의 삶이 어떤 관계를 맺고 지속하며 끝내는지를 살펴봤습니다. 그의 멋진 사유 속에서 저를 사로잡은 부분이 하나 있었는데요. “여자의 어깨에 실리는 가방의 무게는 곧 삶의 무게”이며 “가방의 크기는 생이 가장 강렬해지는 40대에 가장 커진다”라고 말합니다. 40대란 나이가 그런가 봅니다. 담아야 할 것과 버려야 할 것들, 혹은 비우고 다시 채워야 할 생의 목표점들을 정립할 시기일 테니까요.

그렇다면 궁금합니다. 남자들의 가방은 왜 상대적으로 함께 무

조미숙, 「Love Me」

거워지지 않는 것일까요? 그건 상대적으로 정신적인 부담들을 여성들에게 전가하기 때문은 아닐까요? 그래서인지 카프만은 이렇게 말하더군요. 진정한 평등은 남자의 가방이 여자의 가방을 닮는 것에서부터 시작해야 한다고요. 물론 형태가 그렇다는 게 아니라, 그 내용물이 그렇다는 뜻이겠죠.

여러분의 가방 속에 담아둔 정신의 징표는 무엇인가요? 무엇을 위해 달려오셨나요? 한 번쯤은 한 호흡 느리게 쉬어가며 고를 때입니다. 그때 가방을 열어도 늦진 않겠지요.

김정란,「21세기 미인도-수애」

성형은 우리를 구원하지 않는다

수애의 초상화 앞에서

배우 수애의 초상화를 보고 있습니다. 한국화가 김정란의 작품입니다. 전시의 제목은 〈21세기 미인도〉. 이 전시를 위해 작가는 수애, 장윤주, 한혜진, 송경아와 같은 현직 패션모델과 배우를 섭외했습니다. 셀러브리티라고 불리는 이들의 모습을 초상화에 담은 것이죠. 작가는 "내가 현대 여성의 모습을 초상 형식으로 다루려는 것은 과거의 초상화는 권위의 상징으로서 특정 계층만이 대상이었던 데 반해 오늘날은 매스미디어의 홍수 속에서 대중 스타들의 인기가 그 권위를 대신한다고 보았기 때문이며 그 한 유형으로 오늘날 모델로 활동하고 있는 미인을 초상의 대상으로 삼으려 하는 것이다"라고 전시 이유를 밝혀놓았습니다.

김정란, 「21세기 미인도-장윤주」

김정란, 「21세기 미인도–송경아」

패션의 역사를 가르치는 저로서는 시대의 미를 대변하는 초상화 작품에 주목해왔습니다. 특히 동양의 초상화는 여성의 머리 스타일과 의상을 통해 아름다움을 표현하기에, 초상화를 통해 당대 지배적인 미의 기준과 유행 경향을 살펴볼 수 있습니다. 조선시대의 화가들은 대상을 면밀하게 관찰해서 수염 한 올도 틀리지 않게 묘사하려고 노력했습니다. 안면 근육의 조직과 얼굴 부위의 높고 낮음에 따른 입체감, 피부의 질감과 색감, 땀구멍을 포함한 결까지 표현하려 했죠. 초상화 기법 중 이러한 기법을 육리문肉理紋, 살결의 무늬이라고 불렀습니다. 조선시대의 화가들은 인물의 고유한 외모를 화폭에 그대로 옮겨낼 때, 그의 성격과 인품까지 묻어나온다고 믿었습니다. 형상을 통해 마음의 성격과 기질을 포함하는 정신을 그리려고 한 것이지요. 이때의 형상과 내면은 단순한 결합이 아니라 끊임없는 대결을 통해 이뤄진다고 했습니다.

수애의 초상화는 국내 모 화장품 브랜드와의 협업을 위해 제작된 것이었는데요. 디자이너 이영희의 감청색 한복을 곱게 입은 배우의 모습에선 결연함과 우아함이 드러납니다. 비단 위에 무늬 하나하나를 정교하게 그려 실제 한복의 촉감이 느껴질 것만 같습니다. 모델 장윤주 초상화는 전통적인 스란치마를 통해 층을 이뤄내는 직물의 느낌을 잘 살렸고요. 한혜진 초상화의 경우엔 몸에 밀착된 한복 저고리에 니트로 짠 팔 토시를 하고, 모피 소재의 긴 숄을 둘러 현대적인 느낌을 더했습니다. 환한 노란색 이브닝드레스에 코트를 걸친 모델 송경아의 모습은 도시적인 현대 여성의 느낌입니다. 각자 느낌이 다 다르네요.

너희가 '무심한 듯 쉬크하게'를 아느냐

모델의 표정과 포즈가 매력적입니다. 자연스레 옷자락을 잡거나 두 팔을 끼고 있는 모습, 자신의 머리카락을 쥐고 있는 손가락에 이르기까지. 표정 못지않게 어떤 포즈를 취하느냐에 따라 옷의 표정이 변합니다. 움직이고 흔들고 구부리는 특정한 방식에 따라 느낌이 달라지죠. 초상화 속 모델들은 각자 뚜렷한 개성이 녹아 있는 얼굴이라 좋습니다. 초상화 속 모델들을 더욱 돋보이게 하는 이유죠. 패션잡지에서 남발하는 표현을 빌리자면 '무심한듯 쉬크한' 느낌이네요.

르네상스 시대의 궁정인이었던, 발데사르 카스틸리오네는 『궁정론』에서 스프레차투라Sprezzatura란 단어를 사용합니다. 이것은 '신경 쓰지 않는 듯 보이는 태도'를 뜻합니다. 궁정 안에서 성공의 사다리를 오르기 위해, 왕 앞에서 아부를 떨며 경쟁하는 이들에게 필요한 마음의 태도를 이 '스프레차투라'라고 설명합니다. 타인을 향해 노력하거나 신경 쓴다는 사실을 드러내지 않는 가장된 무심함이죠. '무심한 듯 쉬크하게'란 표현은 바로 여기에서 왔습니다. 패션은 한 벌의 옷을 만드는 기술이 아닙니다. 그것은 인간의 몸을 감싸는 외피와 더불어 제스처와 포즈도 함께 만들어내죠.

역사상 중산층이 전신 거울을 보며 자신의 전신을 꼼꼼하게 살피게 된 것은 20세기 초반의 일입니다. 거울을 통해 자신의 태도, 포즈를 의식하면서 타인들을 만나게 된 것이죠. 이렇게 전신 거울은 인간의 사회화에 엄청난 일조를 하게 됩니다. 우리는 자연스럽게 편한 모습을 보이기 위해 주머니에 손을 넣지만, 18세기만 해도 이 자세는 외설을, 19세기에는 무례함을 뜻했고, 20세기에 들어와서는 남성의 자기성찰적인 모습을, 이후에는 여성의 당당함을 뜻하게 되었다고 하네요. 이렇게 하나의 포즈는 개인의 차원을 넘어 사회문화적 의미를 갖게 됩니다. 포즈와 표정은 세상을 설득하는 효과적인 수사학이기도 합니다. 그렇기에 우리가 삶에서 어떤 표정과 포즈를 짓는가에 따라 사회 전체의 표정이 환하게 혹은 어둡게 변화되죠. 21세기의 미인이 되려면 어떤 표정과 포즈를 지어야 할까요?

사람이 웃으면 옷도 따라 웃는다

오늘날 패션모델의 신체는 모방해야 할 대상입니다. 그들의 포즈와 태도, 발산하는 느낌은 일반인이 복기해야 할 숙제가 되었죠. 그들을 따라 몸을 만드는 일은 자기계발의 정점에 놓인 프로젝트가 되었습니다. 정신분석학자인 수지 오바크는 『몸에 갇힌 사람들』(창비, 2011)에서 "셀러브리티 문화는 부정적인 형태의 공유문화다. 전 세계 사람들이 몇몇 상징적 인물을 공통적으로 인식한다는 점에서 마치 폭넓고 민주적인 문화처럼 보일지도 모른다. 하지만 사실 시각에 치중하는 요즘 세상은 다양성을 족족 빨아들이고 대신 나이, 몸의 종류, 인종과 같은 아주 좁고 편협한 관점만을 제공한다"라고 주장합니다.

우리가 보톡스를 맞고 동안 시술을 하는 이유는 '나이 듦어감'에 대해 열패감을 갖기 때문입니다. 뷰티 산업은 인간의 몸을 불안정하고 개조가 필요한 대상으로 만듦으로써 돈을 긁어모읍니다. 이 과정에서 인간은 자신의 몸을 이해할 기회를 박탈당하고 있죠. 유한한 삶을 사는 인간은 유한성의 흔적을 수술로 지우려 안달입니다. 자기 나이대로 보이면 자신을 방치한 것으로 몰아붙이고 어려보이면 자존감을 가진 존재로 추켜세우죠. 좌우대칭의 얼굴, 뾰족한 턱선, 분필 집어넣은 듯한 길고 반듯한 코는 기본이고 이제는 전신 성형이 대세라지요. 성형 산업은 완벽한 신체를 갖는 것이 도덕적인 것이라 가르칩니다.

이런 사고방식이 조선시대 화가들의 철학과 일견 상통하는 듯하지만 함정이 있습니다. 완벽한 몸의 기준이 '어리고 마른 것'에 맞춰져 있다는 것이죠. 사회 전체가 동안童顔 타령입니다. 이 동안이란 게 어려보이는 것으로 끝나는 게 아니란 점을 알아야 합니다. 얼굴에서 시간의 흐름을 지운 것이기에 동안 시술을 하는 순간, 지나온 삶의 흔적을 박탈당한 존재가 됩니다. 게다가, 최근의 성형은 지나치게 트렌드를 따르고 있습니다. 셀러브리티 문화와 브랜딩이 삶의 전반을 지배하는 요즘, 미인의 조건은 한정된 유형에 갇혀 있고요. 삶의 조건은 민주화를 향해 가는데, 얼굴을 둘러싼 기준은 획일화되고 있죠. 하지만 트렌드에 따라 변하는 미인의 유형을 수술을 통해 매번 좇을 수는 없

김정란, 「18세기 미인도」

김정란, 「19세기 미인도」

김정란, 「20세기 미인도」

김정란, 「21세기 미인도-한혜진」

는 일입니다. 이 과정에서 그 사람만의 유일한 매력이 삭제되는 건 당연하고요.

저는 얼굴에서 주름을 지우지 못해 안달하는 분들에게 옷을 예로 들어 설득합니다. 우리가 옷을 입는 순간, 관절이 있는 부분에선 옷 주름이 생길 수밖에 없습니다. 주름이 생긴다는 건 우리가 활동하고 살아 있다는 확증입니다. 촘촘하게 접힌 옷의 주름만큼 인간의 몸을 우아하게 보이도록 만드는 것은 없답니다. 옷의 주름은 짙은 우울에서 우리를 튀어 오르게 하는 스프링입니다. 얼굴의 주름도 이 스프링과 다를 바가 없습니다.

패션은 인간의 부족한 신체 부위를 감추기보단 상대적으로 예쁜 부분으로 눈을 돌리게 하는 데 초점을 맞춰왔습니다. 다양한 직물 무늬나 색감을 사용하는 것도 이러한 목적 때문이죠. 시각적으로 잠시 속이는 것이랍니다. 이것이 스타일링의 기본 원칙인데요, 의외로 이걸 모르는 분들이 많더군요. 트렌드를 이끄는 사람들에겐 공통점이 있습니다, 개인화된 감각으로 유행을 소화한다는 점이죠. 스카프, 가방, 아이라이너, 넥타이 무엇이 되었건, 자신만의 감각으로 방점을 찍을 수 있기에 독립성을 잃지 않는 것입니다. 이때 옷의 표정을 환하게 만드는 것은 포즈와 태도입니다. 여러분이 웃으면 옷도 함께 따라 웃는답니다.

포즈와 표정은 선택권 없이 사는 것 같은 이 시대, 자본의 독재를 깨고 자신의 권력을 찾는 무기란 걸 잊지 마세요. 자신만의 포즈,

자신만의 시원한 웃음소리를 가져보시길. 이게 성형수술보다 백배 낫답니다.

댄디, 마음을 다스리다

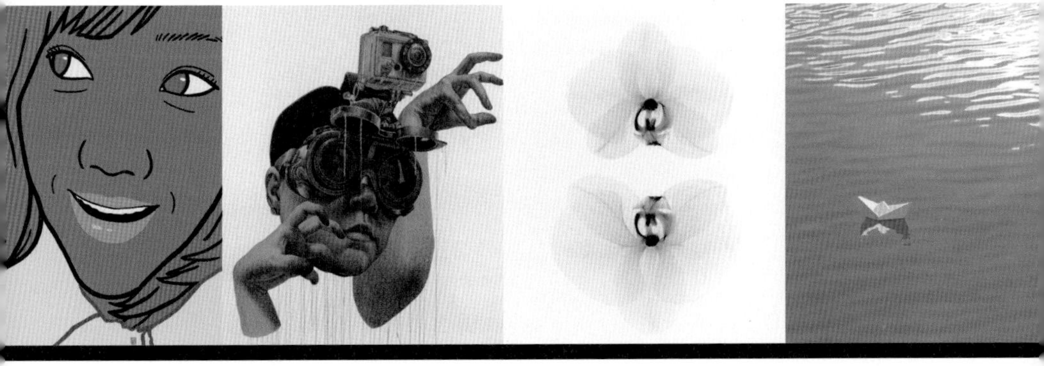

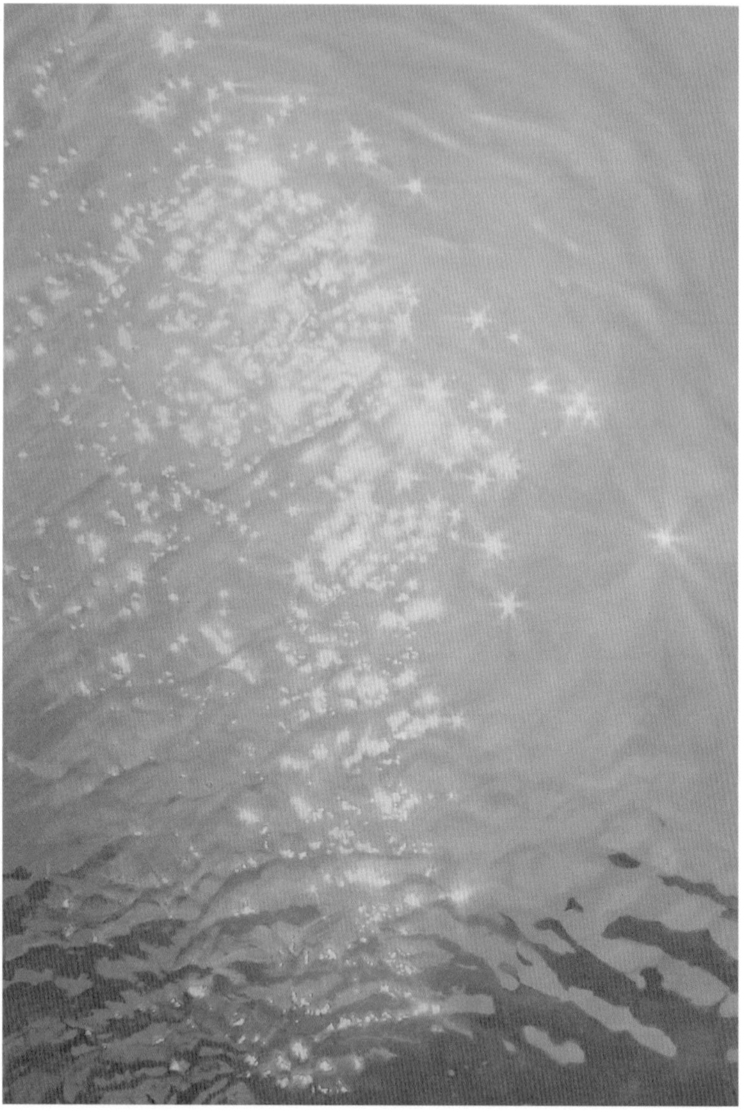

전미경, 「나는 빛이다 1」

당신의 막힌 귀를 뚫어주는 그림

눈은 우리를 바깥 세계로 데려가고, 귀는 세계를 인간에게로 가져온다.

-로렌츠 오킨

내 몸이 잃어버린 기술, 듣기

달력을 보다가, 깊은 한숨만 내뱉습니다. 열두 개의 강의, 패션페어 참가 및 컨퍼런스, 출판 편집자와의 미팅, 마감이 닥친 원고들, 마무리를 앞둔 번역물……. 살인적인 스케줄에 시달리는 요즘입니다. 시간이 격자무늬로 조형된 도시의 한복판을 가로지르는 이 순간에도 수많은 풍경과 소음이 저를 스쳐 지나갑니다.

미술에 관한 글을 쓰다 보니, 많은 전시를 다녀야 합니다. 예전엔 그림들을 눈에 담는 게 좋았습니다. 한 장의 그림에 드러난 의미를 인문학적인 관점에서 해석하고 현재의 나를 되돌아보는 일. 다 좋죠. 하지만 언제부터인가 이런 노력들이 때로 제 힘을 눅진하게 빼놓는다는 걸 알았습니다. 시각적 포화 상태가 지속되면서 다른 감각들과 불균형 상태를 이루게 된 것이죠. 좋은 향을 맡거나, 혀끝을 알싸하게 도는 음식을 먹어본 지도 오래고요. 평온한 음악을 듣거나, 직물 견본을 만지며 손끝에 느껴지는 정서를 환기시켜 보는 일, 이런 것들과 담을 쌓게 됩니다. 이런 일들이 누적되면 감각은 두꺼운 각질의 옷을 입게 되고, 이는 다시 저의 글쓰기에 영향을 미칩니다.

글은 작가의 생명력과 더불어 신비감을 토해낼 수 있어야 합니다. 어떻게 마모된 감성을 벼릴 수 있을까요? 고민하던 차에 지인이 권해준 한 권의 책을 읽어봅니다. 독일의 재즈 평론가이자 음악이론가인 요아힘 에른스트 베렌트가 쓴 『제3의 귀—세상의 소리를 듣는 일에 관하여The Third Eye』(1992)란 책입니다. 듣기란 행위는 소극적인 듣기hearing와 감정과 이성을 동원한 적극적 듣기listening로 나뉩니다. 동양에서는 전통적으로 청각은 음陰, 시각은 양陽으로 보는데요. 귀는 외부를 향한 눈과 달리 내면을 지향합니다. 신비스럽다는 뜻의 영어 단어 Mystic의 어원은 그리스어 동사인 Myein으로 '눈을 감는다'는 뜻입니다. 눈을 감는 것이 곧 신비의 문으로 접근하는 길이라고 볼 수 있겠습니다. 눈을 감을 때, 온몸으로 주변의 미세한 떨림을 들을 수 있습니다. 위대한 예언자들 중에는 장님이 많지요. 성경 속 예언자인 이사야는 왜 툭하면 '귀 있는 자는 들을지어다'라고 했을까요? 소리는 결국 대지의 모든 사물들이 서로의 몸을 비비고 떨어 만들어내는 세계입니다. 내면 속의 나와 세계의 한가운데에 덩그러니 놓인 나를 연결하는 열쇠인 셈이지요.

바다의 소리를 들어라

전미경이 그린 푸른 수면의 적요한 표면들. 현란하게 빛을 굴절하고 튕겨내, 영롱하게 자신의 외피를 가꾸어내는 바다의 지혜에 눈을 기울여봅니다. 바다는 모든 빛을 담아내는 그릇입니다. 한 줄기의 빛처럼 사선으로 떨어지는 작가의 창의력은, 깊고 잔잔하게 반복운동을 지속하는 바다의 표면과 만납니다. 깊은 무의식의 세계인 바다는 작가의 내면에서 튀어나온 불을 감싸 환한 빛으로 만들어냅니다. 빛을 토해내는 바다의 표면에 눈이 온통 쏠립니다. 그러나 반드시 머릿속으로 떠올려야 할 것이 있습니다. 바로 부서지는 파도의 포말 소리입니다. 나 자신의 그릇을 키워 넓은 바닷물을 담을 수 있기를 기도하지만 여전히 옹졸함을 내면에서 배제하지 못하는 저는 그림을 보는 순간만이라도 그 세상의 일부가 되길 꿈꾼답니다.

바다 앞에 서면 마음이 안정됩니다. 영혼에 안정을 주는 것은 바다의 소리입니다. 바다에서 듣는 파도 소리는 백색 파장입니다. 햇

전미경, 「빛의 해변」

살의 입자를 안고 부서지는 포말. 바다의 소리엔 미묘한 파장이 밀물과 썰물처럼 왔다가 가곤 합니다. 멈춤과 침묵이란 흐름을 부산한 소음 속에 시달린 인간의 귀에 선사합니다. 어린 시절 바닷소리가 듣고 싶을 때 소라고둥을 귀에 갖다 대던 기억을 떠올려보세요. 소리는 안으로 감긴 나선형 모양을 하고 있답니다. 우리의 귀 또한 소라 껍데기처럼 나선 형태로 되어 있죠. 이는 소리의 형상을 예민하게 잡아내기 위한 진화의 산물입니다. 반복되는 화이트 사운드는 마음의 안정을 가져다줍니다. 바다의 파도 소리가 한편의 음악보다 인간의 마음을 더 강력하게 치유합니다. 그것은 소리뿐 아니라 떨림과 진동, 찰랑찰랑 서로 부딪히며 반복되는 모습이 안정된 시각적 패턴을 만들기 때문입니다.

복잡한 도시에서 살아가는 우리는 흔히 정신의 탈출을 꿈꾸곤 합니다. 그러나 무엇보다 도시의 소음에서 탈피해야 할 필요가 있죠. 소음의 사전적 의미를 찾아보면 '원하지 않는 소리'란 뜻입니다. 영어에서 소음을 뜻하는 noise의 라틴어 어원을 찾아보니 nausea입니다. 바로 '뱃멀미'란 뜻이죠. 도시의 소음은 신체에 나쁜 결과를 가져옵니다. 미국에선 이미 1976년 당시 직업병의 3분의 1 이상이 소음에 의한 것으로 조사되었답니다. 작업장의 소음은 암과 심장 관련 질병, 심장마비, 중풍, 고혈압, 정신이상 등 다양한 질환의 원인이 됩니다. 귀의 달팽이관에는 청각세포가 있는데, 저주파는 달팽이관 안쪽에서 느끼고, 고주파는 바깥에서 느낍니다. 운전을 하거나 대중교통을 이용하

전미경, 「푸른 수면 1」

전미경, 「푸른 수면 2」

게 될 경우 듣는 소리는 대부분 2,000헤르츠 정도의 진동수를 갖는데요, 이것은 달팽이관 안쪽에서만 느끼게 된답니다. 특정 부분에서만 느껴지는 소리가 지속되면 우울증에 쉽게 빠지게 된다고 하네요. 이때 도움이 되는 것이 화이트 사운드라 불리는 백색 소리입니다. 여기에는 고주파, 중주파, 저주파가 모두 섞여 있습니다. 달팽이관의 모든 세포가 느끼는 소리가 백색 소리이자 자연의 소리입니다. 자연이 우리를 치유한다는 것은 이런 효과가 그 배면에 있기 때문입니다.

나는 빛이다…… 그저 듣기만 하자

소리란 결국 떨림입니다. 마주침이자 서로의 접촉면이 생길 때 발생하죠. 자연의 소리가 좋은 것은 우리의 몸이 전인격적으로 자연의 소리에 합하여 떨리기 때문입니다. 숲의 소리, 갈대가 바람에 흔들리는 소리, 바다의 파도 소리를 들을 때 마음이 안정되는 동시에 집중력이 높아지는 건 이런 이유에서입니다. 신이 창조한 세 가지 파장의 떨림을 골고루 듣는 결과로 얻게 되는 선물인 것이죠. 타인에 대한 떨림을 상실한 사회, 타자의 목소리가 그저 권력과 폭력으로 눌러야 하는 사회로 변모될수록, 우리는 더욱 온몸으로 떨리며 소리를 내는 자연의 소리를 들어야 합니다.

작가 전미경은 그림 그리기가 무의미하다고 생각하고 작업을 포기한 적이 있답니다. 바로 그때 그녀를 지켜준 것이 바다였다고 말합니다. 바다의 수면 위로 쏟아지는 찬란한 빛의 알갱이들, 그 입자는 하나하나가 곧 생명체처럼, 푸른 바다의 망막한 멍울을 껴안습니다. 그 속에서 태어나고 죽으며 생의 사이클을 묵묵하게 지켜나가죠.

> 끊임없는 바다의 출렁임은 이 환생의 고리를 연결시킨다. 바다, 그 질료적 무게는 존재의 무게를 엿보게 한다. 본질적으로 바다는 물이며 물과 사람은 본래 하나다. 그래서 그들의 소리가 들리나 보다.

이런 작가의 변처럼, 바다는 생명과 생명을 연결하는 고리입니다. 바다에 서면 그 고리들이 서로 얽히며 우리에게 말을 걸어옵니다.

전미경의 파도 그림을 보니, 정말 수면 위의 찬란한 빛 속으로 빠져들고 싶습니다. 누가 뭐래도 우리는 빛의 아이들이니까요. 그렇게 답하고 싶습니다. 이 어두운 현생을 모질게 살아냄으로써 모든 생의 빚을 다 갚은 후에, 저 짭조름한 바다의 시원 속으로 걸어들어갈 준비를 하는 우리들은, 누가 뭐래도 귀하디귀한 빛의 아이들입니다. 힘들 때일수록, 그림 속 세상으로 들어가 더욱 평안한 감성을 가져보세요. 힘내시고요.

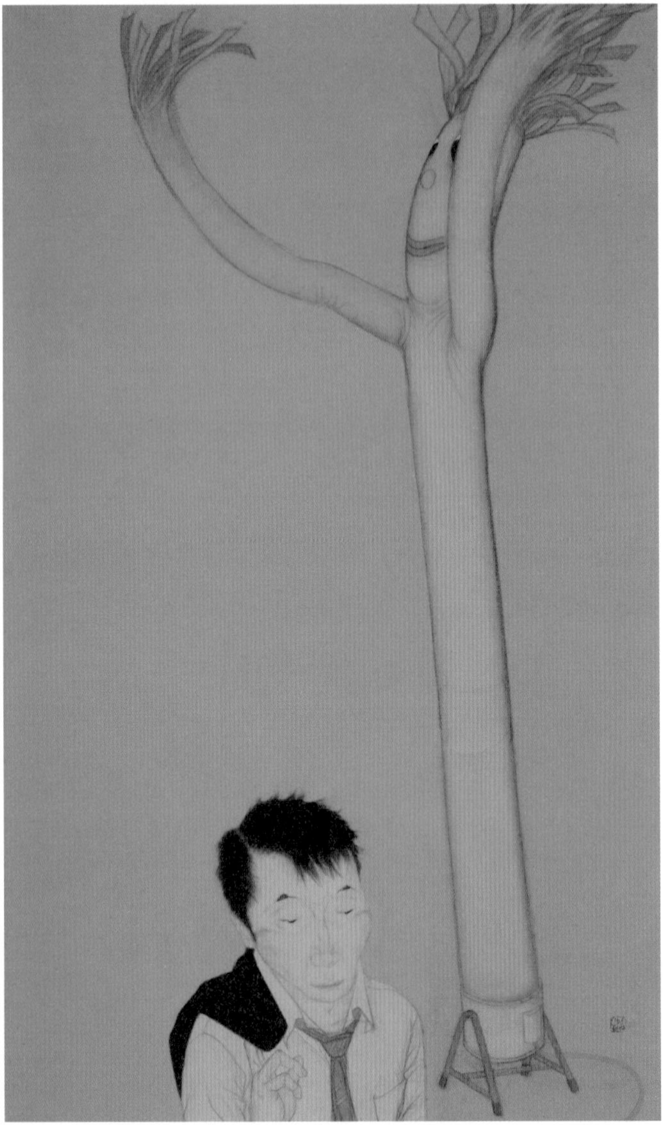

고찬규, 「바람인형」

추운 겨울을 이기게 해주는 그림

여기, 사람이 있다

초겨울 한기가 수묵 빛 어둠이 쏟아지는 포도 위로 젖어듭니다. 아파트촌 구석에 인공의 풍경으로 서 있는 소나무들은, 따스한 외투자락 하나 없이 겨울의 강을 건너게 생겼습니다. 갈맷빛 속살이 퍼런 멍울로 변하고 있군요.

예전 제가 다니던 교회 옆에는 오래된 서민 아파트가 있었습니다. 제가 써놓고도 우습기만 합니다. 똑같이 인간이 거주하는 공간으로서 아파트건만, 왜 우리는 굳이 서민 아파트, 상류층 아파트를 나누는 것인지요. 여기엔 무엇보다 공간을 점유하는 자가 성취한 자본 축적의 정도가 도시를 살아가는 인간의 위계를 나눈다는 암묵적인 합의가 있습니다. 재개발사업이 추진된다는 소식에 동네 사람들의 표정은 한없이 무겁기만 했습니다. 어찌될지 모를 불투명한 미래 속에, 푸른 관절염의 아픔을 견디며 서 있습니다. 초라한 아파트도 서럽지만 그 속의 사람들은 살 터를 상실하게 될지 모를 두려움에 더욱 힘듭니다. 정부에선 경제지표가 호전되고 있다고 연일 떠들지만, 정작 월급쟁이로 살아가는 우리들에겐, 올 겨울은 더욱 차가운 계절이 될 것 같습니다.

도시 속 서민으로 살기—우리의 초상화

저는 개인적으로 인물화를 좋아합니다. 복식사를 공부하다 보니 유독 미술사를 관통하는 명화들 중, 귀족들의 화려한 패션 초상화에 눈길이 갑니다. 미술사에서 지금껏 가장 많이 그려진 장르가 인물화라네요. 세상의 중심에 선 존재로서, 자신의 모습을 권위적으로 형상화하는 것은 자신감의 발로겠지요. 그러다 보니 과장과 생략도 심합니다. 9센티미터의 하이힐을 신고 당시로선 집 한 채 값에 해당하는 흰 담비 모피로 안감을 댄 망토를 입은 남자, 바로 바로크 시대의 태양왕 루이 14세의 모습을 그린 초상화입니다. 이 정도는 양반입니다. 아름다운 몸 선을 드러내기 위해 몸에 딱 맞는 칠 부 바지를 입고, 옆단은 상아와 진주로 세팅한 단추를 달아 장식하고 머리엔 챙이 넓은 리본 장식의 캐플린 모자를 쓴 남자는 바로 독일의 천재 문호 괴테의 초상화입니다. 어디 이뿐인가요? 근대에 이르기까지 여성들은 화가들에게 자신의 모습을 미화시켜 그릴 것을 명령했지요. 심지어는 의상의

고찬규, 「봄날은 간다」

빛깔과 눈가의 주름까지 간섭해 화가들에게 오늘날로 치면 '포토샵'을 시켰습니다.

이번에 소개할 고찬규 작가의 그림을 한번 볼까요? 같은 인물화지만 미화되지 않은 '있는 그대로'의 우리 모습입니다. 현대 인물화의 특징은 인물의 외양보다 내면의 풍경을 그리는 데 있습니다. 고찬규 작가의 그림 속 인물들은 세분화되는 사회 구조 속에서 점점 더 작아지는 우리의 모습입니다. 더 이상 고전 초상화 속 인물들의 권위나 영웅주의는 찾아보기 어렵지요. 추운 겨울 코트 깃을 세우고 발걸음을 재촉하는 노점상 아저씨나, 민들레 꽃 프린트가 처연한 감색 스커트를 입고 지나가는 봄의 시간을 아쉬워하는 아가씨, 애인과 헤어졌는지 냉골 바닥에 누워 상심에 빠져 있는 아가씨, 해맑게 웃는 바람인형을 배경에 둔 채 처진 어깨로 퇴근하는 남자의 모습, 남편을 기다리며 드라마 속 '장밋빛 인생'을 꿈꾸는 여자, 어디를 둘러봐도 평범한 우리의 모습입니다.

왜 이 작가의 그림에 끌렸을까? 자신에게 되물어봅니다. 올 여름 혹독한 더위 속, 유독 외근이 잦았습니다. 제 일의 특성상 프레젠테이션을 통해 가시적인 결과물들을 고객에게 직접 소개해야 합니다. 말 그대로 대인영업의 성격이 강하죠. 거래 업체에 들러 연구 자료를 넘기고 돌아오던 8월의 마지막 날이었습니다. 파김치가 되어 넥타이를 반쯤 풀어헤친 채 집으로 돌아오던 길, 신장개업한 가게 앞쪽에 놓인 거대한 바람풍선이 두 손을 든 채 나부낍니다. 갑자기 눈물이 팽 돌더

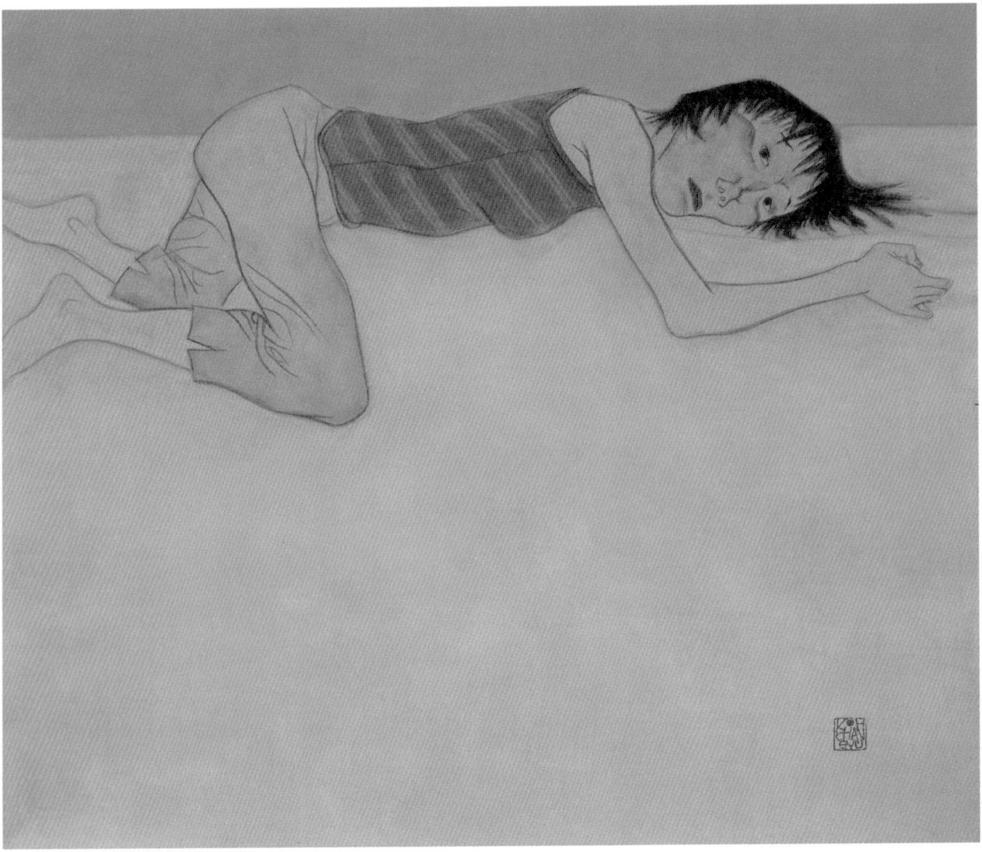

고찬규, 「상심」

군요. 유학하던 시절만 해도 '잘나가던 대기업 때려치우고 자기 성장을 도모한 결과'를 반드시 얻으리라 확신했죠. 하지만 지금 제 모습은 어떤가요. 예전 회사 동기들 보다 더 나을 것 없는 연봉과 처우, 예전에는 명함을 주면 '우와, 여기 다니세요?'고 시작하던 인사말은 '여기 뭐 하는 회사에요?'로 바뀐 저 자신의 정체성…… 받아들이기 쉽지 않았습니다. 명함 장사를 하는 삶보다, 명함의 이면을 가꾸어 사람들에게 기억되는 이가 되자고 '자신에게 말을 붙여도 돌아오는 건 왠지 모를 답답함'이었습니다. 항상 웃는 얼굴을 하며 몸을 부풀린 채, 바람에 나부끼는 인형을 보니 저 자신을 보는 것 같은 착각에 빠지더군요. 그 주 토요일에 전시장에 갔다가 봤던 그림이 바로 고찬규의 「바람인형」이었습니다.

그의 그림엔 삶의 쓸쓸한 이면의 강을 건너는, 외로운 인간이 담깁니다. 사는 게 버거워 때로 미열에 시달리고 헛구역질이 날 때, 등을 두드려줄 친구 하나 없는 듯한 모습. 인간과 인간 사이의 결속은 찾아보기 어렵죠. 사회란 무대에서 타자와 맺은 관계의 망이 견고하지 않은 탓입니다. 어딘가를 퀭한 눈으로 응시하는 이들, 때로는 망연자실한 감정이 망막 위로 솟아오른 탓일까요? 그림을 보는 우리조차 애잔한 쓸쓸함에 감싸이고 맙니다. 경쟁 논리로 무장한 탓에 타인의 슬픔을 돌볼 여유가 없는 요즘, 그림 속 인물의 외로움은 곧 우리 자신의 외로움이 되기 쉽죠. 제가 그의 그림에 격하게 공감하게 된 이유일 겁니다.

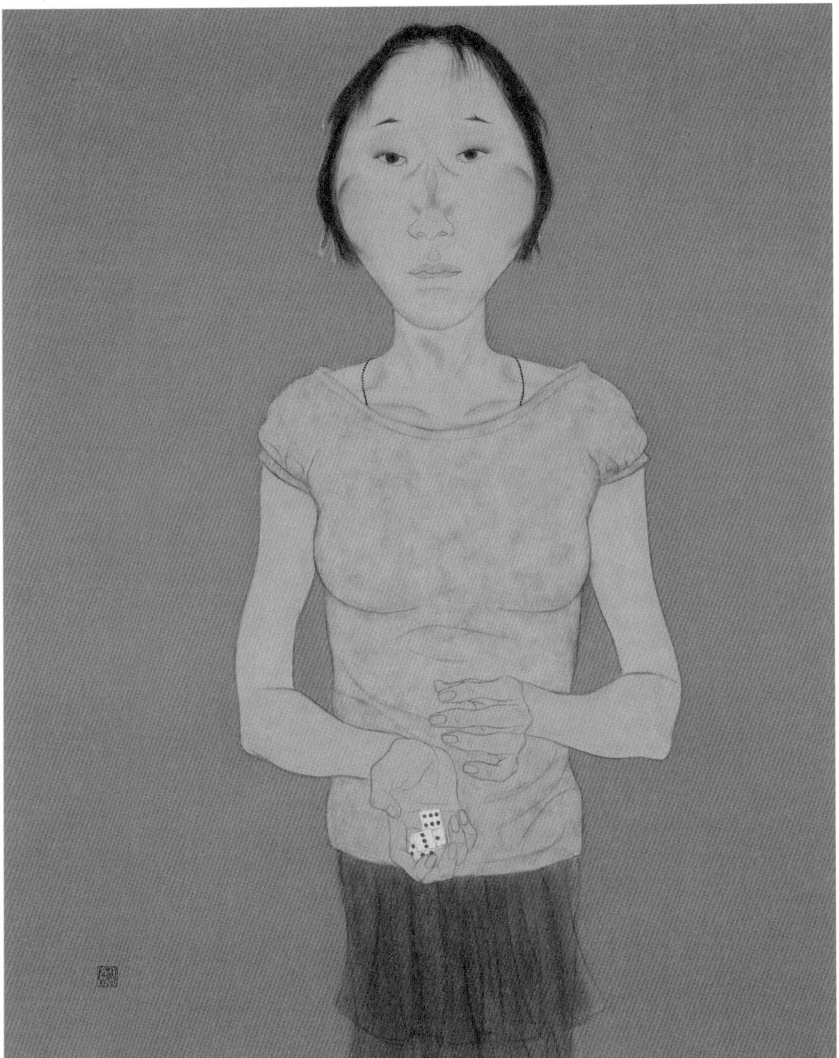

고찬규, 「다른 선택」

꽃이 떨어진다, 살아야겠다

그렇다고 그는 마냥 슬픔 속에서 허우적대지 않습니다. 그림 속 인물들은 고전시대의 영웅이나 왕의 초상은 아니지만, 동시대의 도정 위에서 생의 곡진한 애환과 체취를 발산합니다. 정치이론가 안토니오 그람시는 "세계에 대한 일반적인 개념은 소수의 탁월한 영혼들에 의해 계발되지만 결국 현실은 하층민들과 단순한 영혼을 지닌 사람들을 통해 표현된다"라고 말합니다. 평범한 시민의 삶은 그 자체로 생의 진실성을 담보하기에, 세계의 현실을 드러내는 거울이 된다는 것입니다.

작가는 솔직한 감정이 묻어 나오는 표정을 포착, 표현하는 데 10년의 세월을 실험해야 했습니다. 고찬규는 미묘한 중간 색조를 사용해 화면을 가득 메웁니다. 그림 속 인물의 표정이 어두울수록 배경의 색은 단아하고 윤택합니다. 곱게 빻은 분채를 개어, 수십 번 반복해서 채색을 해야 고아한 한국화의 색을 낼 수 있다지요. 화가의 반복되는 붓질은, 마치 나무의 나이테가 오랜 세월 속에 그려지듯, 사람의 표정을 그려내기 위한 노력입니다. 또한 화가로서, 반복된 행위를 지속하며 일상의 진정성을 몸으로 안아내려는 치열함의 상징이지요.

마지막 그림 속 주사위가 유독 눈에 들어옵니다. 반복된 일상을 '진정성'으로 진득하게 유지하는 그 마음, 생을 통해 변주하는 작은 삶의 움직임과 그 운명을 믿는 이들을 통해 세상은 오늘도 돌아갑니다. 매일 더 나은 주사위 숫자의 조합이 나오길 기다리며 말이에요. 그의 그림을 보며 올 겨울을 견뎌야겠습니다. 그 어느 해보다 한파가 기승을 부릴 것이라 하지만 겁나진 않습니다. 제게는 오늘도 저와 마찬가지로 일상의 캔버스를 성실하게 채워갈 여러분들이 계시니까요? 안 그런가요?

강성훈, 「Wind Rhinoceros II」

생의 환절기를 맞이한 당신에게……

누구나 한 번쯤 생의 미열에 시달린다

환절기의 템포에 몸의 리듬을 맞추지 못한 탓일까요? 밤에 볼우물을 따스하게 했던 원인 모를 미열이 몸으로 번지며 연신 기침이 나옵니다. 핼러윈데이 맞이로 부산했던 뉴욕에 출장을 갔다가 때 아닌 폭설을 맞았습니다. 단풍이 채 떨어지기도 전에 온통 하얗게 변한 뉴욕의 포도 위를 걸어야 했네요. 이국의 땅에서 환절기의 폭력에 노출된 탓인지, 계속 몸이 좋질 않습니다. 관절이 끊어진 겨울 나목의 가지처럼, 뻣뻣하지만 횅한 기분이 가시질 않네요. 많은 일을 동시에 벌인 탓입니다. 방송과 원고 집필, 저술 작업, 강의로 쉼 없이 달린 여파가 몸의 구석구석을 돌아다닙니다.

환절기란 그저 순환하는 시간의 한 지점을 뜻하는 말이 아닌가

봅니다. 그보다는 계절과 계절 사이의 미만하게 솟아오른 여백의 봉우리입니다. 나이에 맞게 호흡을 조절하고 앞에 놓인 책임의 계단을 톰방톰방 건너야 합니다. 내 몸에 대한 책임, 관계 맺기에 대한 책임, 일에 대한 책임, 방기했던 것들에 내한 책임 등등 말이에요. 오늘은 삶의 환절기를 버텨볼 만한 그림을 소개할까 합니다.

나쿠루 공원에서의 사유—우리는 자유로울까?

몇 년 전 케냐의 나쿠루 국립공원을 방문한 적이 있습니다. 세계 최고의 사파리 세렝게티보다 규모는 작지만 생태적 조합은 그 이상이라고 들었습니다. 상단부 개폐가 가능한 버스에 타고 바깥으로 몸을 내민 채 눈앞을 지나가는 동물들의 모습을 연신 사진으로 찍었죠. 스프링처럼 뛰어난 복원력의 점프로 우리 앞을 지나가던 가젤과 언제 봐도 미끈한 유선형의 몸매를 자랑하는 얼룩말, 하오의 내리꽂히는 햇살을 맞으며 널브러진 사자, 새끼의 등에 물을 뿌려주는 엄마 코끼리 등……. 사파리는 확대된 동물원의 형태로 우리를 맞습니다. 광대한 영역에 따라 각각의 종들이 자유롭게 살아가고 있지만 유리 동물원처럼 보이기도 합니다.

니켈 로스펠스는 『동물원의 탄생』(지호, 2003)에서 1848년 3월 여섯 마리의 물개 전시로 시작된 칼 하겐베크의 동물 전시 사업이 있기 전부터 동물은 인간의 포획 대상으로 식량과 자신의 권력을 상징하는 아이콘 역할을 충실히 했다고 주장합니다. 제국주의 시대에 이국의 땅에서 반입된 주먹코사슴과 점보 코끼리, 북극곰과 아프리카산 앵무새는 군주의 위엄과 존재를 빛나게 해주는 소품이었고요.

인간의 삶도 확대된 초원이란 무대 위에서 경쟁하는 동물들의 그것과 그리 다를 바가 없습니다. 그럼에도 불구하고 동물들은 시스템화 된 초원에서 자신만의 강점을 살리며 최선을 다해 살아갑니다. 초원은 세상이 강자만의 무대가 아니라 자신의 위치를 잘 알고 적절한 생의 전략을 선택하는 자가 살아남는 곳임을 말해줍니다. 어떤 동물은 잠행 기술을, 또 어떤 동물은 협동 능력을 발휘하는가 하면 자신만의 틈새를 공략하여 그것을 철저하게 지키며 살아가는 동물도 있습니다.

동물의 왕국에서 보내는 인생의 '환절기'

2013년 9월에 열린 강성훈 작품전의 제목은 Windy와 Animal의 합성어 'Windymal'이었습니다. 전시회 공간을 채운 것은 바람의 입자를 옷으로 입고 초원을 자유롭게 질주하는 동물들의 모습입니다. 바느질로 직물의 솔기 선을 엮어 남우세스런 인간의 몸을 따스히 안아주는 한 벌의 옷을 짓듯, 수많은 동선을 용접해 선의 다발을 만들고, 이 선으로 동물의 몸을 만들고 외피를 짓습니다. 선을 배접해 동물의 근 골격을 은유적으로 표현한 것도 좋지만 몸통을 구성한 선들이 조금씩 풀려 바람과 일체가 되기에 답답한 마음을 뻥 뚫어주는 데 안성맞춤입니다. 동선들은 뭉침과 풀림을 반복하며 한 장소에 고정된 동물의 이미지에 운동감과 속도감을 부여하지요. 텅 빈 코발트 빛 하늘 위에 손가락으로 동물을 그리듯, 단단한 선들을 땀으로 녹여 그린 입체적인 드로잉을 선보입니다.

드로잉은 단순한 밑그림이 아닙니다. 최종 완성될 작품의 정신적인 얼개를 뭉치고 풀어내는 과정이지요. 자유로워 보이는 형상의 얼개를 구성하는 저 선들을 그리기 위해, 작가는 수도 없이 지루한 반복적 행위를 감내해야 합니다. 자유를 얻기 위한 일종의 대가라고 생각하면 어떨까요? 오랫동안 경영 컨설팅을 해온 저는 그의 작품 속 동물들에서 조직 속 인간들의 면모가 떠오릅니다. 그의 손길을 통해 만들어진 코뿔소에게선, 생 앞에서 초지일관 목표를 향해 묵묵하게 질주하는 인간의 은유를 발견합니다. 코뿔소는 코끼리와는 달리 허세를 부리지 않고 실제 대상을 꿰뚫고서야 돌진을 마무리한다지요. 회사 생활이 해를 거듭할수록 도전 수준이 낮은 '권태'의 영역이 점차 넓어집니다. 업무 강도가 세질수록 지금껏 축적해온 경영적인 직관과 이를 뒷받침할 사안의 해석 능력을 스스로 매장시키는 우를 범하지 말자고 조각 앞에서 약속합니다.

입을 떡 벌린 하마의 모습은 또 어떻습니까? 하마는 적재적소에 포진한 채, 자신의 성공 가능성을 높일 수 있는 틈새를 치열하게 지키는 인간의 은유입니다. 하마는 말을 뜻하는 그리스어 Hippos와 강을 뜻하는 Potamos에서 나왔습니다. '강에 사는 말'이란 뜻이죠. 털이 없

강성훈, 「Wind Rhinoceros II」의 세부

강성훈, 「Wind Hippo」

는 피부 덕에 태양에 오래 노출될 경우 물집이 생기는 하마는 온종일 물속에서 시간을 보냅니다. 축적된 지방 덕에 물속에서 오랫동안 버틸 수 있지만 뭍으로 나오는 순간 느린 몸놀림으로 인해 적의 타깃이 됩니다. 하지만 하마는 자신이 '왕' 노릇을 할 수 있는 틈새를 이해하고 자신의 영역 밖의 세계가 아무리 유혹을 해도 쉽게 넘어가지 않죠. 자기 세력권을 사수하는 데 온 힘을 바치는 하마의 모습은 '핵심역량'을 키우며 미래를 준비하는 우리의 초상입니다.

조각가가 빚어낸 코끼리의 형상은 동물의 골격 마디마디에서 강한 탄성력을 토해내는 듯합니다. 코끼리는 지혜의 상징입니다. 물웅덩이를 찾기 위해 장거리 여행을 마다하지 않으며 길을 기억하고 소통할 수 있는 능력, 무엇보다 집단 내 행동에 대한 지식을 전수하는 문화적인 힘까지 갖추었죠. 넘기 힘든 생의 환절기를 만날 때마다, 지금껏 쌓아온 지식의 체계들을 버릴 필요가 있습니다. 그런 의미에서 코끼리는 우리에게 '체험을 지식으로 변모시키는' 지혜를 가르치는 은유입니다.

시원한 바람에 땀을 씻어내며

작가 강성훈은 어려서부터 다한증 증세가 있어 땀을 많이 흘리는 편이었다고 합니다. 땀을 닦아주는 바람의 존재가 시원하고 그리웠을 테지요. 자신의 피부 위를 흐르는 바람을 작업에 접목하여 하나의

강성훈, 「Wind Elephant」

형상으로 만든 이유입니다. 살아가며 여러 과정에서 땀을 흘립니다. 이유도 모른 채 식은땀이 흐르기도 부지기수였고요. 최근 들어 다양한 일들을 동시에 해나가며 리듬이 깨진 탓인지, 때로는 근거를 찾기 힘든 생의 미열에, 땀방울에 몸이 젖어야 했습니다. 작가는 코끼리 하나를 만드는 데 보통 세달 반이 넘는 노역의 시간이 걸린답니다. 쇠붙이를 휘어 바람에 흩날리는 곡선으로 빚기까지 지루한 반복의 시간이 이어졌을 것입니다. 그러나 그 반복이 초원의 바람과 나를 하나로 만드는 힘입니다. 반복은 어리석은 행동이 아닙니다. 평범한 일을 반복할 때, 우리는 비범함을 꿈꿀 수 있기 때문입니다.

초원의 삶과 다를 바 없는 생의 단계들을 넘을 때마다 우리는 감정의 환절기와 만나게 됩니다. 이때 우리를 닮은 동물 한 마리씩 마음속에 담아보는 건 어떨까요?

노종남, 「미스터 리플리 9」

천 번을 흔들려야 키덜트다

넌 왜 점점 애새끼가 돼가니

목요일 저녁, 전화벨이 울립니다.

"쌤요, 이번에 직이는 거 하나 맹글었어예."

예전 장애인 자원봉사를 하며 만난 모 건설회사 부장님의 호출입니다. 이분 취미가 건담 조립으로, 빈티지풍 건담 프라모델을 즐겨 만듭니다. 사모님 핀잔이 전화기상으로도 들립니다.

"쌤요, 제 나이 되믄요, 호칭이 인간이에요."

"네? 그게 무슨 말씀이세요?"

"아내와의 모든 대화가, 이 인간아로 시작해서 애새끼로 끝나요. 그래도 얼매나 좋습니꺼. 동물까지는 안 내리간 기잖아요."

제 주위에는 유년 시절 우리를 '훅' 가게 한 것들에 빠져 사는 이들이 꽤 많습니다. 절친인 구두 디자이너 이겸비는 키티에 홀려 있어 그녀의 모든 소품엔 앙증맞은 키티 캐릭터가 알알이 박혀 있지요. 얼마 전엔 삼단합체 로봇의 추억을 살려 구두를 만들어봤다며 시제품을 보내왔습니다. 저 또한 만만치 않지요. 복식사를 공부한다는 핑계로 수집가용 바비 인형을 모은 지 7년째. 이 인형에 입혀지는 옷은 당대 최고의 디자이너들이 과거의 의상을 철저하게 고증해 만든 것이어서 제겐 필수적인 자료이기도 합니다. 인형에 대한 제 사랑이 얼마나 대단했는가 하면요, 1997년 여름휴가 때 휴가비 전액을 털어 토토로 시리즈를 산 적도 있습니다. 제 키보다 더 큰 거대한 토토로 인형과 그 옆에 찰싹 붙어 있는 먼지 귀신, 정교하게 재현해낸 고양이 버스까지. 저는 숨을 쉴 새도 없이 물건 값을 치르고 토토로 마을을 제 방 안에 건설했습니다. 그날 저는 집에서 쫓겨났습니다.

키덜트, 당신의 유년은 정말 행복했나요

제 주변에는 어린아이 같은 어른들이 꽤 많습니다. 이들을 '키덜트'라고 부르지요. 키덜트kidult는 아이kid와 어른adult의 합성어로 20~30대의 어른이 되었음에도 여전히 유년 시절의 기호와 취향을 추구하는 성인을 지칭합니다. 1985년 『뉴욕타임스』의 저널리스트 피터 마틴이 유년 시절의 문화를 즐기는 성인들을 설명하기 위해 만들어낸 용어입니다. 키덜트의 유형은 크게 어린 시절의 향수를 자극하는 물건

노종남, 「플레이메이트」

에 애착을 보이는 복고 지향형 키덜트와 완구와 의상, 팬시 용품을 소비하며 동심을 만끽하는 현재 지향형 키덜트로 나뉩니다. 최근엔 키덜트의 나이대도 점차 40대로 확장되고 있습니다.

왜 그들은 유년 시절로 돌아가려 하는 것일까요? 과연 그들은 정말 유년을 행복하게 보냈을까요? 워싱턴 대학 심리학과 교수 엘리자베스 로프터스는 문화산업계에 종사하는 사람들이 성인 소비자들에게 어린 시절이 얼마나 좋았는가 하는 허위 기억들을 만들어냄으로써 어린 시절에 대한 향수를 상품 구매와 연결시킨다고 주장합니다. 한편으로 키덜트 문화는 갈수록 생존경쟁이 치열해지는 현실에서 성인들이 자기 세계에 대한 공포증을 없애기 위해 환상의 세계를 선택하려는 대리만족에서 비롯된 것으로 볼 수도 있습니다.

우리는 어른과 아이를 구분하는 기준으로 '성숙'이란 잣대를 사용합니다. 성숙이란 사회 공동체의 질서 속에서 자기 몫을 하는 존재로 성장하는 것을 의미합니다. 내적 성장이란 자신을 둘러싼 인간들과의 만남과 충돌 속에서 자신을 조정하고 적응시키는 기술, 바로 교양을 섭렵하는 것인데, 아이에게는 이 교양이 결핍되어 있어서 이것이 충족될 때까지 혹독한 훈육이 필요하다는 것이 근대적 사고였습니다. 아이로니컬하게도 키덜트란 말의 테두리 안에는 미성숙과 성숙이라는 상호 대립하는 세계가 함께 존재합니다. 특정 집단을 명명하는 용어를 만들어낸다는 것은 그만큼 한 사회 내부의 돋을새김 된 경향성이 눈에 띈다는 뜻일 것입니다. 키덜트는 미성숙한 존재일까요, 성장을 스스로 포기한 사람일까요, 아니면 성장에 반대하는 사람일까요? 이도 저도 아니라면 아이와 어른 사이에 '성장'이란 자의적 잣대를 거부하고 키덜트적 속성을 인간 본연의 모습으로 받아들이는 사람들은 아닐까요? 제가 보기엔 오늘날의 키덜트엔 이 세 가지 성질이 모두 들어 있는 것 같습니다. 당신은 어떤 키덜트인가요?

토토로, 나의 '멘붕'을 막아주는 친구

처음 노종남 작가의 그림을 발견했을 때, 왠지 모를 낯선 느낌이 저를 사로잡았습니다. 그림 속 '미스터 리플리'란 캐릭터는 양복을 입은 채 투구를 쓰고 있으며 그의 손에는 우리에게 익숙한 다양한 만화 캐릭터(도라에몽, 토토로, 나디아, 건담 등)가 쥐여 있습니다. 어른과 아이의 속성을 동시에 가진 존재. 그의 모습에서 정체성의 혼란과 외로움에 젖어 있는 자아를 안고 사는 우리 시대의 키덜트를 발견합니다.

리플리는 퍼트리샤 하이스미스의 소설 『재능 있는 리플리』의 주인공 이름입니다. 지금껏 두 차례나 영화로 만들어져 인기를 끌었는데요. 리플리는 신분 상승 욕구에 사로잡혀 거짓말을 일삼다 결국은 자기 자신마저 속이고 환상 속에서 살게 되는 인물입니다. 이런 유형의 인격 장애를 뜻하는 용어를 '리플리 증후군'이라고 부르는데요. 리플리 병은 개인의 사회적 성취욕은 크지만 사회적으로 꿈을 실현할 수 있는 통로가 봉쇄돼 있는 경우 자주 발생한다고 하죠. 마음속으로 강렬하게 꿈꾸는 것을 현실에서 이룰 수 없으면 가공의 세계를 만들어 그곳에서 살게 된다는 것입니다.

온통 성장과 성공 신화만을 떠받드는 신자유주의의 폭력 아래, 오롯한 사회인으로 성장한다는 것은 매우 힘든 생의 과제가 되어버렸습니다. 설령 직장을 얻고 사회화하는 데 성공했다고 해도 자아 발전은커녕 개인의 자유와 즐거움을 억누르는 환경을 내면화시켜야 합니다. 더구나 계층 상승의 꿈과 전망이 불투명하고 개인의 사회적 이동성이 점차 광폭으로 축소되어가는 사회에서 삶은 환멸이 되기 쉽지요.

작가 노트를 보니 그림 속 투구의 의미는 "성인으로서 살아가는 사회적 모습과 더불어 키덜트라는 동심으로 돌아가는 행위를 통해 자신의 현실에서 벗어나고 싶어 하는 현대인의 방어기제를 형상화"한 것이라고 합니다. 방어기제란 스트레스와 불안의 위협을 이성적인 방법으로 통제할 수 없을 때, 자아가 붕괴되는 걸 막기 위해 사용하는 사고 및 행동 수단을 말합니다. 방어기제에 의한 행동은 일시적으로 긴장을 해소해주고, 현재의 자아를 용인하기 때문에 긍정적인 측면도 있지만 그것이 지나치게 되면 새로운 스트레스 요인으로 작용하여 심각한 부적응의 원인이 됩니다.

최근 인터넷에는 '멘붕'이란 단어가 자주 등장합니다. '멘탈 붕괴'의 약자인데요. 온라인 게임을 하다가 자신을 강화시킬 아이템이 사라지거나 인터넷상에서 키보드로 말싸움을 하다가 진 경우, 실생활에서 당혹스럽거나 창피한 일을 당했을 때, 이러한 상황을 받아들이지

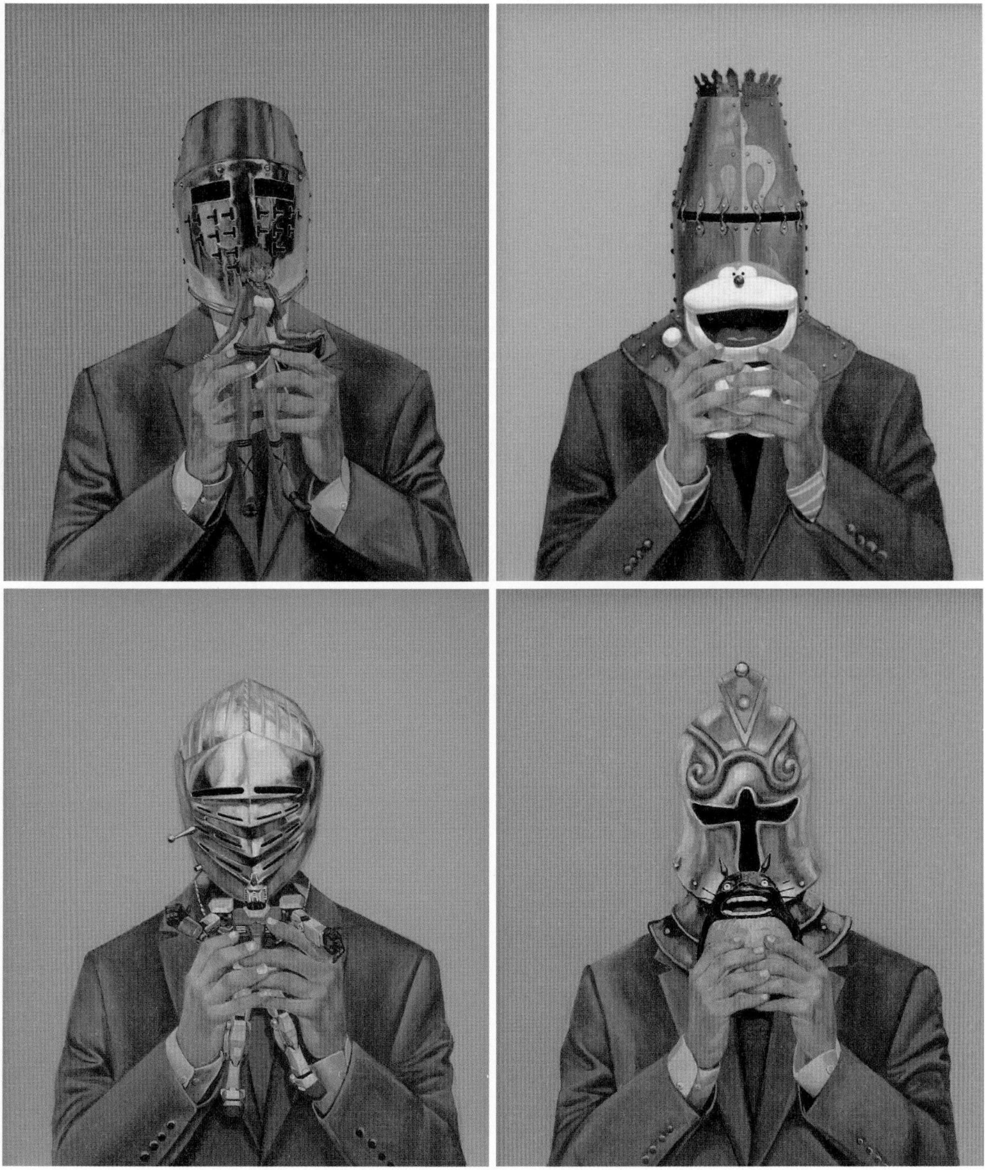

노종남, 「Want You」 연작

노종남, 「미스터 리플리 2」

못하고 정신이 나간 듯한 표정을 짓거나 행동을 하면 '멘탈(정신)이 붕괴되었다'라고 표현합니다. '멘붕'이란 단어의 결을 읽다 보니 우리 시대의 감추어진 징후들이 보입니다. 성장을 강요하는 현실에서 실제로는 성장이 불가능하다는 깨달음만을 얻게 된 인간에게 자신을 지키기 위해 필요한 것은 유년 시절이라는 환상의 힘인지도 모르겠습니다. 과거의 시간 속으로 유영하고 싶은 우리들의 심리가 '복고풍'이란 시장의 움직임을 만드는 건 당연한 일이 아닐까 싶네요.

'반동'의 의미를 지니는 접두사 'Re-'에는 다양한 표정들이 숨쉽니다. 부모의 절대적인 보호 속에서 다양한 만화 속 캐릭터들을 소비하며 이들과 나를 동일시하던 시절, 그때로 돌아가서 나의 온전한 자아들을 다시 되돌아보고review 조율reconfigure하고 다시 바꾸어replace 보려는 필사적인 의지. 아마도 제가 토토로를 손에 쥐는 건 그런 뜻이 아닐까 싶네요.

"토토로, 나를 부탁해."

윤기원, 「낸시 랭」

친구는 병풍과 같은 것

페이스북 '좋아요' 버튼을 누르던 날

얼마 전 윤기원 작가의 그림을 페이스북에 올렸습니다. 이 그림들이 걸렸던 전시 제목은 〈FRIEND Season 5: 십이지신十二支神〉이었습니다. 그는 자신의 주변 인물들을 그리고 해당 인물들의 이름과 별명을 작품의 타이틀로 내겁니다. '시즌 5'라고 적혀 있는 걸 보니, 이런 테마로 작품을 한 구력이 꽤나 긴 듯합니다.

미대생들이 가장 싫어하는 부탁 중 하나가 친구들이 가볍게 던지는 '내 초상화 좀 그려줘'라는 말이랍니다. 그런데 오히려 윤기원은 친구들의 얼굴을 굵직한 선과 원색적인 컬러를 이용해 독특하게 그려냈습니다. 특히 친구의 얼굴을 열두 폭 병풍에 붙여놓은 작품을 보고 '이것이야 말로 한국판 페이스북'이라며 온라인의 지인들이 '좋아요'

버튼을 마구 눌러주었네요.

윤기원은 인물의 외곽선을 선명하게 처리하고 그 속을 한 가지 색으로 채웁니다. 마치 어린 시절 엄마와 함께하던 색칠공부를 연상케 하기노 합니다. 피부색과 머리칼 빛깔도 천차만별입니다. 분홍과 짙은 갈색, 심지어는 회색까지. 친구들의 개성을 캔버스 위에 돋을새김하기 위해 작가가 전략적으로 선택한 색상일 것입니다.

예전 이 작품을 갤러리에서 봤을 때는 한국적 팝아트란 미명하에 앤디 워홀의 초상화 작품들을 본뜬 것 같다는 느낌을 받았습니다. 독창적이란 느낌도 받질 못했죠. 그래서 이름은 기억해뒀지만 저로서는 그다지 주목하지 않았던 작가였습니다. 하지만 병풍 속에 위치한 친구들의 얼굴이 유독 기억에서 지워지지 않더군요. 왜 그는 친구들을 십이지신으로 표현해냈던 걸까요? 병풍 속 친구들의 얼굴이 마치 제 친구들처럼 다가왔습니다. 작가를 통해 그의 친구들과 소개팅을 하는 것처럼 말입니다.

인생의 벽을 넘는 방법

한국의 십이지는 시간과 방향에서 오는 사특한 기운을 막는 수호신입니다. 현실과 초현실의 세계를 연결하는 열두 가지의 띠 동물로 우리에게 알려지게 된 것은 통일신라시대부터입니다. 조상들은 띠 동물을 그 짐승의 외형과 습성, 성격에 따른 의미체계에 따라 해가 바뀔 때마다 다가올 시간을 대비하고 예측하는 수단으로 삼았습니다. 윤기원의 병풍 속 친구들은 띠 별로 구성된 것은 아닙니다. 하지만 우리가 새해를 맞을 때마다의 결심을 함께 지켜나가는 우정의 연대를 의미하는 것으로 읽어보면 어떨까요?

괴테는 생산적인 기분을 만드는 일에 최선을 다했다고 합니다. 예술을 창조하는 것은 예술가의 내면에 잠재하는 '자연의 힘'이라고 믿었습니다. 그는 자신의 내부에서 자연이 힘을 발휘할 수 있도록 기분이 내는 목소리에 귀를 기울였다고 하죠. 이렇게 함으로써 자신의 내면에 생산력이 축적된다고 믿었던 것입니다. 그는 고독, 이른 아침, 봄철, 몸의 움직임, 음악이 내는 좋은 효과, 특정 빛깔 등 생산력을 끌어올리기 위한 기술적인 세부사항의 목록을 작성하고 이것을 맘껏 누리려고 노력했다고 합니다. 작가 윤기원은 이 괴테가 만든 목록에 친구라는 가변적이고도 견고한 이중의 모습을 한 자연의 산물을 집어넣은 것인지도 모르겠습니다.

작가 윤기원이 작품 속 주인공을 선택하는 기준은 '개성'입니다. 여기서 개성은 개인적 성향이라기보다는 작가와의 관계에서 빚어지는 각각의 빛깔을 선택했다는 뜻입니다. 그는 이 빛깔에 따라 친구의 얼굴을 채웁니다. 작가는 말합니다. "제가 잘 아는, 잘 통하는 사람들을 택하는 것은 제가 평소에 소통을 중요하게 생각하기 때문인 것 같아요. 해바라기처럼 바라보는 거, 별로거든요. 인물들과의 소통이 있어야 그림으로 그릴 수가 있어요. 잘 알지 못하는데 그림을 그리는

윤기원, 「유의정」

것은 뭔가 가식적인 것 같은 느낌이 들어서요."

영어에서 생산을 뜻하는 '프로덕션production'은 '보이도록 끌어내다'란 뜻의 라틴어 동사 '프로두체레producere'에서 왔습니다. 윤기원 작가에게 친구란 그들의 개성을 끄집어내 작품으로 형상화할 수 있는 훌륭한 재료이자 관계를 맺으며 곁에 있어줌으로써 상상력을 '생산'하는 존재입니다. 그렇게 친구는 우리의 삶 속에 생산적 관계를 만드는 지표가 됩니다. '친구를 보면 그 사람을 안다'라는 말이 괜히 있는 게 아니지 싶습니다.

병풍 같은 친구가 되자

윤기원의 그림에서 제 시선을 사로잡은 다른 하나는 바로 병풍이라는 형식입니다. 캔버스라는 틀을 넘어, 병풍 속 아름다운 풍경으로 친구들의 얼굴을 자리매김한 것입니다. 왜 작가는 굳이 병풍이란 오브제를 사용한 걸까요?

병풍의 역사는 중국 한나라로 거슬러 올라갑니다. 당시 병풍은 동이나 목조의 넓은 판을 그대로 이용하는 통병풍이었습니다. 이것이 오늘날처럼 나무로 틀을 만들고 종이나 비단을 씌워 나비 날개처럼 펼칠 수 있도록 하는 형태로 진화한 것입니다. 외풍을 막고 공간을 만들고 그림을 넣어 장식하는 역할을 할 수 있도록 변한 것이죠. 병풍은 집 안에 또 다른 공간을 창조합니다. 접고 펼침을 자유롭게 하여 신축

윤기원, 「십이지신」

성 있는 보호벽을 만듭니다. 인간은 자신을 둘러싼 환경으로부터 자신을 보호하기 위해 벽을 만들고 그 안에 거주합니다. 인간은 광막한 자연에 노출된 상태로 살아가면서 인위적으로 벽을 만들었습니다. 자연에는 벽이 없으니까요. 인간은 벽을 통해 안과 밖, 내부와 외부라는 개념을 개발합니다. 한자의 쉴 휴休 자를 보면 쉼이란 인간이 나무에 등을 기대고 있는 형상입니다. 이것은 인간은 등을 기댈 수 있을 때 비로소 안도감을 얻게 된다는 뜻은 아닐까 싶습니다. 인간의 이러한 욕망이 건축물에서 벽이란 요소를 만들게 된 것이죠. 벽mural이란 단어는 한 도시의 울타리, 나아가 보호와 안전을 의미하는 '무루스murus'에서 왔거든요. 하지만 일상에서 벽이란 단어는 단절이나 고립, 제약과 같은 부정적인 의미로 통할 때가 더 많죠. 타인과 소통이 안 될 때, 우리는 타인을 '벽창호 같다'라고 말하거나 돌파구가 보이지 않는 난관에 부딪힐 때 '벽에 부딪히다'라고 표현합니다. 이렇게 벽은 삶의 장애물이란 부정적인 은유로 사용될 때가 많습니다.

예전 제주도 섭지코지 내에 일본의 건축가 안도 다다오가 지은 명상박물관 지니어스 로사이Genius Loci에 간 적이 있습니다. 제주의 자연을 표현하기 위해 그는 다양한 벽면을 사용합니다. 끊임없이 물이 흐르는 벽을 만들어 공간을 촉촉하게 정화하는 자연의 힘을 표현하는가 하면 건축가 자신이 즐겨 쓰는 노출 콘크리트 벽면에는 범접할 수 없는 영혼의 깊이와 견고함을 담았습니다. 구멍 숭숭 뚫린 제주산 현무암으로 쌓은 벽면으로는 자연과 일체를 이루며 내주하는 모든 이들을 따스하게 껴안는 봄의 미풍을 끌어당기는 듯했습니다. 저도 모르게 벽에 등을 기대고 발을 뻗은 채 한동안 앉아 있었죠. 윤기원의 「십이지신」 병풍 그림이 제게 준 묘한 '안도감'은 바로 지니어스 로사이의 벽에 등을 기대었을 때 느꼈던 감정과 닮아 있습니다. 나와 소통하며 공감을 주고받는 친구들이 인생의 보호벽이 되어준다면 얼마나 멋진 인생일까요? 병풍처럼 언제든 손쉽게 펼칠 수 있으니 기동성도 충분히 확보할 수 있고 말이죠. 윤기원이 만든 12폭짜리 십이지신도 병풍에서, 저는 마치 병풍의 각 한 폭 한 폭이 1년 12개월을 의미하듯 나의 1년을 지켜줄 것만 같았습니다.

그림은 그리움에서 나왔다고 하지요? 그리움으로 응결된 우정의 기호를 마음 벽에 붙여둘 수 있는 인생이고 싶습니다. 매일 페이스북에 들어가 글을 남기고 온라인 친구들과 정담을 나눈 지 꽤 시간이 흘렀습니다. 비록 온라인 공간이지만, 이곳에서 나는 얼마나 병풍 같은 친구가 되어주고 있는지 자신에게 물어야겠습니다.

박승예, 「손벌레」

두려워 마, 네 안의 괴물을

화양연화의 시간 속에서

꽃은 무리를 지어 수런거리고, 인간은 꽃이 만들어낸 화엄의 세계 속을 거닙니다. 한철 피었다 지는 존재라고, 땅에 떨어진 그들의 꽃수술을 함부로 밟아서는 안 되지요. 전 화무십일홍이라며, 꽃의 개화와 명멸 과정을 권력의 속성에 비유하는 걸 좋아하지 않습니다. 꽃은 온몸을 다해 자신의 성기를 드러냅니다. 노출된 만큼 상처도 크지만, 그 풍경은 자연의 성감대를 톡톡 건드려, 그 안에 은폐된 상처의 신음을 끄집어내죠. 그렇게 벚꽃은 온몸을 다해 후회 없이 피었다 집니다. 인간을 위해 분홍빛 속살을 태우는 꽃의 다비식茶毘式 앞에서 잠시 저는 멈칫거릴 수밖에 없었습니다. 꽃들이 자신의 존재 증명을 위해 치열한 생의 시위를 벌이는 동안, 나는 무엇을 위해 삶의 활시위를 당기고 있는지 자문해야 했습니다. 꽃의 시위처럼 인간의 시위도 자신의 정체성을 바루는 행위입니다. 사회와 개인을 향한 이중의 시위입니다. 내 안에 있는 '악', 또 한편으론 세상 속에 편만해진 '악'과 대면하고 그 속의 발기된 심장부를 향해 화살을 날리는 일입니다.

괴물은 어떻게 탄생하는가

> 괴물들과 싸우는 누구나 그 싸움의 과정에서 스스로가 괴물이 되지 않도록 주의해야 한다. 그리고 당신이 오랫동안 심연을 들여다볼 경우 그 심연 또한 당신을 주시하고 있음을 알아야 한다.
>
> _니체, 『선악을 넘어서』

최근 한국 사회의 성격을 규정하는 두 개의 표제어는 '공정 사회'와 '피로 사회'입니다. 물론 저 자신이 임의로 추출한 것이지만, 사회 내의 갈등이 최고조에 달한 요즘 한국 사회 양 극단의 입장을 가장 잘 설명하는 말이 아닐까 합니다. 위정자들은 부와 인간적 가치가 투명하게 나뉘는 공정 사회를 만들 것이라 주장합니다. 한편에선 '자기계발'에 열중하느라 피로에 지친 인간으로 가득한 사회가 존재하고, 생산성을 높이기 위해 끊임없이 '할 수 있다'라는 마음을 돋을새김 한 탓에, 자기 스스로 부여한 과도한 긍정적 마인드 속에서 죽어가는 사람들이 있습니다. 사람들은 스스로 가해자이자 피해자가 되어 자신을 착취합니다. 청년들은 기성세대들의 사회에 편입되지 못하고 주변부를 부유하는 괴물이 된 지 오래입니다. 신자유주의 사회에서 고립된 개인들은 그저 살아남기 위해 다양한 방법론에 매달립니다. 서점에서는 자기계발서가 현대판 종교서가 되었죠.

작가 박승예의 '괴물전-산해경' 연작을 본 날, 저는 니체의 말을 떠올렸습니다. 그녀가 그린 자화상은 사회적 부당성과 뒤틀린 정의 앞에서 괴물이 되어갈 수밖에 없는 우리 모습을 그리고 있었습니다. 『산해경』은 기원전 4~5세기경에 쓰인 중국의 가장 오랜 신화 지리서입니다. 중국 남부 해안 지역의 무당이 썼을 것이라 추정되는 이 책은 중국과 각 사방 지역의 지리적 상황을 토대로 각지의 신화와 전설, 신령, 괴물을 소개합니다. 상상 속의 신령과 괴물을 그림과 함께 선보임으로써 후세 사람들에게도 갖은 억측과 호기심을 불러일으켰죠. 일찍이 공자가 '괴상한 힘과 어지러운 이야기'를 입에 올리지 말 것을 권고하면서, 『산해경』은 역사가들에게 이단서로 폄하되었습니다. 『산해경』은 환상과 상상력의 보고로서 우리의 꿈과 무의식에 뿌리를 둔 원형적 이미지들을 개발했고, 민중들의 마음속에 권력에 대항하는 도교라는 체계를 구축하는 데 큰 영향을 미칩니다. 규율 사회를 이루고자 했던 공자의 유교에 대립하는 기층 민중의 저항 문화를 이룬 것입니다.

“나는 괴물이다”

박승예의 그림 속 주인공은 바로 작가 자신입니다. 그런데 좀 이상합니다. 자화상이라 함은 거울에 비친 화가의 실제 모습을 투영하는 것이어야 함에도, 그림 속 작가의 모습은 동물과 인간이 하나로 교접된 상태, 반인반수의 모습이 마치 괴물로 변해가는 상태를 그린 듯한 느낌을 줍니다. 볼펜을 이용해 라면처럼 꼬불꼬불하게 반복적으로 원을 그리고, 이것이 누적되면서 자화상이 되는데요, 꼬일 대로 꼬인 작가 내면의 정경을 담고 있습니다. 이 꼬임이 누적되면 현재의 내가 됩니다. 그림을 자세히 보면 어두운 담즙이 얼굴과 신체로부터 흘러내리고 있습니다. 그녀의 작업은 인간의 내부와 외부에 존재하는 각각의 ‘나’들이 만나 서로의 존재를 인지하고, 각자가 다르다는 모순을 의식하는 장면을 보여줍니다. 이 과정에서 필연적으로 생길 수밖에 없는 ‘이질감’이 주는 두려움과 상처가 피가 되어 흐르는 것은 아닐까요.

「강요된 시각」에선 하나의 눈을 갖고 ‘맹목적’으로 사물을 바라보도록 강요받는 외부의 자아와 두 눈으로 불쾌한 생의 진실을 직시하려는 내면의 자아가 충돌합니다. 「안드로메다 은하의 우주 여행자」에서는 소셜 네트워크와 같이 이전 시대와 달라진 의사소통 체계에서도 내면의 이성이 활동하지 못하도록 가로막는, 혹은 의사소통 체계에 참여하면서 스스로 자신의 실체를 감추고 가면을 쓰는 우리의 상황을 그렸습니다.

괴물을 영어로 몬스터monster라고 합니다. 라틴어 어원을 찾아

박승예, 「강요된 시각」

박승예, 「안드로메다 은하의 우주 여행자」

보니 몬스트라레monstrare인데요, 여기에는 '보여주다'와 '경고하다'라는 이중의 뜻이 담겨 있습니다. 작가는 짐승과 인간이 이종교배로 낳은 듯한 기괴한 이미지로 변모하는 자화상을 통해 인간 내부의 어두운 힘들을 형상화한 것입니다. 괴물이 되어가는 모습을 생생하게 보여주고, 우리에게 변화를 촉구하는 것이겠지요. 철학자 리처드 커니는 『이방인, 신, 괴물』(개마고원, 2004)에서 이렇게 주장합니다.

> 괴물은 우리 안에 내재되어 있는 모습의 투사일 뿐이다. 우리는 본능적으로 거부감을 느끼는 무의식적인 두려움을 타자에게 투사한다. 즉, 인간의 본능적인 거부감과 무의식적 두려움들이 투사되어 응축된 형태로 나타난 것이 괴물이다. 괴물들은 우리 안의 지옥을 끄집어내고 우리가 누구인지 우리는 알지 못한다는 사실을 상기시킨다. 괴물은 아주 탁월한 타자이다. 자아성찰의 가능성을 열어주는 자아의 버림받은 쌍둥이 형제로서의 타자다. 자아를 죽이기 위해 집단은 뭉치고 단결한다. 결국 이 과정에서 우리가 놓치는 것은 우리 자신을 직시하고 우리 자신과 화해할 가능성의 기회들이다.

결국 괴물은 우리가 우리 자신을 되돌아보기 위해 만들어진 사회적 선물인지도 모르겠습니다.

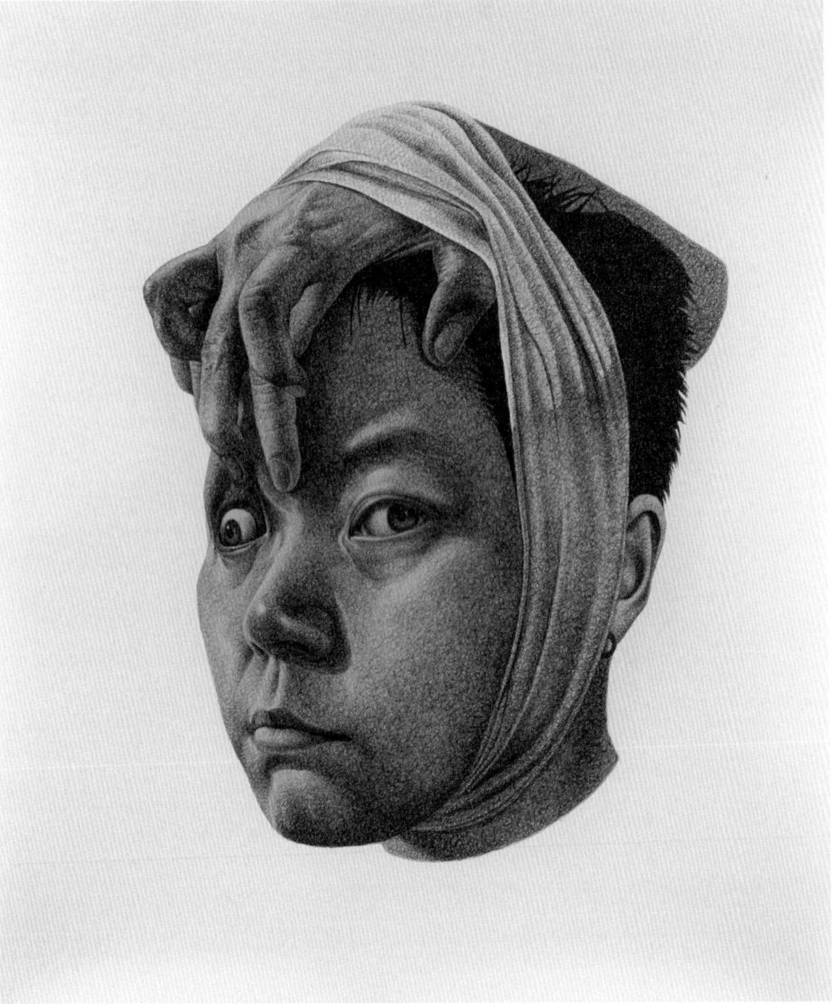

박승예, 「당황스런 선물」

두려워 마, 네 안의 괴물을

우리는 다양한 계기를 통해 괴물이 됩니다. 민간인을 사찰하는 국가, 언론을 통제하고 한쪽을 이방인으로 낙인찍는 사회적 분위기가 우리를 괴물로 만듭니다. 사회적으로 배제되고 있다는 느낌, 좌절감과 두려움이 우리를 더욱 괴물로 만듭니다. 하지만 이런 거시적인 환경만이 우리를 괴물로 만드는 것은 아닙니다. 우리는 누군가와 사랑에 빠지는 순간 괴물이 되지요. 외눈박이 사랑을 하는 키클롭스가 되고 『산해경』에 나오는 일비민一臂民처럼 둘이 합쳐야 한 사람이 되는 온몸이 반쪽인 존재가 되기도 합니다. 괴물이 되는 게 마냥 나쁜 것만은 아니란 거죠. 언제든 사랑의 괴물이 될 수 있는 선한 존재로서의 나를 다시 찾아야 합니다.

내 밖의 괴물과 내 안의 괴물은 서로를 마주하며 공생합니다. 외부의 시스템에 익숙해져서 외부에서 주는 정보를 진실이라 믿고 이를 내면화하면서 살아가면 행복할 수 있습니다. 그러나 내 안의 괴물은 사회적 진실을 욕망합니다. 외부의 달콤한 유혹과 폭력에 주눅 들지 말라고 경고합니다. 분노해야 할 일도 많고, 저항해야 할 일도 많지만 그 속에서도 스스로를 파괴하는 괴물은 되지 않도록 '주의'해야 할 때입니다. 쫄지 마세요, 우리 안의 괴물에게.

박용균,「퍼퓸 007」

향기, 내 영혼의 시그니처를 가질 시간

향을 입는다는 것은

베이징 출장 후 돌아오는 길에 친구에게 줄 선물을 골랐습니다. 영국산 홈메이드 향수인데요. 다섯 개의 유리병에 사과, 작약, 오이, 블랙베리, 얼그레이, 재스민 등 다양한 소재에서 추출한 향이 담겨 있습니다. 제가 이 향수를 좋아하는 이유는 각각의 향을 결합시켜 새로운 향을 만들어낼 수 있다는 점 때문입니다. 먼저 한 가지 향을 뿌린 후, 다른 향을 두 번째로 뿌리면 각 향이 섞이며 제3의 향이 나옵니다. 나만의 향 배합을 통해 자신만의 향을 만드는 것이죠. 다양한 품목의 옷을 걸쳐 입는 것처럼요. 영어에서 향수를 뿌린다는 표현을 'wear perfume', 즉 '향을 입는다'라고 쓰는 걸 보면 향을 옷에 비유하는 건 타당성이 있는 듯합니다.

조향사들이 쓰는 용어 중에 '노트note'란 말이 있습니다. 톱/미들/베이스 노트 이렇게 쓰는데요. 이것은 시간에 따른 향의 변화를 말합니다. 톱 노트는 향수 용기를 개봉하거나 피부에 뿌릴 때 처음 맡는 향의 느낌을 뜻하고요, 미들 노트란 향수의 구성 요소들이 조화롭게 배합을 이룬 중간 단계의 향을 의미하는데 뿌린 뒤 10분 정도 기다려야 맡을 수 있습니다. 베이스 노트는 향의 마지막 느낌을 뜻합니다. 뿌린 후 2~3시간 정도가 흐르고 자신의 체취와 향이 하나가 될 때 나오는 느낌입니다. 저는 발향 과정이 인생과 닮았다고 생각합니다. 사람이 사람을 처음으로 만나는 과정, 사람이 사람과 섞이는 과정, 그 과정에서 그/그녀를 진정으로 이해하게 되는 과정과 닮았다고요.

향은 인간을 성장시킨다

며칠 전 한 기업의 면접위원이 되어 신입사원들의 프로필을 살폈죠. 참 어렵더군요. 자기 소개서와 프레젠테이션만 보고 한 사람의 진가를 안다는 것이 얼마나 어려운가요. 신입사원 선발은 통통 튀는 참신함과 조직의 조화를 생각할 수 있는 자질을 가진 이를 뽑는 일입니다. 문제는 이 두 가지가 양립하기 어려운 특성이란 것이죠. 조직에서 사람을 뽑는 일을 리크루트recruit라고 합니다. 1640년경 프랑스에서 유래한 말입니다. 군대에서 사람을 충원할 때 썼는데 re(다시)에 '성장시키다'란 뜻의 라틴어 크레스케레crescere가 결합된 것입니다. 말

그대로 '새로운 성장'이란 뜻이죠.

조직만 리쿠르트를 하는 건 아닙니다. 우리 모두 새로운 사람과 관계를 맺습니다. 친구의 충원 과정은 결국 우리의 성장을 위한 것이죠. 여러 향을 섞어 독특한 향을 만들 듯, 친구도 향과 같아서 어떻게 조합하고 입는가에 따라 나 자신의 면모가 변하게 되죠. 한 벌의 옷이 되는 겁니다. 어떤 경우엔 차가운 겨울을 견디는 코트가 되고, 소중한 순간을 위해 차려입는 재킷이 되기도 합니다.

이걸 진작 알았으면 좋았을 텐데요. 이 글에는 지난날 제 삶에 대한 후회가 섞여 있네요. 사람을 만나고 평가하는 일에 조급함을 드러낸 적이 많았거든요. 향수로 치면 톱 노트만 맡고 의사결정을 한 셈입니다. 문제는 이 과정에서 친구를 통해 저 자신의 진가를 드러낼 기회를 스스로 박탈했다는 것이고 성장할 기회도 놓쳤다는 것입니다.

향의 현상학, 인간의 본질을 묻다

속이 환하게 보이는 한 장의 사진 앞에 섰습니다. 사진전의 제목은 〈퍼퓸Perfume〉입니다. 전시관의 백색 벽면을 보니, 속살을 드러낸 꽃들이 흐드러지게 피었습니다. 엑스레이를 이용해 찍었기 때문인데요. 엑스레이를 이용해 촬영한 사진을 '엑스레이요그래피X-Rayography'라고 합니다. 작가 박용균은 자연의 배후에 있는 아름다움을 포착하기 위해 엑스선을 이용했습니다.

앞서도 이야기했지만 건축에서 건물의 주 출입구를 포함한 정면의 벽면 전체를 파사드라고 부릅니다. 파사드는 사람 신체 중 얼굴에 해당합니다. 심리학에서는 '개인의 내적 감정을 감춘 겉치레, 태도'를 뜻하기도 하는네요. 박용균의 '펴픔' 연작 사진은 향수의 재료가 되는 꽃들의 속살을 찍었습니다. 즉, 꽃의 파사드를 포착한 것입니다.

전시는 제게 후각과 향의 본질에 대해 생각할 기회를 주었습니다. 후각 기능이 사라지면 미각의 기능도 함께 사라진다고 합니다. 상한 음식을 먹어도 그 이상 유무를 알 수 없기 때문에 몸 전체가 망가질 가능성도 커진다지요. 감각은 결코 홀로 서는 법이 없습니다. 시각, 청각, 촉각, 후각, 미각 등 각각의 감각은 서로 연결되어 우리 생을 지속시킵니다. 달콤한 요리를 찍은 사진을 볼 때, 군침을 삼키는 것은 이와 같은 이유 때문이죠.

박용균의 엑스레이 사진 속에서 꽃의 냄새를 상상하고 향기를 무의식 속에 담아본다면 어떨까요? 오른쪽 사진은 다년생 식충식물인 네펜테스Nepenthes입니다. 큰 주머니는 벌레뿐만 아니라 쥐나 개구리 같은 생물도 잡을 수 있답니다. 놀라운 것은 네펜테스가 향수의 원료로 사용된다는 점이지요. 향으로 곤충을 유혹하듯, 반대의 성을 유혹하라는 염원일까요? 그리스인들은 네펜테스 꽃을 네펜테스 파르마콘이라 불렀습니다. 그리스어로 어원을 풀어보면 Ne(없다)와 Penthes(근심), 즉 '근심 없음'이란 뜻이랍니다. Pharmakon은 약물이란 뜻이고요. 그리스인들은 이 식물을 평안하고 달콤한 잠을 자기

박용균, 「퍼퓸 006(네펜테스)」

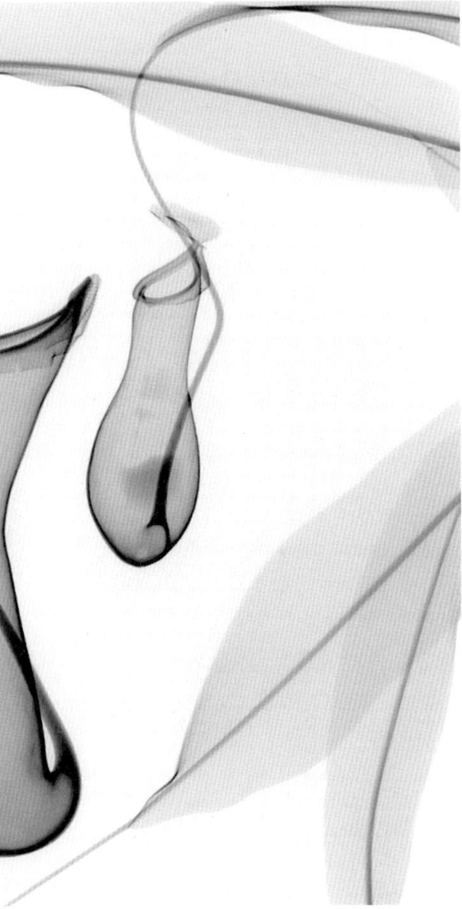

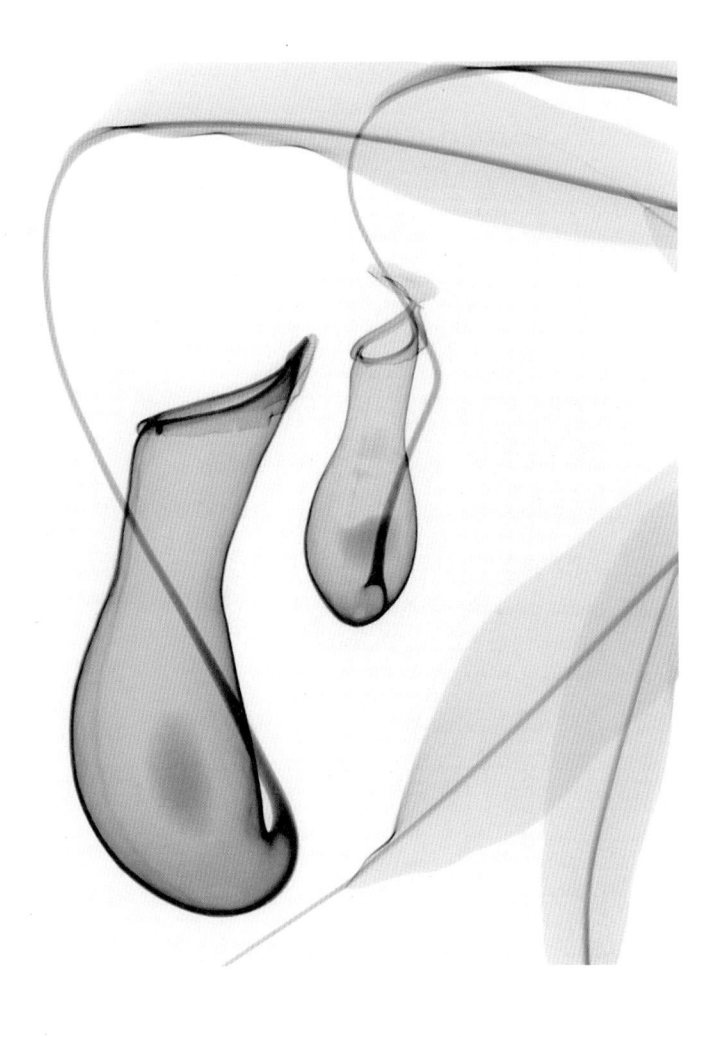

위해 약물로 사용한 것입니다. 문제는 이 파르마콘이 '치료'와 '독약'이라는 이중적 의미를 띤다는 것이죠.

네펜테스로 만드는 향도 마찬가지입니다. 향은 은은하게 자신의 철학과 스타일을 사람들에게 번지게 할 수도 있지만 너무 강하게 발산될 경우, 네펜테스처럼 주머니 속으로 타인들을 꿀꺽 삼켜 죽일 수도 있습니다. 절제와 은은함이 요구되는 것이죠. 제가 친구들을 만나고 교제하고 그들을 이해하기 위해서 가졌어야 할 태도였다는 생각이 들었습니다.

친구라는 바다를 만나다

침향沈香, 사향麝香, 용연향龍涎香. 이것은 뭘까요? 동양의 왕실과 귀족이 애호하던 향이랍니다. 침향은 서향나무를 바다 개펄에 100년 이상 묻어두었다가 꺼내어 만듭니다. 바다의 향이 나무의 살 속으로 파고들어 전체가 향이 되지요. 사향은 알다시피 사향노루의 생식선을 이용해 만듭니다. 성욕을 돋우는 역할을 했죠. 세 번째 용연향은 구하기가 셋 중 가장 어려워 무척 귀한 향입니다. 용연향의 재료는 향유고래의 토사물입니다. 대왕오징어를 먹이로 삼는 향유고래는 발정기가 되면 소화 능력이 현격히 떨어집니다. 이때 배 속에 삼킨 대왕오징어를 토해내는 경우가 발생하는데, 이 토사물이 바다 위를 10년 이상 떠다니며 짭조름한 바닷물과 미풍, 햇살과 만나 썩은 향이 빠지고 나면

박용균, 「퍼퓸 002」

박용균, 「퍼퓸 010」

비로소 용연향의 재료가 된답니다. 향을 갖기까지 오랜 침묵의 시간이 필요한 셈이죠.

그러고 보니 침향과 용연향은 향이 되기 위해 필연적으로 바다를 만나야 하는군요. 인간도 마찬가지입니다. 인간이 자신의 향을 내기 위해서는 친구라는 바다를 만나야 합니다. 바다는 외부의 신체이자 내 몸에 덧붙여지는 향입니다. 내 몸은 바다라는 몸과 비비고 섞입니다. 이 충돌을 통해 이전에 볼 수 없던 균열이 몸과 마음에 생기고 말죠. 어떤 경우엔 피하고 싶습니다. 거대한 바다 위를 떠다니며 침묵의 시간도 가져야 합니다. 힘들 때마다 생각하세요. 신체에 바다란 신체가 포개어져 생긴 마음의 금, 그 금 사이로 진정한 나의 향이 발한된다는 것을요. 우리가 용연향 같은 인간이 되기 위해 꼭 기억해야 할 지혜입니다.

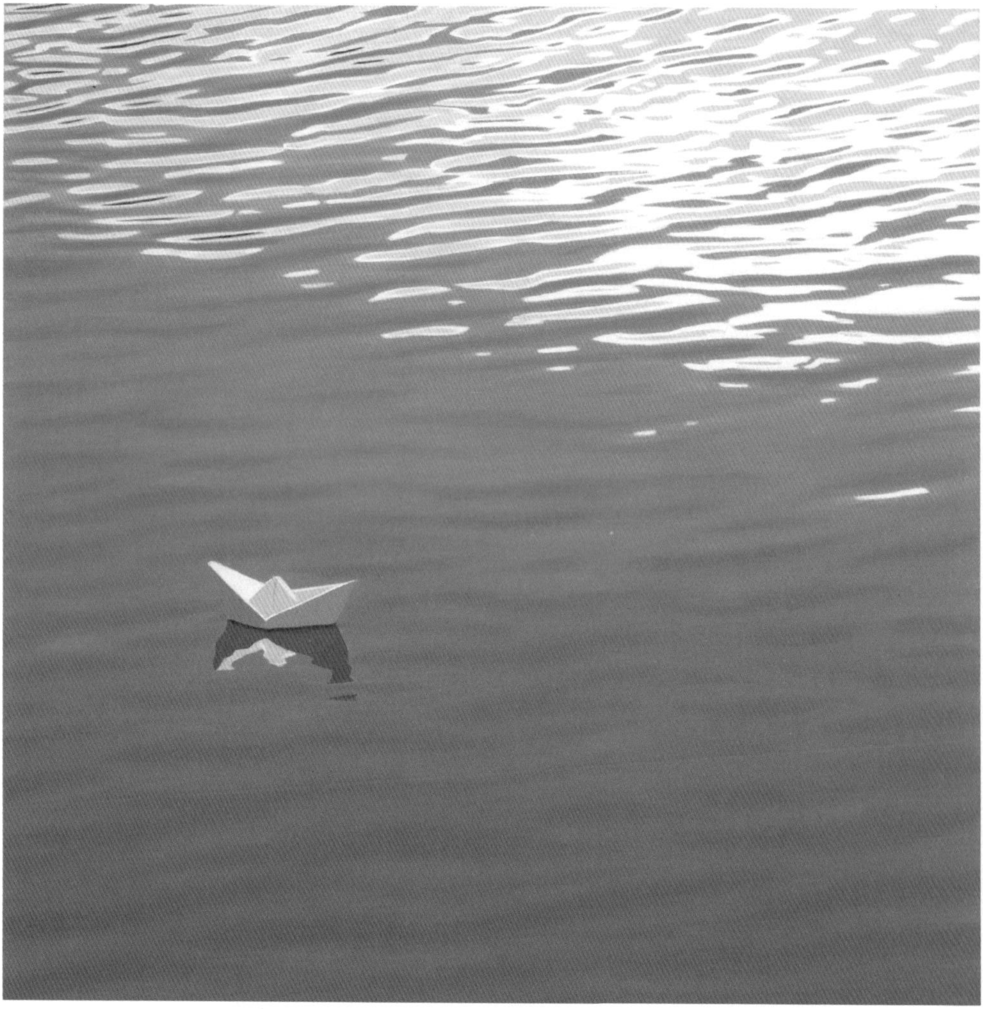

김혜옥, 「종이배를 띄우고」

마음에서 상처를 지우는 법

당신, 사랑 받을 권리가 있다

시인과 촌장이 부른 「가시나무」란 노래를 좋아했습니다. 조성모가 리메이크해서 더 인기를 끌었지요.

> 내 속엔 내가 너무도 많아 당신의 쉴 곳 없네. 내 속엔 헛된 바람들로 당신의 편할 곳 없네. 내 속엔 내가 어쩔 수 없는 어둠, 당신의 쉴 자리를 뺏고 내 속엔 내가 이길 수 없는 슬픔, 무성한 가시나무 숲 같네.

가사를 듣다 보면 '우리 자신의 자화상'과 만나게 됩니다. 이 노래 속 '당신'은 어떤 관점에서 읽는가에 따라 해석이 달라집니다. 노래 속 당신이 누구 혹은 무엇을 지칭할지, 꽤나 오랫동안 사념에 빠져든 적이 있습니다. 누군가에게 '당신'은 신을 의미하기도 하고 또 누군가에겐 '진정한 자아'를 의미하기도 합니다. 중요한 건 내 속에 너무 많은 나를 만든 건 사회적 관계 맺기의 결과란 것입니다.

사회학자 어빙 고프만 이야기를 해야겠습니다. 대학 시절 연기를 공부해서인지 저는 이분의 연극학적 사회학을 좋아했습니다. 세상은 무대고 인간은 모두 배우라는 셰익스피어의 진부한 문구가 아니더라도, 분명 인간은 세상을 살며 가면을 쓴다는 점을 인정하는 나이가 되어서일 겁니다. 고프만은 "개인이 자신에 대해 무엇을 느끼고 안다는 것은 자기가 발명한 것이 아니다. 그것은 유의미한 타자가 자신을 어떻게 대우하는가를 해석하고 이해하여, 자신을 어떻게 취급하는가에 따라 생성된 것이다"라는 '유의미한 타자론'을 주장합니다. 저는 이 타인과의 관계를 어떻게 맺는가에 따라 우리의 삶 전체가 영향을 받는다고 믿는 쪽입니다.

관계 맺기를 가리켜 세상은 사랑이란 두 음절의 단어를 사용합니다. 이 과정에서 자꾸 순위를 매기는 일이 발생합니다. 결혼한 지 20년이 넘어도 친구 남편과 자신의 반쪽을 비교하는 버릇 같은 것 말입니다. 문제는 이 과정에서 불필요한 '못난 나undervalued self'를 끄집어내고선 자신의 삶을 스스로 가치 없다고 느낀다는 데 있습니다. 세월이 지나며 자연스레 성숙한다고 믿었던 저 자신도 타인과의 순위 매기기로 힘이 빠지는 일을 겪습니다. 오랜 친구처럼 잊고 살았다고 생각하다가도 불현듯 나타나서 내 기운을 빼는 이 못난 나를, 어떻게 하면 껴안을 수 있을까요?

대중심리학 책들을 많이 읽는 편입니다. 마음도 마치 화가의 캔버스처럼, 하나의 틀을 갖고 있어서 때로는 틀을 부수고 새롭게 만들어야 한다는 말 등 수많은 조언들이 쏟아집니다. 하지만 현실적으로 그런 말들이 정말 아픈 나를 안아주진 못하더군요. 심리 카운셀링이란 이름으로 포스팅 되는 수많은 글을 마뜩찮은 시선으로 읽는 이유입니다.

인생에서 상처를 흘려보내는 법

며칠 전 종이를 자르다 종이 끝에 손을 베었습니다. 선혈이 꽤 흐르다가 멈추었는데 시간이 지나도 잘 아물지를 않네요. 상처를 치유하는 효소가 부족해서랍니다. 대학 시절 학교에서 재봉 수업을 들었습니다. 학교에 의상학과가 없다 보니, 가정교육과 학생들과 함께 수업을 들었습니다. 재봉틀 다루는 법을 배우면서 누구나 한두 번 손을 찍기 마련입니다. 생각보다 기계치인 저는 처음 재봉틀질을 배울 때 꽤나 여러 번 손을 찍혔는데, 이럴 때마다 교수님의 반응은 의외로 시큰둥해서, '약 발라라' 그게 전부였습니다. 누구나 한 번쯤은 겪는 일이라는 눈빛입니다. 마음이 겪어야 하는 아픔을 이렇게 쿨 하게 정리할 수 있으면 얼마나 좋을까요? 그러면 관계 맺기의 실패, 타인과 나를 저울질하며 내 안의 자아를 '저평가'하는 습속에서 벗어날 수 있을 텐데요.

인사동에 나갔다가 눈길을 끄는 그림을 만났습니다. 오랫동안 누드 크로키를 해온 작가 김혜옥은 이전과 달리 종이배를 소재로 선택해, 강물에 띄우고 이를 그림으로 그려냅니다. 살아가면서 누군가를 떠나보내고 또 누군가를 받아들입니다. 그 과정은 반복되고, 알알이 차오르는 따스한 색실처럼 인생을 자수 놓지요. 김혜옥의 그림은 그런 점에서 명상적입니다.

김혜옥의 그림을 본 날도, 종이에 베인 듯한 아픈 마음을 안고 거리를 걸었습니다. 최근 실수로 놓쳐야 했던 계약과 문서상의 잘못들을 다시 되돌려놓아야 했습니다. 물론 금전적인 손해도 조금 보았습니다. 그래도 괜찮습니다. 오늘도 이렇게 배우니까요. 흘러간다는 건 내려놓음을 배우는 것입니다. 진실한 자아가 있는 강의 저쪽 편으로 이 거친 물결을 헤치고 건널 수 있을지 알 수 없지만, 여전히 굽이 낮은 계곡과 물살 급한 여울목을 건너야 하는 나이. 삶을 잔잔한 보폭으로 걷다 보면 더 멋진 우군을 주변에 둘 수 있겠죠. 너무 지나친 긍정, 그 속에 '못질 당한 내 못난 자아'를 감추고 싶지 않습니다.

우리는 흔히 긍정적 사고방식을 가지라는 충고를 듣습니다. 저는 이 말, 좋아하지 않습니다. 1970년대 개발성장의 시대, 그 배후에는 바로 이 긍정적 사고가 자리하지요. 간절히 바라면 이루어진다는 생각. 과연 꿈을 꾸고 긍정의 에너지를 쏟으면 모든 일들이 해결되던가

김혜옥, 「종이배를 띄우고」

김혜옥, 「종이배를 띄우고」

요? 시간과 공을 들인 일들이 성취되지 않을 때, 그 좌절은 상처 입은 우리에게 더 큰 부메랑이 되어 돌아옵니다. 타인의 성공과 자신의 실패를 비교하며 더욱 큰 '못난 나'를 감금하게 될 가능성이 크기 때문이죠.

소금처럼 환하게 햇살 아래 빛나는 상처를 가진 당신. 이제 저 종이배에 인생의 시름을 담아 강물 위에 흘려보내십시오. 흘려보내면 다시 돌아옵니다. 그러나 그 회귀의 시간 동안 상처는 아물고, 새로운 선물을 받게 될 것입니다. 영혼의 솔기를 오늘도 곱게 마무리하며 이렇게 여러분에게 예쁜 그림 편지 한 장을 띄웁니다. 김혜옥의 종이배를 바라보면서, 살며 사랑하며 배우며 성장하는 우리의 삶을, 깨끗하게 빨아 잘 널어 말린 후 출근길에 입는 행복처럼, 잊으며 또 새로 시작해보는 것입니다.

삶은 그렇게 시작됩니다. 힘을 내세요.

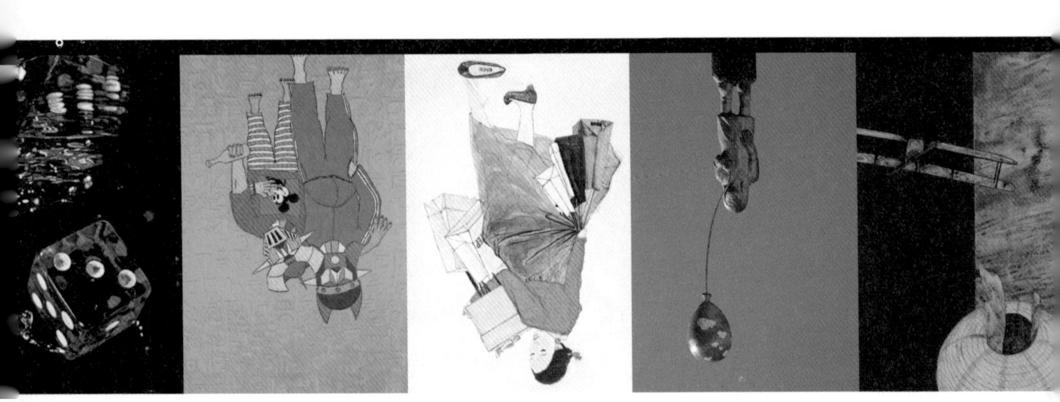

댄디, 스스로의 방식으로 살아가다

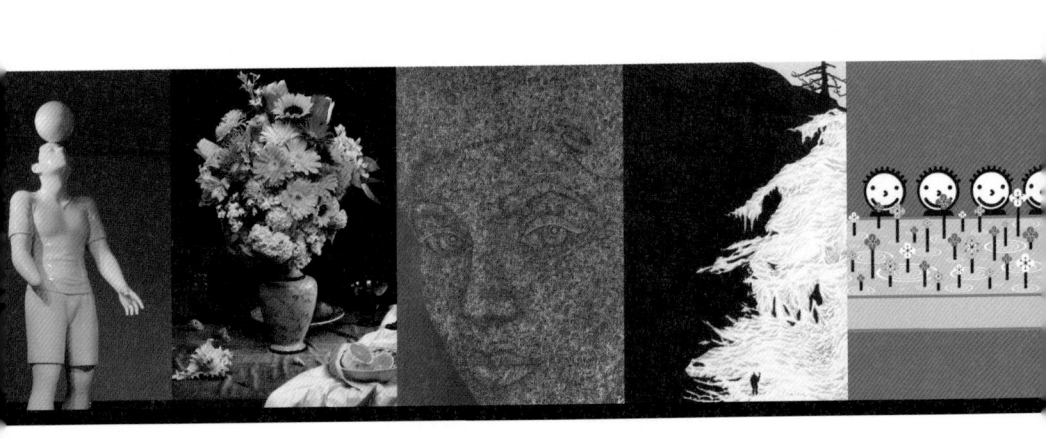

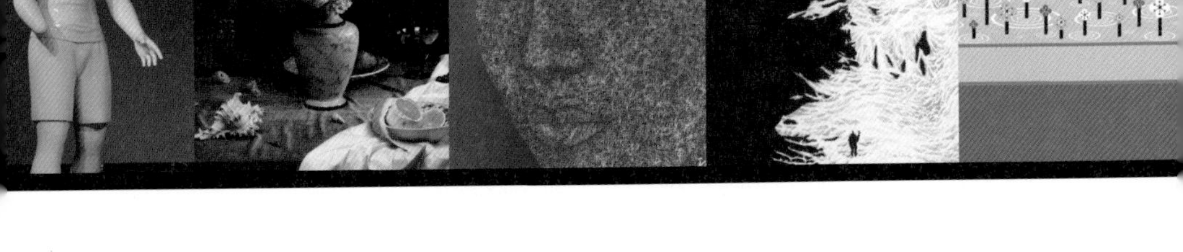

홍경아, 「당신이 출발한 곳」

지금을 위한 송가

바람이 분다, 맞아야겠다

지난겨울 주말이 되면 틈틈이 시간을 내어 연을 날렸습니다. 어린 시절 친구들은 가오리연을 많이 날렸는데, 저는 유독 방패연이 참 멋지다고 생각했습니다. 푸른 기운이 도는 청죽을 곱게 자르고, 빛을 투과하는 한지를 곱게 접어 사각형의 얼굴을 만든 후 가운데 눈을 뚫습니다. 방패연은 아그리파 조각상 같은 남성적인 매력이 있었습니다.

연은 바람에 자신의 맨살을 부딪침으로써 하늘 위로 솟구쳐 오릅니다. 저는 연을 날릴 때마다 '바람'이라는 실체를 생각합니다. 바람은 자신과 만나는 사물을 통해 자신을 증명합니다. 프랑스어에서 꽃fleure은 스친다effleure라는 동사에서 왔습니다. 바람의 스침이 한 송이의 꽃을 피워내는 것이지요. 우리 몸은 바람이라는 외적 신체의 애무를 통해서 깨어납니다. 바람은 잠들어 있는 우리를 깨우고 흔드는 실체입니다. 우리가 생의 환절기마다 '바람을 피우거나' 혹은 '바람이 나는' 것은 이런 이유에서일 것입니다. 뒤늦게 식스 팩을 만들겠다며 운동에 빠지거나 새로운 취미에 몰입하는 건강한 바람도 있지만 기존의 애정 관계를 허무는 파괴적인 바람도 있습니다. 바람이란 건 인간의 입장에서 통제 불가능한 요소로 돌올하게 뭉쳐 있습니다. 바람은 이중적입니다. 삶을 휘두르기도 하지만, 이 바람을 온몸으로 타야만 삶을 지속할 수 있으니까요. 바람을 조정하는 일, 그 속에서 온 삶을 살아내는 것은 오랜 시간의 누적을 통해 익혀야 하는 삶의 기술입니다. 바람은 연이 하늘을 날기 위한 조건입니다. 우리는 생이 안온하고 평탄하기를 기도합니다. 하지만 진정한 생은 저항 속에서 떠오릅니다. 바람의 스침을 두려워하는 꽃은 개화할 수 없기 때문입니다.

바람이 분다, 살아야겠다

설악산으로 셀프 휴가를 갔습니다. 지난 2년 동안 쉼을 가져본 적이 없었거든요. 그곳의 작은 갤러리에서 멋진 그림을 봤습니다. 〈지금을 위한 송가〉란 제목의 전시였습니다. 캔버스 위로 광막한 하늘과 짙은 바람이 가득 불었습니다. 그 속을 관통하는 작은 비행기들이 보입니다. 비행기는 바람 속으로 들어가 자신의 의지를 가지고 바람을 거슬러 움직일 수 있는 유일한 물체입니다. 한 개의 날개를 가진 단엽

홍경아, 「하루가 끝나고」

기, 두 개의 날개를 가진 복엽기가 대칭을 이루며 목적지를 향해 비행합니다. 비행기는 나지막한 엔진 소리를 내며 황토 빛 대지 위로, 검푸른 바람의 속살을 향해 다가갑니다.

화가의 그림엔 크게 두 개로 분할된 화면이 있습니다. 이 두 개의 세계는 보는 이들의 관점에 따라 달리 해석될 수 있을 것입니다. 제겐 대지와 하늘로, 또 누군가에겐 바람의 속살과 외곽선으로, 또 누군가에겐 지나온 삶의 단계와 경계선으로 보일 수도 있겠다 싶었습니다. 화가는 파일럿이 되어 다가올 위험과 모험, 그 두 겹의 세계를 관통하기 위해 이를 악문 듯 보입니다. 저 투명한 하늘에도 약속된 길의 흔적, 항로가 녹아 있기 때문이겠지요. 화가가 지금껏 바람의 형상을 읽는 데 생의 절반을 보냈다면, 이제는 그 속으로 들어가는 모험을 시작할 경계선에 서 있습니다. 그림 속 비행기의 날개를 연결하는 갈비뼈들이 선연하게 그려져 있는 것은 파일럿의 견고한 고집을 의미하는 듯합니다.

삶의 단계마다 놓인 굽이굽이 갈림길을 건너는 일도 일종의 비행입니다. 이 과정에서 우리가 겪어온 삶의 얼개들을 발견하죠. 철학자 화이트헤드는 『과정과 실재』(민음사, 2003)란 책에서 발견의 과정을 비행기의 비행에 비유합니다.

> 발견은 개별적 관찰이라는 땅에서 시작되어 인간의 상상력을 통해 일반화란 희박한 대기 속을 비행한다. 이후 새로운 관점에서 합리

적으로 해석하고 관찰할 수 있게 됨으로써 더욱 감성적인 존재가 될 때 비로소 인간은 착륙한다.

화이트헤드의 말에서 주목해야 할 세 단어가 있습니다. 바로 관찰과 상상력, 일반화입니다. 생의 중반전이든 후반전이든, 이전의 시기와 다른 시간을 걷기 위해 필요한 것은 다양한 관찰의 도구와 성급하지 않은 일반화입니다. 이 두 가지를 결합하는 아교가 바로 상상력입니다.

살아가며 때가 묻었다고 생각하는 순간이 있습니다. 한 사람의 인생을 두세 마디의 말로 규정하는 것입니다. 화이트헤드가 일반화에 도달하는 비행을 희박한 대기를 관통하는 것에 비유한 것은 이런 뜻이 아닐까 싶습니다. 희박한 정보와 파편화된 체험만으로 인간과 사건을 평하지 말라는 것이죠. 모순이 가득한 광막한 바다를 건너는 비행. 나의 모순을 타인의 삶에서 발견하고 껴안을 수 있을 때, 철학자가 말하는 감성적인 존재가 될 수 있을 겁니다. 화가의 비행은 어떤 결말을 맞을까요? 이륙과 비행, 착륙이라는 연쇄는 반복되며 우리의 삶을 조형합니다. 비행 이후의 내가 있던 자리는 그 예전의 자리가 아닐 것임은 당연합니다.

바람이 분다, 이 또한 지나가리라

생의 단계를 넘을 때마다 이유 없는 미열에 시달리고, 인간관계의 편도선이 붓습니다. 왜 화가는 전시 제목에 '송가Ode'라는, 오래된 서정시의 형식을 지칭하던 단어를 떼와 붙였던 걸까요? 송가란 고전 그리스 시대 연극에서 사용되던 춤이 섞인 합창곡으로, 전쟁 영웅이나 영광스런 사건들을 기억하고 칭송하는 문학입니다. 과거의 사건을 찬미하는 노래이니 현재 시점으로 사용해서는 안 되는 것이죠. 결국 '지금'을 위한 송가란 제목은 논리적으로 모순인 셈입니다. 전시회 도록을 읽었습니다. 철학자 김수영 선생님께서 따듯한 발문을 써주셨더군요.

> 누구나 지금의 순간에 바치는 자신만의 송가를 마음에 품고 산다. 그것은 불가능한 시도이기 때문에 지극히 사적이며 따라서 독백이지만, 현재의 순간을 의미화하고 그것을 숭고한 빛들로 장식하는 일은 모든 이들의 내면 속에서 일어나고 있다. 그러니 '지금을 위한 송가'는 지금을 살아가는 가장 행복한 노래를 상징한다. 그리고 여기서 새로운 용기와 의지들이 생겨난다. 작가는 스스로를 그리고 우리를 따뜻하게 위무하고 있다.

「지금을 위한 송가」란 그림을 보니 짙은 갈색 대지와 하늘 사이, 옅은 미등이 달려 있습니다. 작가에게 물어보니 연등을 그린 것이라고

홍경아, 「지금을 위한 송가」

홍경아, 「카운트다운」

합니다. 생의 비행이 외롭지 않도록 저 하늘에서 연등 하나를 내려준 모양입니다. 연등은 생에 대한 찬사입니다. 어둠이 갈리는 두 갈래 길에서 더욱 힘을 내어 비행하라는 뜻일까요? 비행기 날개도 환한 젊음의 청색입니다.

송가는 춤이 섞인 합창곡의 형태를 띱니다. 여러분이 살아온 날들, 살아낼 날들은 힘겹지만 그것이 나만의 것은 아닙니다. 생에 대한 송가를 부른다는 것은 나와 함께 인생의 환절기를 건너는 이들과 '합창곡'을 불러야 한다는 뜻이어야 합니다. 그러니 외롭지 않은 거죠. 안 그래요? 두려워 말고 비행기에 올라탑시다. 카운트다운 들어갑니다. 쓰리 투 원……

박주현, 「풍선」

댄디, 돈 버는 기계를 거부하라!

장인에게 길을 묻다

우연히 백화점에 들렀다가 가죽으로 유명한 해외 명품 브랜드의 시연회에 참석한 적이 있습니다. 로마산 최고급 가죽에 돗바늘로 구멍을 내고, 기름을 묻힌 실로 한 땀 한 땀 솔기를 따라 재봉하는 장인의 손길에 시선이 멈추었지요. 망치를 들고 가죽을 배접하기 위해 구멍을 뚫는 시간, 망치는 고요의 주름을 펴고 있었습니다.

얼마 전 패션 매거진에 「패션과 장인 의식」이란 특집 기사를 썼습니다. 50여 페이지에 오트쿠튀르의 역사를 비롯, 명품의 역사가 비롯된 루이 14세 시절의 공방 이야기, 모자의 장인 스티븐 존스와 입체 재단의 거장 발렌티노 등 수작업으로 패션의 세계를 완성한 장인의 사례를 다루었습니다. 제가 장인의식craftsmanship에 눈을 뜬 건 그들의 보테가(공방)를 취재하면서부터였습니다. 이 과정에서 중세 길드에서 시작된 장인의식이 현대의 도시 속 인간의 병폐를 치유할 수 있는 잠재력을 갖고 있음을 배웠습니다. 고대 그리스 시대에는 오늘날 우리가 예술이라 부르는 것을 테크네techne라고 했습니나. 여기엔 '손으로 하는 일'이란 뜻이 내포되어 있었지요. 이 말이 중세로 가면서 아트란 단어의 어원인 아르스Ars로 변모합니다. 이 아르스는 문법 · 수사학 · 변증법 · 산수 · 기하학 · 천문학 · 음악 등 일곱 개의 자유 교과와 숙련 기술을 포괄하는 단어였습니다. 모직(양모로 옷감을 짜는 기술)은 대표적인 숙련 기술 중의 하나였습니다.

한 땀 한 땀, 일그러진 남자의 인생을 조형하는 법

미국의 사회학자 리처드 세넷은 현대사회에선 이방인 취급을 받는 장인匠人, craftsman이 현재 우리의 노동 방식이 가진 문제점을 치유할 수 있다고 주장합니다. 그의 스승이었던 사상가 한나 아렌트는 '노동의 속성'에 따라 인간을 '아니말 라보란스Animal laborans'와 '호모 파베르Homo faber'로 나누었습니다. 전자는 매일 고된 일을 되풀이해야 하는 인간, 즉 일하는 동물로서의 인간을, 후자인 호모 파베르는 판단력을 갖고 노동하는 인간을 의미합니다. 아니말 라보란스는 '어떻게?'라는 질문밖에 할 줄 모르지만 호모 파베르는 나아가 '왜?'를 묻는 것이죠. 문제는 왜 노동하느냐는 질문에 대한 답이 의외로 단순하다는

박주현, 「고독」

겁니다. "자식 새끼 먹여 살리려고." 물론 눈물 나게 좋은 대답이긴 합니다. 그러나 여기엔 자신의 영역에서 탁월함을 찾고 싶은 자발적인 욕망은 찾아볼 수 없습니다. 일 자체의 즐거움이 없는 것이죠.

손은 탐색과 표현 수단으로서, 사물과 인간을 연결합니다. 그러나 현대의 노동은 어떻습니까? 구상 노동과 육체노동이 구분되어 있기에, 사무직일 경우 육체노동의 버거움은 줄었지만 손을 직접 사용하여 구체적인 사물을 만들기보다는 언어를 통해 개념만을 전달합니다. 결국 손과 정신이 혼융되어 불확실성을 넘어서는 상상력을 발휘하기가 어려워졌습니다. 문제는 이런 생의 태도가 삶에 면면에 박혀 있다는 것이죠. 가족과의 소통에도 따스하게 손을 잡기보다, 하나의 언어가 다른 한쪽의 언어를 설득하는 형국이 된 것입니다. 그러니 가족 간 유대의 고리도 점점 더 약해질 수밖에요. 그렇다면 이제 질문을 던질 시간입니다. 이 한 땀 한 땀의 정신이 어떻게 내 일그러진 생의 모습을 치유할 수 있다는 뜻인지 말이에요. 자, 이제 별을 따러 가볼까요?

남자들이여, 망치를 들어라

인간을 '도구적 존재'라는 뜻의 호모 파베르라는 라틴 학명으로 부르지요? 19세기 자본주의와 제국주의 시대에는 도구를 사용해 작업하는 이 속성을 인간의 주요한 특징으로 여기며 부각시켰습니다. 인간 자체를 계몽하는 도구의 속성을 강조했고, 세상을 바꾸는 존재로서의

박주현, 「소년의 꿈」의 부분

인간과 도구를 사용하는 인간의 모습을 동일시했지요. 하지만 생산과 발전을 위해 끊임없이 도구를 개발하는 인간은 파괴와 확장도 당연시 했고, 신성한 노동이 인간성을 파괴하고 기계와 상품이 인간을 소외시키는 부조리를 빚어냈습니다.

작가 박주현은 문명사회를 사는 인간들의 모습을 장도리를 이용해 보여줍니다. 망치를 선호하는 이유는 망치가 무언가를 만들기 위한 도구 중 가장 기본이라고 생각하기 때문이랍니다. 작가는 망치의 목질부, 지지대 부분을 섬세하게 깎아내어 도구로서의 망치가 지향해야 할 세상을 정연하게 그려냅니다. 원래 망치라는 도구는 머리 부분과 자루로 나뉘는데, 그는 머리 부분을 아래로 향하도록 합니다. 즉, 도구가 가진 역할적인 위계를 뒤집어 장도리의 자루 위에 우리가 담아야 할 이야기를 구현하는 것이지요. 망치 이외에도 다듬이 방망이를 깎아 고독하게 사유하는 인간의 모습을 조형하기도 합니다. 도구 위에 올려진 이야기들은 연극 무대 위의 한 장면 같습니다. 이건 매우 중요한 통찰이 아닐 수 없습니다. 자루는 인간의 손과 결합되는 부분입니다. 물질문명을 창조해야 할 인간이, 잘못된 도구의 사용으로 빚어낸 '무서운 세계'를 뒤집고, 우리가 찾아야 할 이상향을 한 땀 한 땀 새겨놓았기 때문입니다. 스스로 기술 문명에서 소외되고 있는 인간의 아련한 초상을 떠올려봅니다.

노동, 세상을 밝히는 7가지 등불

영국의 비평가이자 사회사상가 러스킨은 화가로서 그림을 그리기도 했는데요, 그는 인간은 손과 머리를 동시에 사용하는 노동을 통해 세상에 일곱 가지 등불을 켤 수 있다고 주장합니다. 첫 번째, 손을 통한 노동의 정신을 회복하면 일 자체를 잘하려는 의욕, 즉 헌신의 심지에 불을 붙일 수 있습니다. 두 번째로 매뉴얼 노동은 끊임없이 끊겼다가 다시 시작되는 노동입니다. 노동은 난관과 저항에 부딪치고 모호함을 긍정적으로 수용해야만 지속될 수 있습니다. 바로 이러한 장인의 노동 과정 속에서 생생한 '삶의 진리'의 등불을 켭니다. 이것은 오랜 시간의 기다림을 필요로 하지요. 박주현 작가의 「기다림」엔 이런 감정이 녹아 있습니다. 세 번째, 힘의 등불입니다. 목표를 향한 맹목적인 의지 대신 상처를 최소화하고 표준을 따라가는 절제된 힘을 말합니다. 네 번째는 미의 등불입니다. 커다란 것보다 손으로 다룰 만한 크기의 아기자기한 물건이나 장식에서 느끼는 아름다움입니다. 다섯 번째는 생명의 등불입니다. 투쟁과 활력, 생동감을 갖고 사물을 만들 때 느끼는 감정이겠죠. 여섯 번째는 기억의 등불입니다. 기계가 지배하기 전, 오랜 역사를 통해 얻는 가르침을 뜻합니다. 마지막은 복종의 등불입니다. 장인 혹은 거장이 만든 개별 작품보다 그가 일을 통해 확립하려고 했던 모범에 대한 복종을 의미합니다. 바이올린의 명가 스트라디바리우스를 예로 들면 스트라디바리가 제작에 임하는 태도와 범례를 따라한다는 뜻이죠. 개별 바이올린을 카피하라는 것이 아닙니다.

박주현, 「기다림」

도구를 사용하는 인간을 넘어 그 도구를 통해 구현해내야 하는 세상의 논리와 아름다움을 조형하는 상상력 가득한 인간들이 살아가는 세상. 그저 삽질 이외에는 머릿속에 든 것이 없는 기계론적 세계관 속 인간으로 살아가기보다, 도구를 통해, 인간의 이성과 감성이 어떻게 조율되고 새롭게 조형되는지를 고민하는, '인간적 요소'를 빚어내는 창조자로서의 인간이 되고 싶습니다. 이성과 감성이 조화된 인간의 도구적 사용 능력이 극대화될 때, 따스한 인간의 감촉을 잊지 않는 기술자가 될 때 삶은 도구가 연주하는 아름다운 선율로 가득하게 차오르겠지요. 청중을 위해 몰입하는 행복한 연주자의 피아노 연주처럼 말입니다.

집에 돌아오는 길에 핸드페인팅 도구와 목재들을 사왔습니다. 몸이 근질근질하다며 삼촌을 괴롭히는 조카 녀석과 함께 작은 잡지꽂이를 만들어볼 생각입니다. 만들면서 오랜만에 수다도 떨고, 뭔가 만들어냈다는 작은 성취감도 얻고 싶습니다. 여러분께서는 어떠신가요?

김현정, 「아차(我差 / Oops)」

블링블링한
인생을 위한 쇼핑 철학

당신의 인생, 블링블링?

압구정동 어느 영화관에서 열린 시네토크에 참석했습니다. 영화 제목은 「블링링Bling Ring」입니다. 한국어로 굳이 번역하면 '명품 도둑단' 정도가 되겠네요. '블링블링'이란 원래 미국의 흑인 힙합 가수들이 팔에 차던 화려한 은색 팔찌를 뜻했는데요, 언어의 의미가 확장되면서 '과한 옷차림과 꾸밈'을 뜻하게 되었죠. 영화 '해리 포터' 시리즈의 에마 왓슨이 영화의 주인공을 맡았습니다. 패션잡지 『베니티 페어』의 편집자였던 낸시 조 세일스가 쓴 동명의 책이 원작입니다.

영화는 실제 사건을 소재로 삼았습니다. 배경은 LA 할리우드 힐스, 미국의 1퍼센트 부자들이 사는 부촌입니다. 이곳의 아이들은 SNS와 페이스북, 파티, 셀러브리티 패션이란 공통의 관심사로 친해지고,

급기야 명품을 갖기 위해 린지 로한, 패리스 힐튼과 같은 유명 인사들의 집을 털게 됩니다. 인터넷으로 명사들의 파티 스케줄을 확인하고 빈집털이를 하는 교묘함과 대담함을 보이는 아이들. 저는 영화 속에서 패션이 야기하는 부정적인 상황, 쇼핑 중독에 걸린 아이들의 모습을 봤습니다. 대중매체 속 스타의 몸을 동경하며 지속적으로 굶기를 반복하고 특정 쇼에 등장한 명품을 어떤 식으로든 갖고 싶은 아이들, 텔레비전 프로듀서들이 다니는 술집을 골라 다니며 픽업되기 위해 안달하는 아이들의 모습은 비단 미국만의 상황은 아니란 생각이 들었습니다.

제가 시네토크에 자진해서 참여하게 된 데는 이유가 있습니다. 대구에서 쇼핑 철학에 대해 강의하는 시간에 한 분이 자신의 친구 이야기를 해주셨어요. 친구 아들이 여자 친구에게 명품 백을 사주려고 장기를 팔았다는 거예요. 어안이 벙벙했습니다. 우리 사회의 명품 중독 현상은 미국 영화 속 주인공들의 모습보다 더 하면 더 하지 결코 못하지 않은 것 같습니다.

잇걸과 빚걸 사이, 당신이 서 있는 자리

인사동의 한 화랑에서 멋진 그림을 봤습니다. 한 아가씨가 한복을 입고 자취방에서 라면을 끓여먹고 있습니다. 그런데 명품 가방에 담아놓은 텀블러가 넘어지면서 커피가 쏟아지려 하는 위험한 순간을 담았습니다. 김현정이란 신인 작가의 작품이었습니다. 이 그림을 패

김현정, 「아차(我差/Oops)」

이스북에 올렸습니다. 이후 반응은 놀라왔습니다. 2,500개가 넘는 '좋아요' 버튼은 기본, 공유한 분도 수백 명이 넘었습니다. 놀라운 상황이 벌어진 거죠. 폭발적인 공감의 이면에 숨은 우리의 감정이 궁금했습니다.

그림은 너무나 친숙한 일상의 풍경을 담고 있습니다. 거울을 보며 눈썹 화장을 고치거나, 외출할 때 어떤 신발을 신을까 고민하거나, 발가락을 꼼지락거리며 카톡을 보내는 모습입니다. 처음 그림을 봤을 때 주인공이 한복을 입고 있다는 점이 눈길을 끌더군요. 고혹적인 반투명한 한복입니다. 먼저 인물의 누드를 그린 후 그 위에 얇은 한지를 작가가 직접 염색한 후 덧붙인 것입니다. 훤히 가슴을 드러낸 건 가슴 속 밀린 이야기를 확 풀어놓고 싶어서는 아닐까요? 어찌되었든 한복이 주는 고상함과 은밀한 매력에 대비되는 아가씨의 맹한 모습이 인상적이었습니다. 보석을 박은 하이힐, 통굽 슈즈, 모피를 덧댄 부츠, 여름용 샌들에 이르기까지 뭘 신을까 고민하는 아가씨의 눈빛을 보세요. 자세히 보니 신발 레이블에 화가의 이름인 HyunJung이 적혀 있습니다. 특정 브랜드를 그린 게 아니라, 실제로는 자신을 브랜드화 하고 싶은 욕망을 그림 속에 몰래 집어넣은 것이죠. 정작 작가 분은 그림을 그릴 때 삼선 슬리퍼만 신는다는 페북 메시지를 보내왔습니다.

다시 작품 「아차我差/Oops」를 봅니다. 페북에서 선풍적인 인기몰이를 했던 그림이죠. 작품 제목은 이중의 의미를 띠고 있습니다. 가방 위로 커피가 쏟아지는 '아차' 하는 순간의 의미가 있고요. 한자를 보니

김현정, 「내숭-空」

'나 아我' 자에 '모자랄 차差' 자를 썼습니다. 나의 부족함, 모자람을 뜻합니다. 라면으로 끼니를 때워도, 커피만큼은 라면보다 비싼 브랜드 커피를 선호하는 우리의 모습에 '아차' 하는 회한의 감정을 담았습니다. 명품 가방과 텀블러를 화면 구석에 그려넣음으로써 럭셔리 제품에 대한 열광을 비꼬고 있죠. 어떤 이들은 명품 소비를 통해 자신의 정체성을 확보하고 차상위 계층에 소속되려는 욕망을 드러냅니다. 문제는 '잇걸'이 되려는 열망이 지나친 나머지 '빚걸'이 된다는 점입니다. 자존심이나 자기인정, 자율성은 결코 돈으로 살 수 없는데도 말이에요.

왔노라, 보았노라, 질렀노라

2006년 스탠퍼드 의과대학에서 발표한 자료를 보니 미국에서 성인 중 5.8퍼센트, 1,700만 명이 쇼핑광이랍니다. 쇼핑 중독 현상의 배후에는 셀러브리티와 브랜드를 경제의 엔진으로 삼는 사회가 있습니다. 나와 비교해야 할 대상이 이웃이 아닌 텔레비전에 나오는 사람들로 바뀌어버린 것이죠. 광고와 언론매체, 신용카드사가 합작해 만들어내는 욕망의 덫을 피해가기엔, 우리의 내면은 한없이 불안하고 약합니다. 그렇다고 좌절만 해선 안 되죠. 어떻게 하면 현명한 쇼핑의 철학을 세울 수 있을까요?

쇼핑이란 단순히 사물을 구매하는 일이 아닙니다. 자신의 취향을 대신 말해줄 사물을 사는 일입니다. 이 과정에서 내가 무엇을 원하는지, 무엇을 필요로 하는지를 반드시 결정해야 합니다. 인테리어용 의자를 사거나 핸드백을 고르는 일, 짬뽕을 먹을지 자장면을 먹을지 고르는 일, 어떤 영화를 볼지 결정하고, 정치 지도자를 뽑는 일…… 이 모든 과정이 쇼핑입니다. 결국 다양한 가능성을 직접 체험하고 음미해야 합니다. 이 과정에서 우리는 창의적인 인간으로 변신하게 되죠. 쇼핑을 통해 끊임없이 우리 자신을 규정하고 만들어갈 수 있기 때문입니다. 쇼핑의 진정한 미덕은 여기에 있습니다.

저는 매달 많은 돈을 빈티지 의상을 구매하는 데 씁니다. 복식사적으로 의미 있는 시대의 의상들이죠. 의상학을 전공하지 않은 제게, 이러한 고가의 역사적 의상은 단순하게 말 없는 사물이 아니라, 배움에 열망을 불어넣는 존재였습니다. 무엇보다도 제게 패션을 미술관에서 전시하고 기획할 수 있는 패션 큐레이터란 존재로 확장시켜준 사물이기도 했죠. 이렇게 한 벌의 옷은 우리의 외양을 꾸미는 것을 넘어 새로운 사회적 정체성을 자기 창조self-creation하는 힘을 갖고 있습니다. 셀러브리티와 브랜드 사회가 되면서 사실 쇼핑의 미덕에는 빨간불이 켜졌습니다. '네가 먹은 것을 말해 봐, 그럼 너에 대해 말해줄 테니' 이런 표현들 종종 들어보셨을 겁니다. 먹을거리, 옷이나 주거 형태, 자주 사용하는 사물을 통해 사람의 정체성을 설명하는 것이죠. 이 논리가 가능한 이유는 사람이 사물을 사용하면서 사물과 정서적 관계를 맺고 자신의 경계를 확장하기 때문입니다. 나와 사물의 의미가 더해져 새로운 삶의 이야기를 쓰게 되니까요.

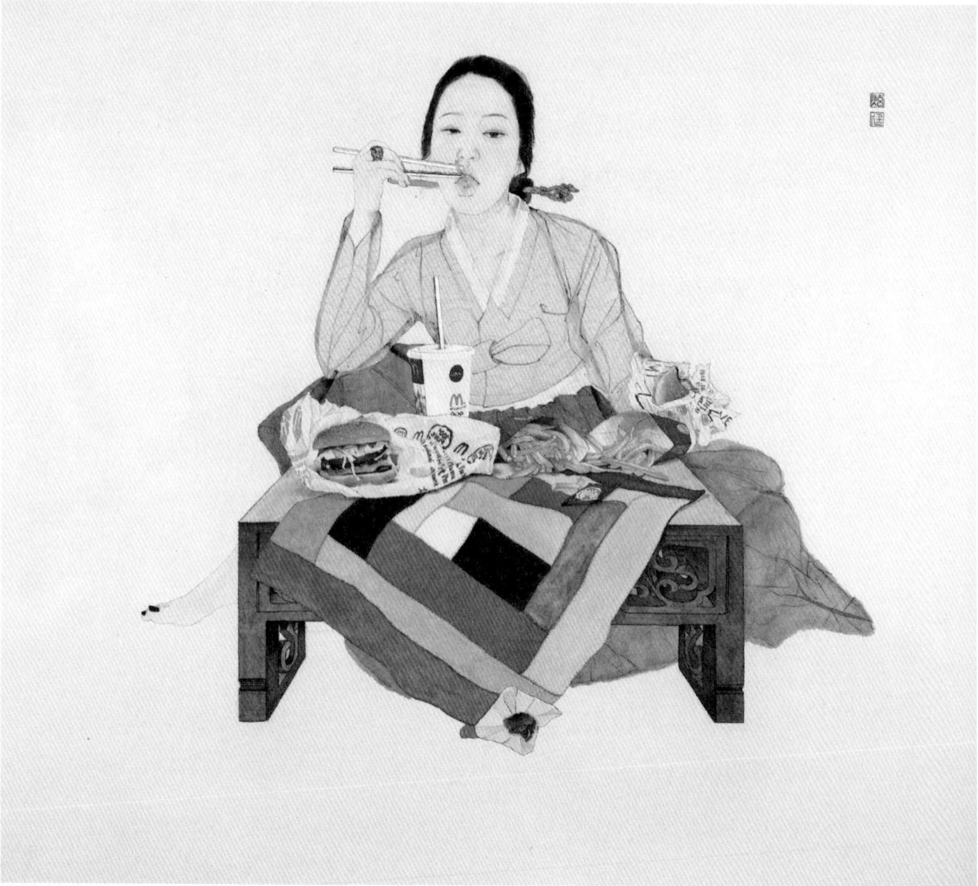

김현정,「내숭-투혼」

우리가 쇼핑을 통해 자기 창조를 하기 위해선 브랜드나 셀러브리티의 매력이 주는 힘 외에, 그걸 주체적으로 소화해낼 힘이 있어야 합니다. 이를 위해 필요한 방법이 글쓰기입니다. 쇼핑과 글쓰기란, 뭔가 딱히 어울릴 것 같지 않은 조합이지만, 사실 외국에선 강박적 쇼핑 장애를 치료하는 방법으로 쇼핑 저널, 즉 쇼핑 물품에 대한 구매 전 기대와 구매 후 정서 상태를 쓰도록 권장합니다. 이 과정에서 쇼핑 행위를 의식적 수준으로 끌어올리는 것입니다. 상품 구매를 무의식적으로 이뤄내도록 밀어붙이는 브랜드의 힘에 오늘도 '댄디'하게 맞서는 여러분이 되길 바랍니다. 아무렴요. 우리는 개념을 '겟GET' 할 거니까요.

성태진, 「자화상」

함께 있을 때 우린 두려울 게 없었다

물러서면 보인다? 난 오리무중

오랜만에 친구들과 노래방에 갔습니다. 저는 황규영의 「나는 문제없어」를 즐겨 부릅니다. 몸이 지칠 때 이 노래를 부르면 힘이 났습니다. 노래 가사를 되뇔 때마다 가사와 다른 방향으로 흐르는 생의 우물 앞에서 심한 갈증을 느꼈습니다.

짧은 하루에 몇 번씩 같은 자리를 맴돌다
때론 어려운 시련에 나의 갈 곳을 잃어가고
내가 꿈꾸던 사랑도 언제나 같은 자리야
시계추처럼 흔들린 나의 어릴 적 소망들도
그렇게 돌아보지마

여기서 끝낼 수는 없잖아

나에겐 가고 싶은 길이 있어

너무 힘들고 외로워도 그건 연습일 뿐야

넘어지진 않을 기야

나는 문제없어

노래 가사처럼 풀리는 인생이면 좋겠는데, 생의 어스레한 고비에서 항상 넘어지는 저 자신을 발견하곤 합니다. 집에 들어오는 길, 대학 선배를 만나 술을 한잔했습니다. 구조 조정 리스트에 오른 그에게 해줄 수 있는 위로란 그리 많지 않았습니다. 침체의 늪에서 빠져 나오지 못한 채 U자형 장기 공황에 빠져버린 이 땅의 기업들은 하나같이 군살을 빼보겠다며 인력 감축에 들어갔지요. 어린 시절 만화 속 태권브이라면 주먹 한번 불끈 쥐고 모든 걸 해결할 텐데, 참 답답하더군요. 어떤 분은 한발 물러서면 모든 게 보일 것처럼 책도 쓰셨던데, 저는 그 종교인의 깜냥이 못 되나 봅니다. 저는 참 바보처럼 살았나 봅니다. 하긴 가족 부양의 의무가 있는 것도 아니고, 먹여 살려야 할 공장 식구도 없는 그분이 부럽기도 합니다. 저도 출가할까 봐요.

태권브이, 무릎 팍팍 아저씨가 되다

작가 성태진의 그림 앞에 섰습니다. 그는 로봇 태권브이를 소재로 그림을 그립니다. 그가 그리는 태권브이는 유년 시절 제가 영화관에서 박수 치며 보던 영웅이 아닙니다. 그림 속 태권브이는 작가의 또 다른 반영입니다. 아이큐가 150이 넘는다는 잘나가는 이공계 출신의 작가는 왜 갑자기 전도유망한 길을 버리고 화가가 되었을까요? 그는 고고한 예술 백수가 되기 싫어 미술학원을 차렸습니다. 시간이 흐르며 아랫배가 나오고 무르팍이 튀어나온 '추리닝'으로 무장한 자신을 보았을 겁니다. 문득 작가는 어린 시절, 정의의 로켓 주먹을 날리던 영웅 태권브이를 떠올리며 삶에 주술을 걸고 싶었던 걸까요?

성태진은 판화를 전공한 작가입니다. 목판에 그림과 글을 조각칼로 새긴 땀의 시간이 작품 속에 적요하게 녹아 있지요. 그의 작품이 기존 판화와 다른 것은 일반 판화는 대중적 유포를 위해 이미지를 무한 복제하지만, 그는 조각 후 바로 채색하여 딱 한 점의 작품으로 갈무리한다는 점입니다. 이미지 과잉 유포의 시대. 그 속에서 작가의 아우라도 영혼의 힘도 점차 약화됩니다. 그는 한 점의 작품 속에 자신을 담아 철저하게 자신의 유약함을 지켜내려 노력하지요. 소설가 D. H. 로런스는 개성을 "한 인간의 전달 가능한 효과"라고 정의합니다. 말 그대로 한 인간이 세상에 자신의 유일무이함을 드러낼 수 있는 조건이라고 봤던 거죠. 그런 의미에서 성태진의 목판에 새긴 글과 문체는 곧 그가 살아온 만큼의 삶을 새겨낸 시그니처입니다.

개인적으로 이명박 전 대통령이 선출되었을 때 마음에 든 공약이 반값 대학 등록금이었습니다. 그러나 그는 하루아침에 "그런 약속

성태진, 「난 참 바보처럼 살았군요」

을 한 적 없다"라고 발뺌을 했습니다. 신용불량자가 된 대학생들의 숫자는 해마다 늘어나지만 정부는 대학이 야금야금 쟁여놓은 유보금에 대해선 별 대책이 없죠. 등록금 상승 곡선은 가파른데, 여론이 뭇매를 때릴 때만 찔끔찔끔, 병아리 눈물만큼 내리고 있죠. 사람들을 갖고 노는 것만 같습니다. 현 대통령께서 멋진 해결책을 만들어주시길 기도하고 있습니다. 이명박 전 행정부는 초헌법적 존재가 되어, 경찰력을 이용해 약자의 목소리를 억누르기 바빴습니다. 빈부 격차와 물가는 IMF 이후 널뛰기를 하고 있죠. 무서울 것 없는 지니계수의 상승 속도. 그 와중에 서민으로 몰락한 계층이 눈에 어립니다. 경제가 힘들수록 충분한 자본력을 비축한 자들만 행복을 부르짖을 뿐입니다. 급격하게 하락하는 실물 자산을 시장에서 하나하나 야금야금 사들이며 가치 상승을 기다리면 그뿐인 거죠.

세태가 이런 방향으로 흘러갈수록 점점 힘들어지는 또 다른 계층이 있습니다. 꿈을 갖고 있으되 그것을 펼쳐볼 기회조차 갖기 어려운 88만원 세대, 청년 실업자들입니다. 성태진의 그림 속 '나의 일그러진 영웅'은 바로 미대를 졸업하자마자 실업자가 되는 이 땅의 예술가들, 나아가선 같은 동시대의 궤적을 걸어갈 수밖에 없는 청년들과 구조 조정에 몰린 중년층에 대한 오마주입니다.

영웅은 사람들과 함께 걷는다

대선이 끝나고 48퍼센트의 유권자들이 멘붕을 겪었다고 합니다. 정치적 열망이 좌절될 때의 상처는 이해합니다. 하지만 우리는 여기서 더 나아가야 합니다. 현재 우리 안에 들어와 있는 세력을 인정하고 합의점을 찾아야지요. 분명 변화보다 안정을 추구하는 이들이 2퍼센트 많았다는 사실을 인지해야 합니다. 우리가 해야 할 것은 사회 전반이 지나치게 안정을 추구하는 방향이 강할 때 취약해질 수 있는 혁신의 영역들을 보듬고 유지시키는 일이지요. 소설가 D. H. 로런스는 영국의 시인 월트 휘트먼의 「열린 길의 노래Song of the Open Road」에서 영감을 받아 민주주의에 대한 자신의 소신을 펼칩니다. 인용해보겠습니다.

> 열린 길. 영혼의 위대한 거처는 열린 길이다. 천국도 아니고 낙원도 아니다. '저 위'도 아니고 심지어 '이 안'도 아니다. 영혼은 저 위에 있는 것도 이 안에 있는 것도 아니다. 그것은 열린 길을 걸어가는 나그네다.

> 민주주의. 곧 모두가 열린 길을 걸어가는 영혼 간의 알아봄이요, 위대한 영혼은 산 자들의 공통된 길을 남들과 더불어 걸어서 여행하며 그의 위대함 그대로 보여지는 일. 영혼들의 기쁜 알아봄이요, 위대한 영혼과 한층 더 위대한 영혼들에 대한 기꺼운 숭배다. 위대한

성태진, 「함께 있을 때 우린 두려울 것이 없었다」

영혼들이 곧 유일한 부이므로.

성태진이 그린 「함께 있을 때 우린 두려울 게 없었다」란 그림을 보세요. 저는 팝아트풍의 이 그림 앞에서 꽤나 진지한 생각을 품었습니다. 보수는 철저하게 개인의 이익 옹호에 시간을 보내는 반면 진보는 사회 전체를 생각하되, 그 속에는 모든 개인이 포함되지는 않는다는 생각을 해봤습니다. 하나의 정치체제나 통치 이념이 마냥 옳다는 생각은 하지 않습니다. 보수나 진보나 결국 길 위에 있다는 것. 우리에게 필요한 것은 영혼들 간의 공감과 지지를 통해 일시적으로 우리를 멋지게 끌어줄 영웅을 찾아낼 눈을 갖는 것입니다. 그 영웅은 말을 타고 앞서가지 않아야 하며 수묵 빛 어둠을 우리와 함께 맞을 수 있는 이여야 할 것입니다. 잊지 말자고요. 태권브이는 이미 우리 안에 있습니다.

** D. H. 로런스의 생각은 2011년 『창작과 비평』 겨울호에 발표된 백낙청 교수님의 「D. H. 로런스의 민주주의론」에서 읽고 인용하였습니다.

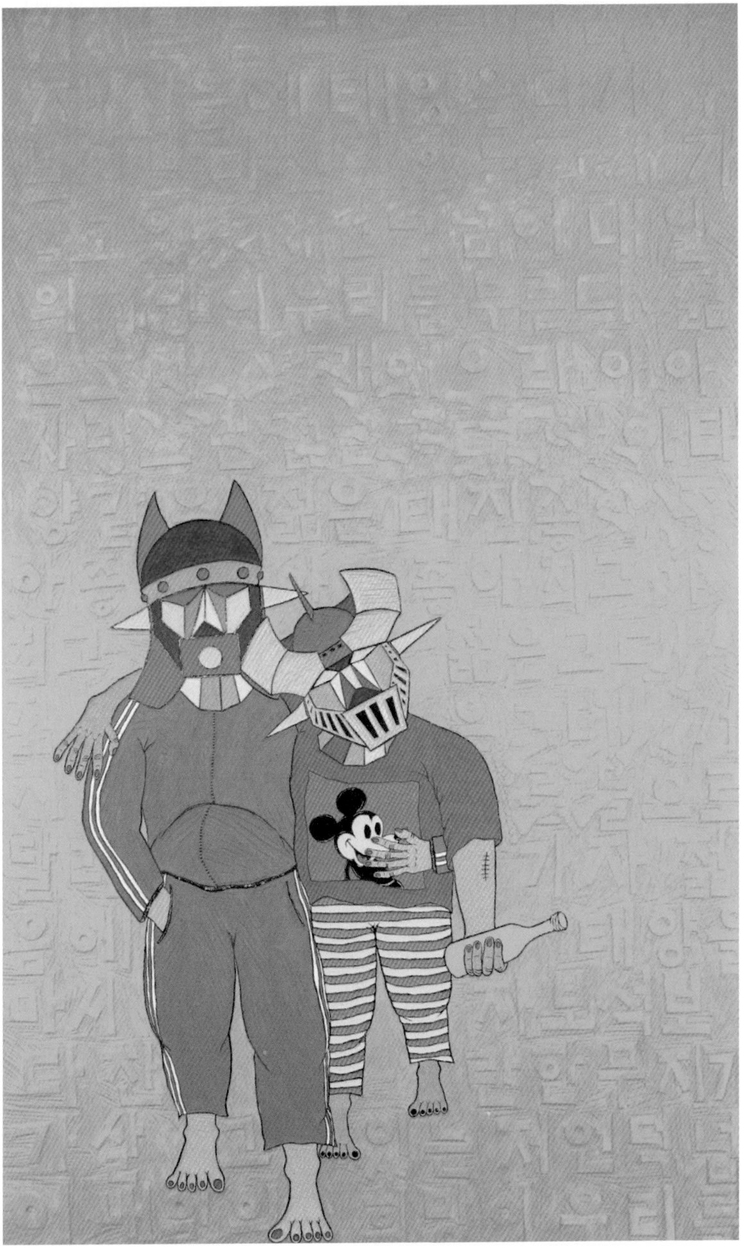

성태진, 「거칠은 들판으로 달려가자」

두민, 「Enjoy the Moment」

인생은 한 방이다?

카지노에서 보낸 한 철

과거 라스베이거스의 소비가전 페어에 참가할 때마다, 질펀하게 펼쳐진 도박장 풍경에 놀라곤 했습니다. 모든 호텔 지하엔 카지노장이 설치되어 있죠. 슬롯머신에서 블랙잭, 룰렛, 한 벌의 주사위를 던져 승부를 내는 크랩스에 이르기까지, 욕망을 조형하는 게임들이 눈앞에 펼쳐집니다. 게임 룰에 대한 지식이 전무하다 보니 딜러와 판돈을 건 관광객의 쿨한 표정과 서로 교환하는 눈빛을 읽는 게 전부였습니다.

카지노는 르네상스 시대 귀족들이 소유한 사교, 오락용 별관, 작은 집이라는 뜻의 카사Casa에서 유래합니다. 역사적으로는 왕국의 재원을 충당하기 위해 18~19세기에 유럽 각지에 도박장이 개설되면서 오늘날 카지노의 원형을 이루게 되었죠. 초록 빛깔의 무대 위로 카드가 오가고, 현금 대용의 플라스틱 주화 칩이 승률의 희망에 따라 차곡차곡 쌓여갑니다.

그림 속 '도박장'의 풍경

작가 두민의 그림 속엔 화려한 카지노의 풍경이 아련하게 녹아 있습니다. 그는 카지노 칩과 주사위를 통해 인간의 본능적 욕망과 인생의 양면성을 이야기합니다. 인도에서 처음 만들어졌다는 '주사위 던지기', 즉 뿔 달린 짐승의 무릎 뼈를 이용해 입방체 형태의 오브제를 만들고 이를 던져 운명을 점치던 역사는 참으로 오래되었습니다. 성경에도 묘사되어 있으니까요. 시편에는 다윗 왕이 적의 무리들이 자신의 옷을 빼앗기 위해 주사위를 던진다는 묘사가 나와 있습니다. 역사가 타키투스는 독일인들이 도박에 심취한 나머지 모든 것을 잃기 일쑤였고, 심지어 개인의 자유까지 매매했다고 전합니다. 이후 중세에 들어서도 도박은 기사들의 주요한 오락거리였고, 심지어 주사위 던지는 법을 가르치는 학교까지 있었다고 하네요.

주사위의 형태는 다양합니다. 입방체 형태를 기본으로 놀이용 주사위는 그 모서리를 부드럽게 깎아 골격이 잘 드러나도록 디자인했고, 카지노용 주사위는 내부를 투명하게 처리해, 테이블에서 허공 위를 가를 때의 느낌이 더욱 신산하지요.

두민의 그림은 주사위와 칩의 형상을 그린 후, 주사위 재질과

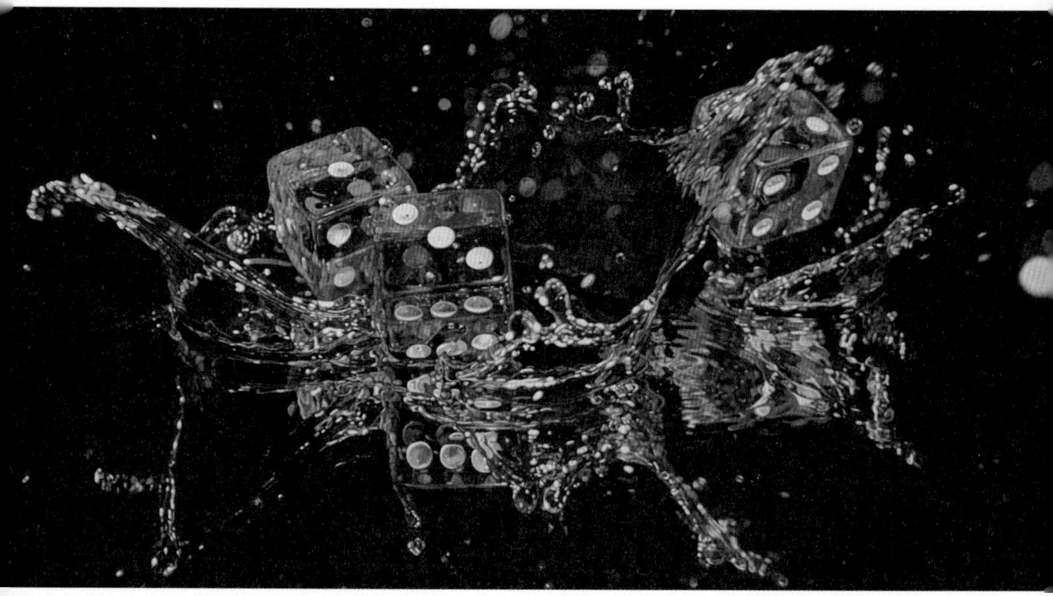

두민, 「Enjoy the Moment」

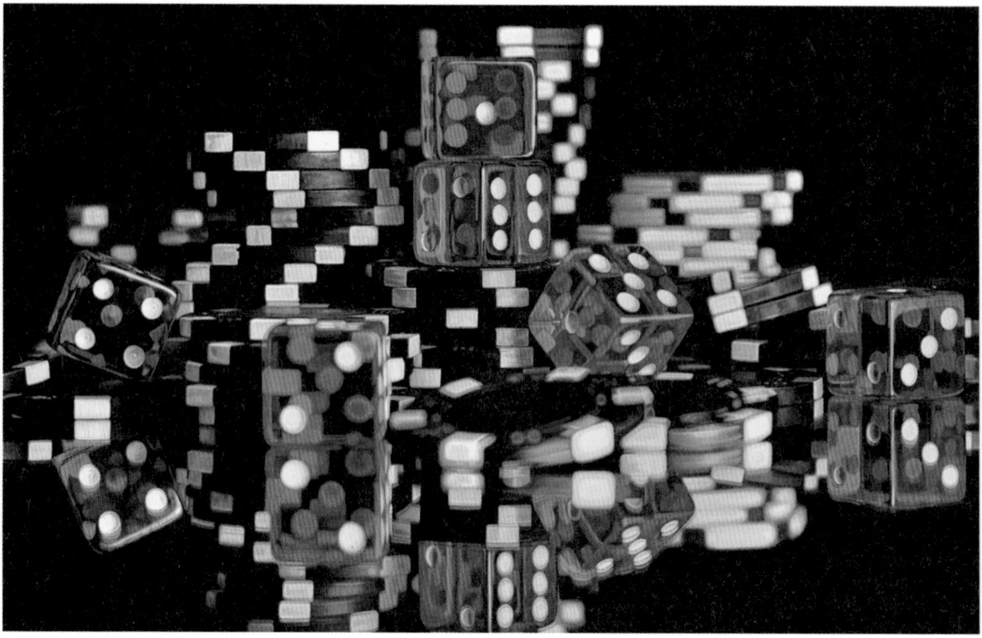

두민, 「Fortune-Janus」

같은 플라스틱 레진을 캔버스 표면에 입혀, 실제와 거의 동일한 느낌을 줍니다. 처음엔 사진인 줄 알고 보았다가, 너무나 정확하게 묘사해 놓은 주사위와 칩의 모습에 놀랐습니다. 그림 속 주사위와 칩들은 누적되어 쌓이거나 공중에 던져진 순간이 포착되어, 운명의 순간을 표현할 내적 긴장감을 가득 안고 있습니다. 클로즈업 화면이 너무 강렬해서 보는 이들로 하여금 꼭 도박에 동참한 듯한 느낌 또한 주지요.

주사위를 보면 형태학상으로 인간의 운명을 상징하기 위해 고안된 것임을 알 수 있습니다. 입방체 형태로 무한의 확률을 만드는가 하면 각각의 표면에는 나타내는 숫자만큼 움푹 새겨진 구덩이가 그려져 있죠. 소유를 위해 빠져들어야 할 욕망의 구덩이를 상징하듯, 투명한 주사위에는 인간의 운명을 두 개로 나누어 보도록 하는 힘이 있습니다. 두민의 작품 제목이 「포춘-야누스Fortune-Janus」인 까닭입니다. 야누스라는 두 얼굴의 신이 운명의 얄궂음을 이야기하듯, 주사위 던지기가 만들어낸 욕망의 결과 또한 이중의 얼굴을 가지고 있음을 지적합니다.

내 인생의 주사위는 어디에

인류학자 로제 카이와는 '인간의 놀이'를 아곤Agon(경쟁놀이), 알레아Alea(우연놀이), 미미크리Mimicry(모방놀이), 일링크스Illinx(현기증) 이렇게 네 가지로 분류합니다. 아곤은 룰에 따라 승부를 내는 스포츠가 예가 될 수 있을 테고요, 알레아는 확률과 우연에 판돈을 거는 도박 형태의 모든 놀이를 말합니다. 이에 반해 미미크리는 패션처럼 타인을 모방하며 자신의 즐거움과 사회적 소속감을 찾는 놀이를 뜻하고, 마지막으로 비보이나 사물놀이처럼 현란한 몸동작으로 즐거움을 주는 일링크스가 있습니다. 대중오락의 형태인 영화도 현기증 나는 환상을 소비하게끔 만드는 일종의 놀이라는 점에서 일링크스에 들어갑니다. 카이와는 이 네 가지 놀이 중 아곤과 알레아를 근대적 형태의 놀이라고 주장합니다. 엔터테인먼트 산업에서 스포츠 스타의 평균 연봉이 영화배우보다 훨씬 높아진 점을 볼 때, 아곤은 확실히 패션과 영화산업을 제쳤다고 볼 수 있습니다.

한국의 근대사를 살펴보면 개항과 더불어 강요된 일제의 자본주의적 경제체제는 농업사회를 살았던 많은 이들에게 일종의 정신적 충격이었습니다. 식민지 시기의 순박한 농민들은 도박에 빠져들었습니다. 농민들은 노름판을 기웃거리고 교육자와 지식인, 경찰과 사장들은 오늘날의 '선물 거래'에 해당하는 미두米豆에 빠져 패가망신하는 사례가 급증했죠. 개인의 전근대적 삶의 양식과 사회 전체의 근대적 체제가 갈등하는 상태는 '혼란'입니다. 사람들은 이 상태를 있는 그대로 받아들이기보다 도박과 같은 형태의 놀이를 통해서 '혼란'을 완벽한 상황으로 대체하고자 했지요. 이때 카이와가 말한 알레아, 우연놀이는 현실을 무마시키려는 타락한 놀이의 형태로서 등장합니다. 행운과 초자연적인 주술적 사고가 결합된 '도박'을 통해 변화된 세상에 적응하려 하는 것이죠.

도박이란 것이 꼭 '한탕주의'에 근거한 것이 아니란 사실은 오늘날에도 그대로 적용됩니다. 직장인 열 명 중 여덟 명이 온라인 화투 게임에 빠져 있다는 통계가 나왔습니다. 단기적 성과에 집착하고, 조직 내 스트레스가 강렬해지면 '도박적 성향'의 게임에 동물적으로 끌리게 된다고 하네요.

운명은 내 손안에–엣지 있게 사는 법

미국의 코미디언 댄 베넷은 "가장 건강하게 도박을 즐기는 방법은 한 손에 삽, 다른 한 손엔 한 꾸러미의 씨앗을 들고 정원을 가꾸는 일이다"라고 말합니다. 그는 원래 확률이론을 전공한 수학자였습니다. 카지노 게임을 연구했던 그는 지금 코카콜라와 맥도널드와 같은 세계적인 기업을 상대로 '자연이 주는 우연의 도박'인 정원술과 웃음의 힘에 대해 강연하고 있습니다. 최근 경제 침체를 둘러싸고 로또 열풍이 다시금 뜨거워졌다지요? 인터넷을 타고 이제 사람들이 더욱 큰 판돈이 걸린 유럽과 중국의 복권을 사는 데 열을 올리고 있다는 소식입니다. 반면 경마와 내국인 카지노, 경륜 시장은 매출액 상한제에 걸려 '오는 손님을 막느라' 진땀을 흘립니다.

작가의 그림 속 차곡차곡 쌓인 카지노의 칩을 한 번 보세요. 도박 용어로 칩 바깥 둘레에 무늬와 컬러를 넣어서 칩을 쌓아 놓았을 때 다른 칩과 구별할 수 있도록 한 부분을 '엣지'라고 부른답니다. 타인들과 함께 있어도, 정신적인 풍모와 용기로 인해 언제든지 남과 구분될 수 있는 인생을 사는 사람. 우리는 그런 사람의 라이프스타일을 '엣지 있다'라고 말할 수 있지 않을까요? 슬픔이 또그르르 우연의 판 위에서 굴러다닐 때에도 결국 운명의 주사위는 '내 손안'에 있음을 깨닫는 우리가 되길 바랍니다.

글을 쓰면서 올해 초 구입한 비알레티 모카 에스프레소를 꺼내 작은 행복을 끓입니다. 열을 유지하고 향을 오랫동안 유지해주는 알루미늄 재질 덕에 재탕을 할수록 맛은 더욱 진하게 우러나 좋습니다. 인생은 한 방이라고 믿는 분들. 차라리 저처럼 중탕을 할수록 깊어지는 커피의 맛에 빠져보세요. 카지노 중독보단 커피홀릭이 낫지 않겠어요?

두민, 「Fortune-Janus」

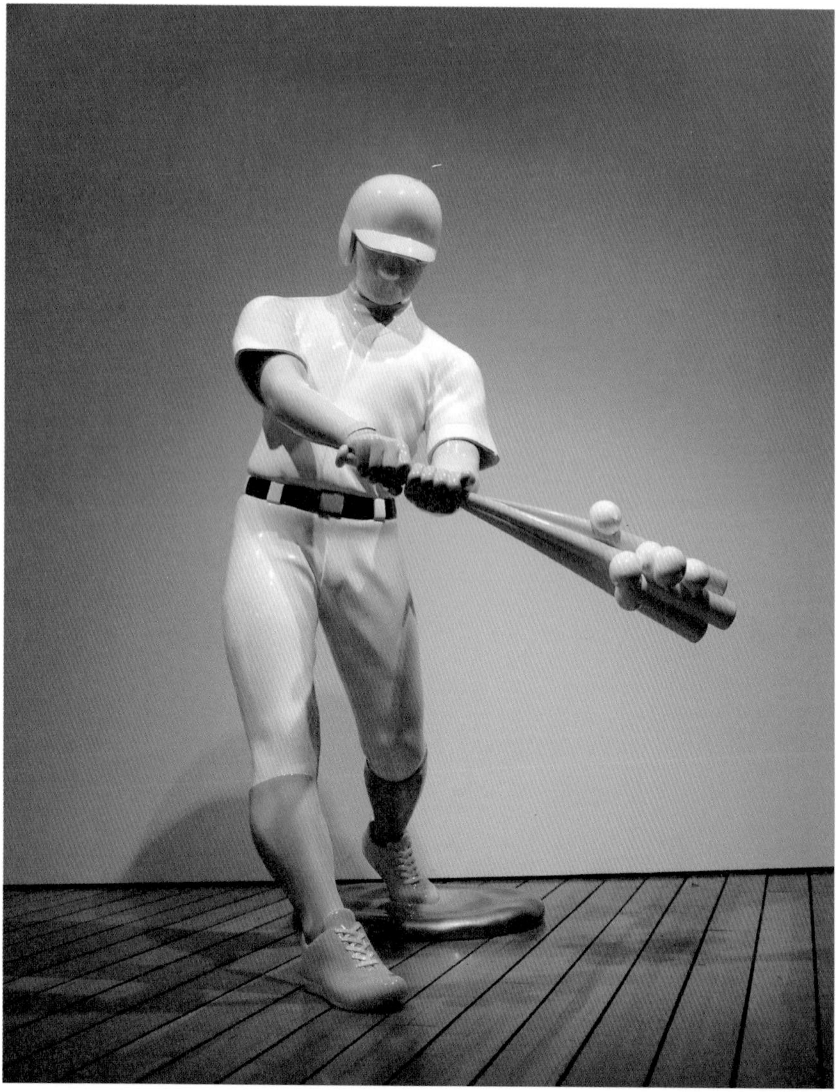

변대용, 「그 선수의 순간」

내 인생의 홈런을 치는 법

나의 하늘색 야구 잠바

초등학교 5학년 때, 프로야구가 생겼습니다. 당시 기업들은 앞다투어 회원 유치를 위한 다양한 이벤트를 마련했지요. 특정 팀을 (소신을 갖고) 응원하기보단 사은품에 눈독을 들였던 저는 3년 동안 야구 점퍼와 모자를 얻기 위해 매해 팀을 갈아탔습니다. 어려서부터 옷 욕심이 많았던 탓에, 다른 구단들이 나일론 소재로 점퍼를 만들 때, 모직 회사를 모기업으로 둔 구단에서 만든 하늘색 점퍼가 눈에 들어오더군요. 꽤나 고민을 해야 했습니다. 군청색이냐 파란색이냐 아님 빨간색이냐? 사은품으로 사인볼을 받을 것인지 아니면 다른 부가 혜택을 받을 것인지 말이에요. 당시 5,000원의 입회금은 저에겐 너무나 큰 액수였답니다. 엄마한테 이 돈 받아내느라 얼마나 앙탈을 부렸는지.

이랬던 제가 국가 대항전을 빼놓곤 스포츠에 심드렁한 뮤지엄 고어Museum Goer(취미로 미술관에 다니는 이들)가 되면서 야구는 더더욱 제게서 멀어졌지요. 마케팅 전문가로 성장한 제가 다시 야구에 관심을 갖게 된 건, 우연히 식당에서 사회인 야구단 분들이 식사 후 경기 평을 하는 걸 듣게 되면서였습니다. 선수 기용에서 주루 플레이, 타자가 투수의 공을 고르는 방법, 타격의 기술에 관한 말들이 오가는 열띤 자리였습니다. 그저 몇 개의 규칙만 알면 보는 데 지장이 없던 야구 게임이 그들에게는 이리도 치열한 담론의 장이 될 수 있다는 게 놀라웠지요.

인생에도 타격의 과학이 필요하다

얼근하게 취한 아저씨들이 늘어놓는 '썰'의 유용성과 질을 따지기 전, 저는 이상하리만치 그들의 이야기에 빠져들게 되더군요. 사실 저를 사로잡은 건 '발화 내용의 품질'이라기보다는 한 가지 주제를 놓고 치열하게 말싸움을 벌이는 그들의 열정이었습니다.

아저씨들의 수다를 기억하며 어느 주말 오후, 한 전시회를 찾았습니다. 친한 작가에게서 야구를 비롯한 스포츠의 한 순간들을 담은 조형 작품들을 선보일 거라는 메시지를 받았거든요. 변대용은 한국적 팝아트를 구현하는 작가군 중 나름 독특한 어법을 구사합니다. 브랜드와의 상업적인 협업에 열을 올리기보다 현실과의 소통을 치열하게 끌어내려 노력한다는 점에서 주목해왔던 작가이기도 하죠. 작가의 응시가 멈춘 곳은 스포츠 현장이었습니다. 백색 유니폼을 입은 야구선수가 노란색 배트를 힘껏 휘두르고 있더군요. 정지화면으로 응고시킨 듯 공이 배트에 맞는 임팩트의 순간을 그려냈습니다. 공이 그려낼 포물선을 머릿속으로 떠올리는데, 문득 야구단 아저씨들의 수다가 떠올랐습니다.

무엇이 그들로 하여금 야구에 몰입하게 했을까? 이런 의문을 풀어볼 생각으로 한 권의 책을 읽었습니다. 테드 윌리엄스가 쓴 『타격의 과학』(이상미디어, 2011)입니다. 세계적인 투자가인 워런 버핏도 자신의 투자 원칙은 야구 게임에서 나왔다고 말하고 있습니다. 그만큼 투수와 타자 사이에 벌어지는 심리전, 좋은 타자가 되기 위해 갖춰야 할 조건, 선수들을 기용할 때의 원칙, 투수의 시그널을 읽고 해석하는 방법 등은 경영학의 다양한 화두에서 고민하는 문제들과 많은 공통점을 갖고 있더군요. 역사상 메이저리그의 마지막 4할 대 타자 테드 윌리엄스가 들려주는 '타격에 담긴 다양한 심리적 통찰'은 놀라웠습니다.

그의 결론은 명쾌하고도 간단합니다. 첫째, 자신이 선호하는 코스로 들어오는 공을 골라내기 위해 조급하지 않게 기다릴 수 있는 마음을 갖는 것, 즉 진정한 선구안을 가질 것을 요구합니다. 다음으로 중요한 것이 바로 '적절한 생각을 하라'입니다. 좋은 타자의 조건을 이야기 할 때 탁월한 반사 신경과 타격 폼, 스피드를 꼽지만 정작 타격의 질을 높이는 것은 투수의 패턴을 오랫동안 관찰하면서 어떤 공이 들어올지 추측해보는 것입니다. 물론 근거의 틀을 갖고 사유하며 누적되

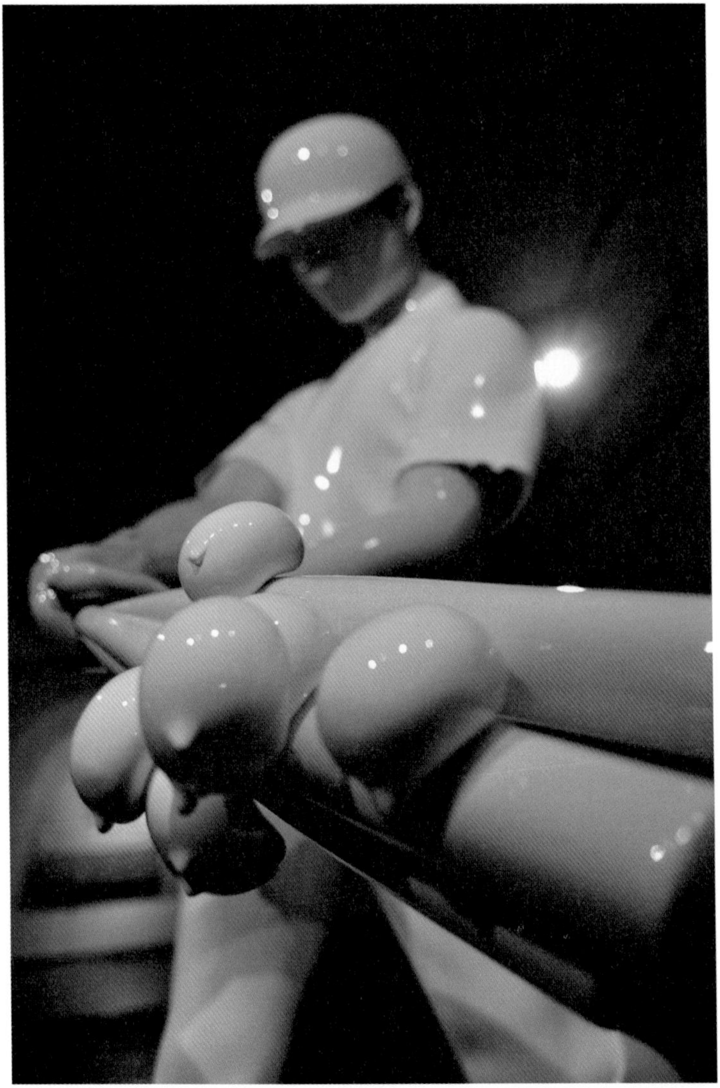

변대용, 「그 선수의 순간」의 부분

는 특정 사례들에서 예상할 수 있는 것들을 캐물어보는 것이지요. 테드 윌리엄스는 이 과정 없이는 타자가 결코 투수를 넘어설 수 없다고 조언합니다. 물론 데드볼을 피할 수 있는 건 덤이겠지요? 마지막은 배팅 스피드입니다. 스윙이 너무 빠르면 땅볼을, 너무 늦으면 뜬공을 치게 되기 때문인데요. 테드 윌리엄스의 통찰력이 빛나는 것은 바로 마지막 부분이 아닐까 생각을 해봤습니다. 그는 배팅 스피드에 대해 조언하면서 구장의 형태를 비롯한 외부적 환경을 고려해야 한다고 충고합니다. 가령 습하고 비가 내리는 날은 공기가 무거워서 공이 멀리 나가지 못하기 때문에 배트를 쥔 힘과 스피드를 조정해야 한다고 하더군요. 그러나 무엇보다 중요한 것은 결국 타자 자신의 스타일이라고 합니다. 앞서 말한 타격의 진리를 선수 각자의 기질에 맞게 적용하는 것이죠. 남의 것을 흉내 내거나 본뜰 필요 없이 약간의 수정을 통해 끊임없이 갱신해가는 것. 이것이야 말로 좋은 타자의 '진리'인 셈입니다.

그의 조언들을 곰곰이 읽다 보면 마케터로서 시장과 전쟁을 벌일 때 가져야 할 정신적 태도를 다시 한 번 생각하게 됩니다. 혁신적인 제품을 개발했다고 자부할 때, 특히 시장의 진입 시기를 저울질해야 합니다. 제품 론칭 초기일수록 유혹이 많습니다. '적기'라고 생각하게 할 다양한 신호를 장 구성원들이 내뱉기 쉽기 때문이죠. 유리한 유통거래 조건을 내세우는 다양한 업체들을 만나야 할 테고요. 이럴수록 신중하게 '좋아 보이는' 조건들을 선별해야 합니다. 자사의 목표에 맞는 조건을 골라낼 선구안이 필요한 거죠. 어디 이뿐인가요? 시장에 제

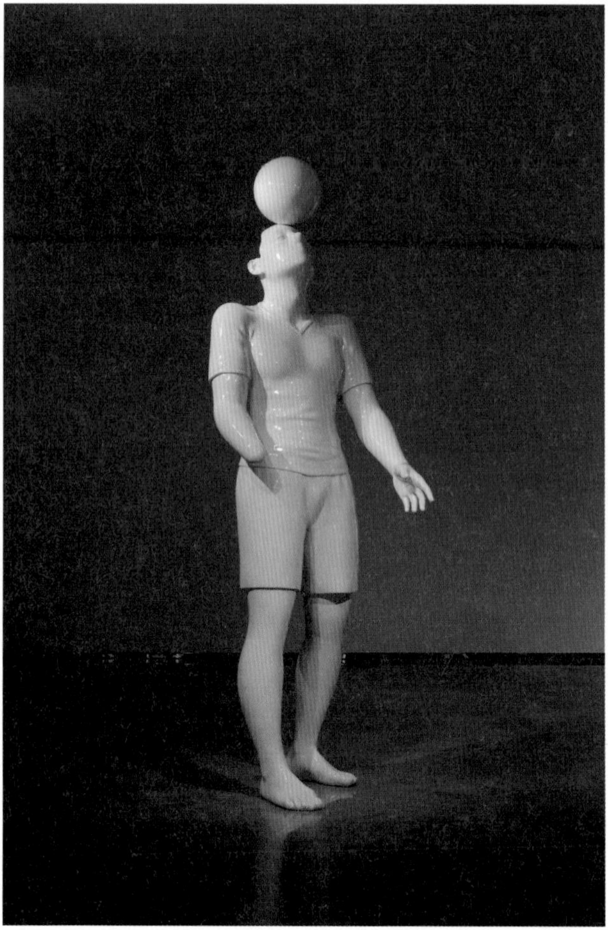

변대용, 「공을 생각하다」

변대용,「경쾌한 두 발」

품을 출시한 후 소비자들의 소비 패턴들을 철저하게 연구해야 한답니다. 특히 동일 제품들이 시장에서 어떤 궤적을 긋는지 철저하게 추적해서, 시장의 변화 속에 어떤 곤경을 처했는지 알아내야지요. 시장처럼 외부 환경 변화에 민감한 실체가 없습니다. 외부 환경은 기업 자체로선 바꿀 수도 손을 댈 수 없는 부분이라 특히 조심해야죠. 자칭 비즈니스 케이스라 불리는 타 기업의 선례를 무조건적으로 모방하는 것도 문제지요. 각자 다른 시장 환경 속에서 성장해왔기 때문에, 혁신을 이루는 방식이나 속도도 다르기 마련입니다. 내 호흡대로 갈 수 있을 걸 굳이 외형적으로만 바꾸려고 노력해선 안 되는 법입니다.

아저씨들의 열정적인 수다는 실제로는 자신들이 맡고 있는 일의 고충을 야구에 빗대 이야기하고 있는 건 아닌지 하는 생각이 문득 들었네요. 각자 자신들만이 간직한 '좋은 타격'의 기술을 서로에게 설득시키며 말이에요.

꿈의 구장에선 누구나 혼자가 아니다

조형물 앞에서 한창 야구의 심리학을 생각하다, 함께 놓인 다른 작품들도 쭉 둘러봅니다. 쓰러진 권투 선수의 아련한 눈물, 의족을 한 허들 선수의 손, 팔 한쪽이 없는 축구 선수가 공을 다루는 모습 등, 분명 스포츠의 현장을 다룬 건 맞지만 왠지 느낌이 다릅니다. 자세히 보니 장애우 운동선수들의 치열한 경기 장면이더군요. 현실에 대해 비판적인 칼날을 세웠던 작가였기에 장애우를 향한 그의 따스한 응시가 다소 놀라왔던 것도 사실입니다. 그러고 보니 스포츠의 어원은 '정신적 기쁨' 뜻하는 옛 프랑스어의 데스포르Desport에서 온 것이군요.

우리가 매일 등판하는 삶의 구장에는 나 이외에도 다른 포지션을 맡고 있는 선수들이 있습니다. 각자 자신만의 스타일로 공을 고르고 주루 플레이를 하고 심리전을 행하는 사람들입니다. 작가 변대용은 이번 작품에 대해 후기에서 이렇게 쓰고 있습니다.

> 자신이 꿈꾸던, 바라는 곳까지 가고 싶은 희망은 누구나 품고 있을 겁니다. 그 자리에, 그곳에 가고 싶기 때문에 실패를 하더라도 부지런히 살아가는 것이 아닐까 싶습니다. 그럼에도 불구하고 꿈을 꾸는 사람들은 어쩌면 행복한 사람이라는 생각이 문득 들었습니다.

테드 윌리엄스의 통찰을 통해 '인생의 한 방'을 때리는 법을 배웠다고 자부했던 요 며칠, 작가의 작품 앞에서 괜스레 숙연해집니다. 희망을 꿈꾸며 살아가는 한, 누구에게나 삶은 꿈의 구장일 것입니다. 나와 같은 신체 조건을 갖지 못한 사람들 또한 그 장에서 함께 뛰며 울고 웃을 것입니다. 이것이야말로 진정한 '정신의 기쁨', 바로 스포츠의 본질이겠죠. 인생의 진정한 홈런은 그들과 함께 만들어가는 것이고, 나보다 힘든 생의 조건을 감내하는 이들에게 손을 먼저 내미는 것은 아닐까 생각해봅니다.

정현목, 「Scene 00103008—Still of Snob」

우아함을 위한 소비의 조건

앨리스는 청담동에 살지 않는다

SBS 드라마 「청담동 앨리스」 촬영에 다녀왔습니다. 몇 년 전 우연하게 시작된 방송작가협회 강의를 통해 멋진 인연을 만들었습니다. 패션사 강의를 듣던 작가 두 분이 강의에서 아이디어를 착상, 드라마로 만든 것이죠. 제게 출연까지 부탁하셔서 기쁜 마음으로 나갔습니다.

제가 나온 장면은 8회에 방영된 호텔에서 열리는 아트 토크입니다. 실제로 패션 토크를 자주 한 터라 촬영은 힘들지 않았습니다. 매회 필요한 대사를 위해 제 블로그의 글을 인용한다며 작가에게 전화가 올 때마다 흔쾌히 허락도 해주었습니다. 남자 주인공이 드라마에서 제 이름을 여러 차례 거론한 탓에 친구들에게 문자 폭탄도 받았습니다. 셀러브리티의 힘을 새삼 느꼈죠. 방송 출연 이후 24개의 신문에서 제 이름을 발견하곤 새삼 드라마가 일상에 미치는 파워가 강력하다는 생각을 했습니다. 두 개의 잡지와 인터뷰도 했고요.

사람들은 제게 청담동 스타일이 무엇이냐고 묻습니다. 저도 궁금합니다, 과연 그 스타일이 무엇인지. 저는 패션의 역사와 미학을 강의합니다. 우리가 패션잡지에서 흔히 발견하는 용어들, 예를 들어 댄디, 엘레강스, 글래머, 시크 등 마치 무국적 언어처럼 사용하는 개념들의 역사를 설명하곤 합니다. 물론 세계적인 명품들의 역사를 미술로 풀어내는 일도 하죠. 그런 제게도 '청담동 스타일'을 한마디로 규정하는 것은 쉽지 않습니다. 특정한 옷 입기의 방식을 넘어 청담동이라 불리는 그 지역이 상징하는 취향 전반을 설명하는 문제이기에 그렇지요.

우리 시대의 바니타스, 핸드백

정물화는 물질을 향한 인간의 내밀한 욕망과 경험, 애환을 가장 잘 반영하는 그림입니다. 특히 네덜란드에서 등장한 정물화를 미술사에서는 바니타스Vanitas화라고 합니다. 바니타스는 라틴어로 '허영' '덧없음' '허무' '무상' 등을 뜻합니다. 바니타스는 정물을 통해 유한하고 덧없는 인간의 삶을 상징적으로 드러냅니다. 죽음과 허무를 상징하기 위해 해골도 자주 소재로 등장했고 나중에는 일종의 관행으로 굳어졌죠. 촛불이나 불 꺼진 램프, 모래시계는 삶의 유한성을 드러내고, 왕관이나 지갑, 보석은 죽음이 가져갈 세속의 부와 권력을 의미합니다. 동

정현목, 「Scene 00902004—Still of Snob」

양에서도 권력을 화무십일홍이라 부르며 꽃의 명멸에 비유하듯, 바니타스 회화에서도 꽃은 짧은 피어남으로 인생의 유한함과 육체의 부패를 상징하는 소재로 이용됩니다.

사진작가 정현목의 정물 사진을 보고 있습니다. 어두운 배경을 뒤로한 짙은 보라색 벨벳 천 위로 화려한 사물들이 흩어져 있습니다. 촛대와 같은 서양의 앤티크 인테리어 소품을 비롯해, 화병, 과일, 꽃, 그릇, 물에서 나와 곧 죽음의 순간을 맞이할 소라고둥, 해골이 놓여 있지요. 그 사이 명품 로고가 찍힌 핸드백이 자리합니다.

사물의 실루엣과 표면을 정교하게 드러내는 환한 조명 효과가 시선을 끕니다, 패션잡지 화보를 보는 듯하네요. 사진 속 사물들은 살아 있다기보다 차갑게 응고된 느낌입니다. 정현목은 바니타스 회화의 양식을 빌려 사진으로 재현합니다. 그의 사진 속에는 기존의 정물화에서 볼 수 없었던 하나의 사물이 등장합니다. 바로 명품 가방입니다. 로고가 새겨진, 한눈에 어떤 브랜드인지 인지할 수 있는 럭셔리 가방은 우리 사회의 단면을 드러내는 기호입니다. 단, 사진 속에 등장한 가방이 위조품, 바로 '짝퉁'이라는 게 다를 뿐입니다.

'명품名品'의 사전적 의미는 '뛰어나거나 이름난 물건 혹은 작품'입니다. 명품을 구성하는 요인에는 장인 의식과 역사, 집중, 희귀성이 있습니다. 오랜 역사 속에서 한 분야를 고집스럽게 집중해 탁월한 제조 기술을 획득할 때, 이런 기술로 만들어진 제품을 명품이라고 합니다. 그러나 한국에서 명품의 의미는 주로 고가의 유럽산 브랜드 제품

정현목, 「Scene 01007006—Still of Snob」

을 지칭하는 경우가 많죠. 가방은 한국 사회 내부에서 소비의 힘을 기준으로 나누는 사회적 계층의 변별 지표입니다. 하나같이 명품 핸드백을 구매하고 소속되기를 희구하는 집단의 일원인양 '체'를 하고 다니죠. 이 과정에서 과도한 명품 선호 현상은 모방 제품의 유통과 소비라는 양상으로 전개되고 있습니다. 정현목은 가짜 명품 가방을 풍자적으로 이용하여 우리 사회의 속물근성을 드러내고 있지요.

우아함을 위한 소비

프랑스의 대문호 오노레 드 발자크는 1830년 패션 잡지 『라 모드La Mode』에 「우아하게 사는 법Traitéde la vie élégante」이란 글을 기고합니다. 그는 정신적 귀족주의를 표방하며 당시 신흥 부르주아의 몰개성과 몰취미를 신랄하게 비판합니다. 이 글은 이후 그가 저술하게 될 〈인간 희극〉의 분석적 토대를 마련하게 됩니다. 발자크는 「우아하게 사는 법」에서 프랑스 사회를 세 가지 삶의 존재 방식을 가진 사람들, 즉 "일하는 인간, 생각하는 인간, 아무것도 하지 않는 인간"으로 분류하고 이들의 삶의 양식을 차례대로 '분주한 삶' '예술가의 삶' '우아한 삶'으로 구분합니다. 그는 이러한 유형의 분류를 통해 모든 사회에는 가진 자와 가난한 자 사이에 영원한 투쟁이 존재한다는 사실을 받아들이죠.

자유와 평등, 박애를 내세운 프랑스혁명은 사회 내부에 의외의 결과물을 만들어냅니다. 예전 귀족과 평민으로 명확하게 구분되던 삶을 운명으로 받아들였던 이들에게, '구별짓기distinction'의 욕망을 불러일으켰던 겁니다. 그래서일까요? 1830년을 기점으로 프랑스 사회에는 오늘날 패션 칼럼니스트들이 저술하는 스타일링 기법과 패션 매뉴얼 유의 책들이 속속 등장합니다. 옷을 입는 방식, 넥타이를 매고 장갑을 사용해야 하는 TPO(time, place, occasion의 약자. 옷을 입을 때의 기본 원칙으로 시간, 장소, 상황에 맞춰 입으라는 뜻)에 이르기까지, 상류사회의 유행에 동참하고 따라잡기 위한 지침서들이 우후죽순 나옵니다. 자기계발서의 소비가 광증에 이른 현재의 한국 사회와 닮았지요. 혁명을 통해 구체제의 귀족 신분사회는 무너졌지만 파괴된 옛 가치를 대체할 새로운 가치 체계가 등장하지 못했던 시대, 사회에서 성공하고자 하는 개인의 야심은 그 어느 때보다 거셌습니다. 사회에 불만이 가득했던 이들이 자신의 변화를 통해 당대를 살아보려 했고 그런 욕망들이 이런 매뉴얼과 소비 양식을 낳았습니다.

청담동 스타일은 1980년대 강남 개발과 더불어 시작된 우리 사회 내부 새로운 계층의 안정화 현상과 맞물려 있습니다. 우아한 삶은 기품과 취향이라는 요소를 필요로 합니다. 두 요소는 도덕적 특질과 연결되어 있지요. 발자크가 우아한 삶의 소비는 "귀족의 고결함을 사물 속으로 옮겨낼 수 있어야 한다"라고 주장하는 것은 이런 이유에서일 것입니다. 그는 우아한 삶을 위해 돈은 필수라고 말합니다. 돈의 가치를 무시하거나 폄하하지 않았습니다. 단, 부는 얻을 수 있는 능력인

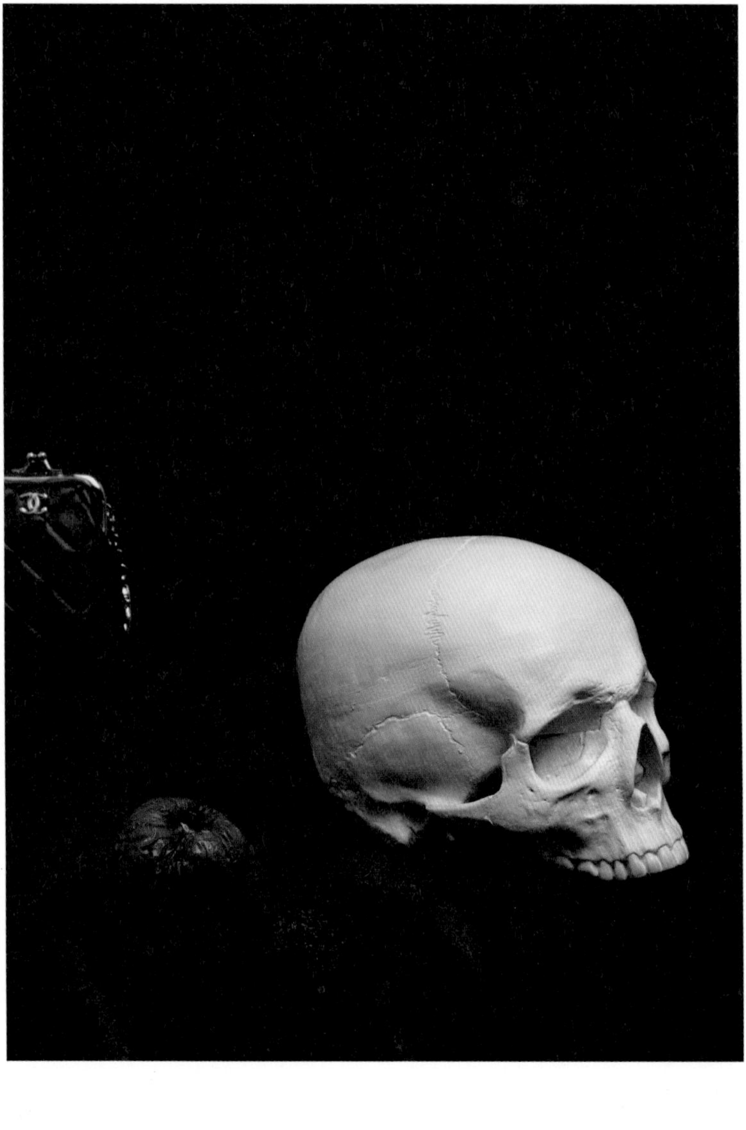

정현목, 「Scene 00303005—Still of Snob」

데 반해 우아함은 타고나는 것이라고 주장했다는 점이 좀 독특합니다. 세련된 재치와 항상 아름다운 것을 고를 수 있는 능력, 사물에 시의 정신을 부여하는 질서와 조화에 대한 고상한 생각을 우아함의 필수 요소로 삼았습니다. 어찌 보면 최근 한국 사회에 불어닥친 인문학 학습의 유행은 발자크가 이야기한 타고난 능력을 훈련으로 얻고자 하는 욕망의 산물은 아닐까 생각해봅니다. 발자크는 '타고난'이란 것이 생득적이라기보다, 어떤 성품과 태도를 보여줄 때 발산되는 것이라고 보는 것 같습니다. 그의 말을 인용해봅니다.

> 우아한 삶은 부를 즐길 줄 알고 지식으로 얻어진 혜택에 유리하도록 그들의 신분 상승에 대해 용서를 구할 줄 아는 탁월한 사람들의 습관과 풍습이다.
>
> _오노레 드 발자크, 「우아한 삶에 대하여」

부를 축적이 아닌 즐길 줄 아는 대상으로 만들 수 있는 사람, 무엇보다 부의 축적이 가져다준 교육의 기회와 이를 통한 신분 상승에 대해 감사하고 상대적으로 박탈감을 느끼는 계층에게 배려와 돌봄을 베풀어 지지를 얻는 존재. 이런 삶을 통해 보여주는 소비에는 우아함이 절절이 묻어나지 않을까요? 이런 정신을 청담동에서만 찾을 수는 없겠지요. 여러분 모두가 깨어 있는 댄디가 될 때 삶의 우아함은 따라오게 됩니다. 그것을 가져야만 해요. 머스트 해브!

정준미, 「여배우」

인생이란 런웨이를 걷는 법

패션, 내 인생의 지도

꾸미는 남자가 대세라지요. 남성 그루밍 교실에 다녀왔습니다. 스타일리스트가 슈트에 맞는 무늬와 색상의 셔츠와 액세서리 코디 법을 설명합니다. 외모를 가꾸는 것이 성공 전략이라고 믿는 시대, 스타일링 수업은 낯익은 풍경입니다. 아쉬운 건, 이런 수업에서 듣는 조언이 판에 박힌 내용으로 구성되어 있다는 점입니다.

우리는 자신을 가꾸기 위해 다양한 조언을 얻습니다. 필라테스 개인 훈련을 받거나, 퍼스널 쇼퍼를 써서 옷을 구매하기도 합니다. 서점에는 스타일링 서적이 난무하지만 가려운 곳을 긁어주는 책은 찾기 어렵습니다. 왜일까요? 이 땅의 '스타일링' 수업은 하나같이 인간의 신체를 몇 가지 유형으로 나누고, 여기에 맞추어 쇼핑 전략과 옷장을

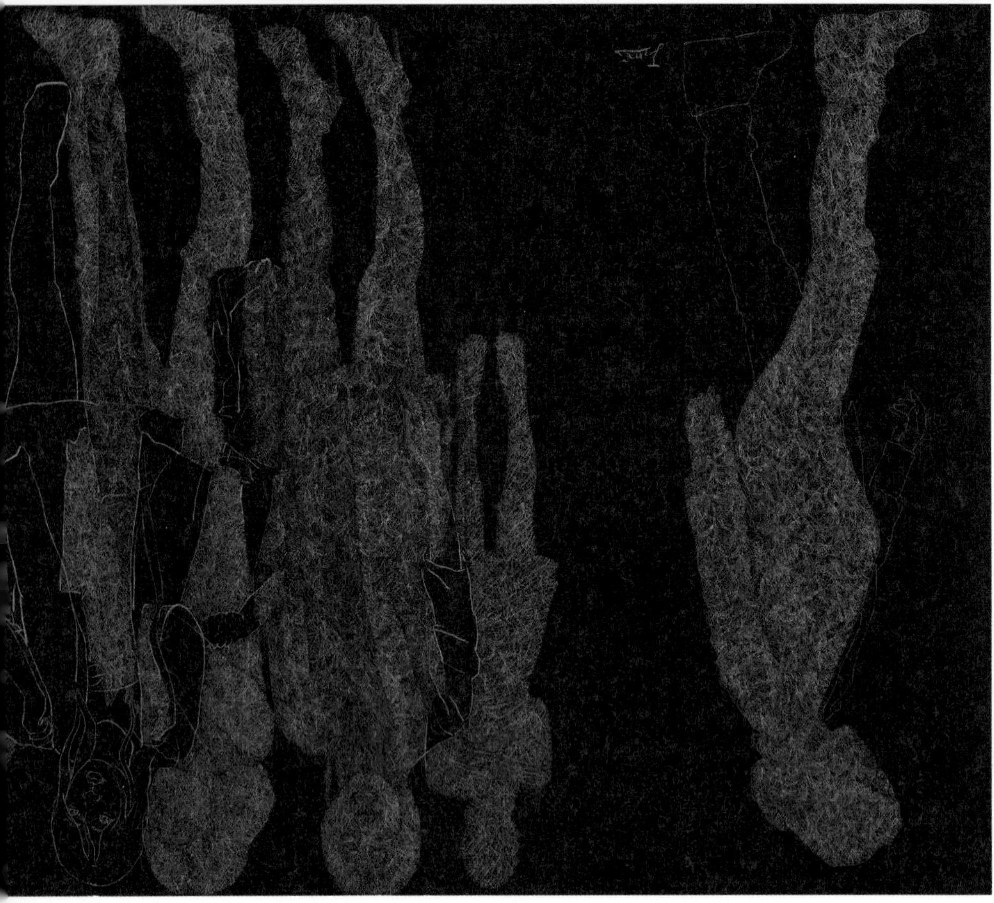

정준미, 「길을 묻다」

설계하는 방식을 가르치기 때문입니다. 옷을 통한 개성의 표현도 로맨틱, 스포티, 내추럴, 클래식, 드라마틱으로 한정 짓고 그 틀에 따라 조언을 하죠. 그러니 그 범주에 맞지 않는 사람도 스타일링 강사의 주관에 좌우되어 어느 한 범주에 강제로 편입되기 십상입니다. 이 과정에서 섬세하게 조형된 인간의 개성을 독해하기보다 뭉뚱그린 규칙을 강요합니다. 전문가의 지도guidance로 나만의 패션 지도map를 그릴 수 없는 지경이 된 거죠.

우리가 스타일리스트에게 조언을 얻고 옷 입는 방법을 배우려 노력하는 것은 인간의 외양에 가치를 부여하는 사회에서 살고 있기 때문입니다. 정준미의 그림을 발견한 날도, 이런 고민으로 머리가 아팠죠. 장지 위에 자수를 놓듯, 한 땀 한 땀 가는 붓으로 그린 사람들의 모습. 핸드백을 메고, 하이힐을 신고 어디론가 가는 여자들의 모습, 길 위에서 '어디로 가는 길'을 묻고 있는 걸까요? 검은색 바탕에 정밀하고 촘촘하게 엉킨 선의 흔적은 작가의 스튜디오 주변에서 자라는 잡풀들이랍니다. 중첩해서 묘사한 강아지풀과 넝쿨 잡초는 사계를 넉넉히 살아내는 생명력의 상징입니다. 패션은 우리에게 넝쿨 잡초처럼 강인한 삶의 길을 제시할 수 있을까요? 마치 한 땀 한 땀 바느질을 하듯, 서로 얽혀 있는 잎맥들이 그림 속 모델의 몸을 채우고 있습니다. 왜 작가는 이런 방식의 그림을 선택했던 걸가요?

인간, 패션에 길을 묻다

패션을 성공의 도구로 생각했던 건 오늘날의 일만이 아닙니다. 패션은 시대마다 강력한 무기로 등장합니다. 서구에서 패션 개념이 탄생한 중세 말에서 르네상스 시대는 거대한 전환기였습니다. 신 중심, 촌락 중심의 공동체가 인간과 도시 중심의 공동체로 변화했죠. 상업 문화가 도래하면서 기존의 신분 경계는 허물어지고 도시의 광장을 런웨이 삼아 개인들은 옷을 통해 새로운 정체성을 빚어갔습니다. 신분으로 묶여 있던 예전과 달리 스스로 사회 내 위치를 확보해야 하는 개인이 된 것이죠. 또한 가치 판단의 기준으로서 눈에 보이는 '외모'가 중요한 위치를 차지하게 됩니다. 외모는 겉으로 드러나는 사회적 위치뿐만 아니라 사회에서 쓸 만한 존재인지 아닌지 여부, 즉 사회적 유용함을 측정하는 척도였답니다. 이렇게 르네상스 시대에 인간관계의 확장과 상호의존성이 커지면서 자신의 신분과 지위를 나타내는 외적 장치는 더욱 정교해졌습니다. 매너를 익히고 외양을 꾸미는 일, 즉 타인에게 '멋지게 보이는 것'은 자신이 좀 더 높은 집단에 소속되어 있다는 것을 뜻했기 때문이죠.

오늘날 스타일링 책의 원형이 나왔던 것도 이때입니다. 『우신예찬』으로 유명한 인문학자 에라스무스가 오늘날의 스타일링 북 저자의 원형이라는 사실을 아는 이들은 많지 않습니다. 그가 쓴 당시의 베스트셀러 『소년들의 예절론』을 보면 눈을 어떻게 떠야 하는지, 식사 도중에는 목을 긁지 말고 입은 어떻게 다물어야 하며, 코는 어떻게 풀어야 하는지에 이르기까지 시시콜콜한 행동 규칙을 정리해놓았습니다. 옷 입는 방법과 더불어 외적 품위와 사교적 행동이 한 사람의 스타일을 결정하는 시대가 된 것이죠. 이때 인간이 발견한 패션의 논리가 표출과 발산입니다. 표출은 직접적인 방식으로 자신을 드러내는 것인데 반해 발산은 간접적이고 암시적인 방식으로 자신을 드러내는 것입니다.

표출이란 법으로 서민 계층이 입을 수 없도록 규정한 화려한 옷을 입는 것이었습니다. 당시엔 사치금지령이란 게 있어서 고급스런 직물이나, 타인에게 베푸는 연회의 수준, 은식기의 가짓수 등을 통제함으로써 계층상의 구분을 시도했습니다. 법으로 규정된 이외의 소재를 몸에 걸치거나 사용했다간 치도곤을 맞거나 엄청난 벌금을 물어야 했죠. 베네치아에선 금지된 직물로 만든 옷을 입었다가 세 번 이상 경찰에게 걸리면 사형을 당했습니다. 권력을 가진 자들이 자신의 계급과 정체성을 지키기 위해 얼마나 노력했는지 이해할 수 있을 것입니다. 반면 발산은 지배층으로 대우 받을 수 있는 사회적 코드를 몸에 익힘으로써 지배 계층의 정당성을 얻는 데 초점을 맞추었습니다. 이때부터 각종 에티켓과 각 장소에 걸맞은 제스처가 전략적으로 중요한 의미를 띠며 발전하기 시작합니다. 역사는 후자 쪽, 바로 발산의 논리를 키워가는 쪽으로 복식의 문법을 강화해왔죠. 그런데 오늘날의 우리는 어떤가요? 연예인과 셀러브리티의 스타일을 추종하고 그들의 몸을 내 몸에 이식하려고 낑낑대고 있습니다.

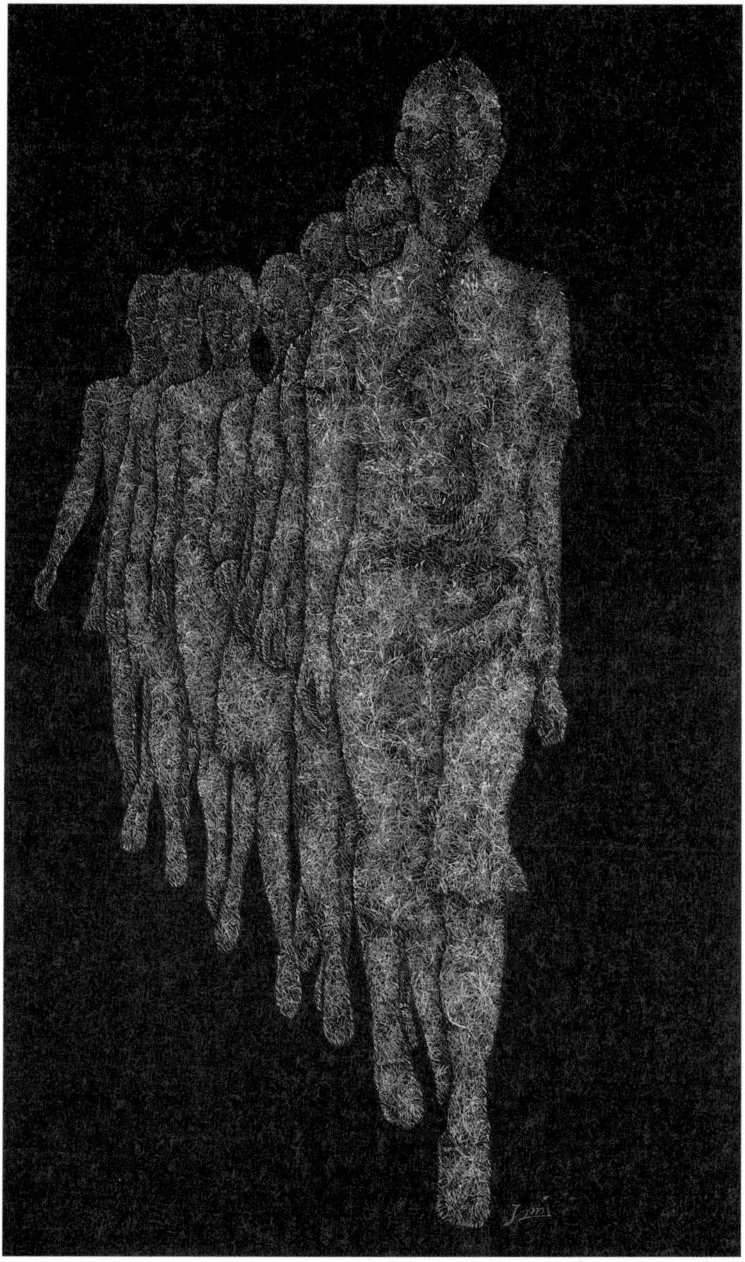

정준미, 「런웨이」

인생의 런웨이를 걷는 법

철학자 크리슈나무르티가 말했죠. "자신의 가슴을 타인의 노래로 채우지 마라"라고요. 자신의 삶과 대면할 용기를 갖지 못한 이들에게 주는 충고였습니다. 저는 이 말을 이렇게 바꿔 씁니다. "자신의 몸을 타인의 스타일로 채우지 마라." 쉬운 일은 아닙니다. 요즘처럼 노동시장이 유연해지고 기업은 기업 이미지에 맞는 육체를 가진 노동자를 선호하고 이들에게 입사 우선권을 주는 사회에선 더더욱 자신의 몸, 자신의 스타일을 갖기란 어려운 일이지요. 그러나 상황이 이렇다고 마냥 사회의 흐름에 굴복해야 할까요? 이런 사회일수록 우리에겐 댄디의 정신이 필요합니다. 바로 사회적 질서와 이에 상응하는 스타일에 대한 독특한 저항이지요.

우리의 스타일은 특정 브랜드와 패션잡지 속에 존재하지 않습니다. 패션과 뷰티 산업은 우리들에게 지속적으로 어떤 스타일을 가지라고 주문합니다. 이를 위해 다양한 셀러브리티와 슈퍼모델, 배우, 언론의 힘을 동원합니다. 그들이 파는 것은 글래머Glamour의 세계입니다. 이 글래머란 단어에는 황홀한 매력, 사람을 반하게 하는 아름다움과 같은 뜻이 담겨 있습니다. 글래머란 단어는 중세 켈트어에 기원을 두고 있습니다. 당시에는 우리의 시야를 흐리게 해서 실제보다 아름답게 보이도록 속이는 흑마술, 주문, 이런 뜻이었죠. 정준미의 「런웨이」란 그림을 한번 보세요.

런웨이란 패션쇼에서 모델이 걷는 통로를 말합니다. 비행기가 뜨기 위해선 활주로, 런웨이를 달려야 합니다. 패션의 런웨이도 다르지 않습니다. 수많은 디자이너와 브랜드가 그들이 해석한 유행의 방식을 세상에 띄우기 위해 애를 씁니다. 그러나 런웨이를 걷는 수많은 스타일 중 일부만이 이륙에 성공하지요.

우리의 삶도 마찬가지입니다. 삶 속에서 성공을 향한 시도 중 일부만이 성공합니다. 그림 속 모델의 몸을 채우는 촘촘한 잎맥이 누적된 시간 속에서 반복적으로 그려진 것임을 기억하세요. 한 개인의 스타일이란 결국 세상을 향해 말을 건네는 데 있고, 그 시도는 누적된 시간 속에서 만들어진다는 것입니다. 중요한 건 사회가 강요하는 스타일과 글래머의 매력에 기죽지 않는 것입니다. 결국은 세련된 우리가 되는 것이고 변화하는 세상 속에서 나만의 언어를 갖는 것입니다.

세련됨이 별것이던가요? 세련洗練이란 매일 씻고 익힌다는 뜻이잖아요. 나만의 스타일과 색을 찾기 위해 수많은 시행착오를 반복해야 하고, 그걸 피해갈 길이 없다는 거죠. 지름길을 찾지 마세요. 시간을 들여 천천히 나 자신을 사랑하는 법을 배우자고요. 그런 여러분이 될 때 비로소 도시의 거리는 런웨이가 되는 것이죠. 바로 당신을 위한 활주로!

유갑규, 「빙폭 타다」

폭포 위를 걷는 법

마흔앓이, 생의 혹독함 앞에 서다

사람들은 10년 단위로 자신의 생의 주기를 끊는 버릇을 갖고 있는 듯합니다. 흔히 삼십 수, 사십 수 하며, 각 단위에 도달하는 직전에는 유독 생의 미열에 시달린다는 속신적 믿음이지요. 서른아홉과 마흔 살의 경계선 사이에 무슨 화학적 변곡점이 있는 것도 아닐 텐데 말입니다.

서른이 되던 해, 공부를 더 해야겠다는 마음을 굳혔고, 저 자신에게 주는 선물로 떠난 뉴질랜드 여행 길. 그곳에서 2박 3일 동안 프란츠요제프 빙하를 탔습니다. 빙하의 풍광은 광대함 그 자체였지요. 빙하는 억겁의 시간 동안, 빙결과 해빙이라는 반복된 과정을 묵묵히 수행하며 숭고의 나이테를 드러냅니다. 자연은 결코 강압적으로 자신의 무늬를 드러내지 않습니다. 빙하란 오랜 세월 물과 눈과 압력의 길항 작용으로 만들어지는 산물입니다. 두터운 빙벽의 섬유질 사이를 투과하는 푸른빛이 남루한 제 손등 아래로 떨어지는 시간, 빛은 자신이 품고 있는 다양한 빛깔을 빙하라는 거대한 프리즘을 통해 내 안에 비추는 듯했습니다.

서구의 헤브라이즘 전통으로 보면 40이란 숫자에는 많은 의미가 숨어 있습니다. 신이 죄악에 물든 세상을 징벌하기 위해 비를 내린 시간이 40주야였고, 이집트에서 탈출한 유대 민족이 젖과 꿀이 흐르는 약속의 땅에 들어가기까지 광야를 헤맨 시간도 40년이었습니다. 새롭게 민족을 형성하고 규율의 근간이 될 십계명을 받기 위해 모세가 산에서 기다린 시간이 40일, 예수가 광야에서 단식을 하며 새로운 세계에 대한 비전을 얻기 위해 자신을 단련한 시간도 40일이었지요. 40은 속죄와 참회, 자기 혁신을 준비하는 상징적 숫자인 셈입니다. 이제 저도 마흔이 되었습니다. 세월의 숫자 앞에 책임져야 할 나이가 된 것이죠. 지금껏 살아온 날들을 반성하고 죄의 결과에 대해 타인들에게 보상할 나이. 바로 보속의 계절이 온 것입니다.

마흔 살, 색스러운 인간을 욕망할 나이

유갑규가 그린 빙폭의 풍경 앞에 서서 한동안을 두리번거렸습니다. 광활한 폭포와 그 얼음 위로 발걸음을 옮기는 등반가의 모습이

유갑규, 「빙폭 타다」

대조를 이룹니다. 화가는 응시의 그물 속에 숭고에 가까운 자연을 채집하여 자신의 내면 풍경으로 돋을새김합니다. 아득하기만 한 연속된 빙폭의 모습은 자연에 대한 순수한 경탄과 두려움을 토해내면서도 동시에 이를 극복하려는 지난하고 고독한 인간의 과정을 담고 있습니다.

사회생활을 하면서 다양한 조직 내의 과업과 부서 간의 이해관계와 첨예한 입장에 치여야 했습니다. 세월이 갈수록 절대선과 절대악을 구분하기란 쉽지 않아졌습니다. 점점 흐릿해져가는 저 자신에게 경고라도 하듯, 꼿꼿한 자태로 떨어지는 폭포의 형상에는 '아프니까 청춘이다'라는 말로 모든 상처의 원인을 환원하려는 의뭉스러움을 깨뜨리는 힘이 담겨 있습니다. 폭포 앞에 서서 굉음을 내며 지면에 떨어지는 물소리를 듣고 있자니, 마치 그 소리가 지금껏 내가 세상을 익힌답시고 읽어온 텍스트의 소리이자 타인들의 장엄한 가르침처럼 들렸습니다.

동양 산수에서 물은 가장 낮은 곳으로 흐름으로써 새로운 길을 형성하는 힘이자, 한 방울 한 방울 쌓여 정신의 기갈을 풀어주는 한 모금의 물과 같은 지혜를 의미합니다. 빙폭 위를 걷는 시간, 저는 생각합니다. 마흔의 나이에 들어 내가 새로운 지경에 입성하기 위해 준비해야 할 것들이 무엇인가에 대해서 말입니다.

이런 질문 과정 속에 손에 든 책이 있는데요. 바로 괴테의 『색채론』(민음사, 2003)입니다. 『색채론』은 단순하게 색의 광학적 원리를 설명한 책이 아닙니다. 외적 성장과 경쟁의 논리로 점철된 사회에서 점차 안과 밖의 균형 감각을 상실해가는 우리 자신에 대한 비판서이자, 나아가 문명에 대한 대안적 생각들을 정리한 책입니다. 우리 자신의 색을 찾고 더욱 원숙한 색을 선연하게 드러내는 나이가 되자는 뜻으로 이 책을 소개합니다.

괴테는 1810년 5월 세상에 『색채론』을 내놓습니다. 그가 색채 현상을 체계적으로 연구하게 된 계기는 그의 첫 번째 이탈리아 여행에서 만난 다양한 예술작품들 때문이었죠. 회화 작품과 조각을 분석하는 과정에서 실용적 차원의 색의 규칙과 법칙의 필요성을 절감했던 것입니다. 괴테가 『색채론』을 내놓던 당시 색채에 관한 지배적인 생각은 과학자 뉴턴에 의해 잉태된 광학 이론에 근거하고 있었습니다. 뉴턴은 색채가 단색 광선들의 유무와 그 정도에 따라 결정되며 색채는 결국 관찰 주체와는 상관없이 존재하는 객관적 실체라고 주장합니다. 반면 괴테는 색채 현상을 밝음과 어둠의 양극적 대립으로 보면서 인간의 감각과 무관하게 존재하는 색채 자체의 실체를 인정하지 않았지요. 그러나 괴테의 『색채론』은 과학적 근거를 갖추지 못했기에 당대에는 주목을 받지 못했습니다. 그럼에도 저는 무엇보다 그가 책의 서문에서 밝힌 연구의 기본적 태도에 매혹되지 않을 수 없었는데요. 인용해봅니다.

> 사물의 본질을 곧바로 표현하려는 시도는 헛되다. 인간은 사물의 작용을 인식하며, 이러한 작용들의 전체 역사가 사물의 본질을 포

괄한다. 예컨대 한 인간의 성격을 추상적으로 묘사하려는 시도는 헛된 일이다. 그의 행동, 그의 업적을 총괄해 보아야 하나의 성격의 상이 드러난다.

세상을 깊게 응시하며 동시에 깨달음을 이론화하는 일. 마흔에 접어들면서 제가 가장 갖고 싶은 능력 중 하나이지요. 신발에 체인을 박고 한 발자국씩 빙벽을 타고, 결국 꼭대기에 올라갈 때라야 지금껏 건너온 누적의 시간과 그 실루엣이 보이는 법입니다. 마흔 살이 되었다고 타인의 색깔을 단정해서는 안 될 것입니다. 정치적 사안, 경영 활동의 일부로서 의사 결정, 혹은 사람을 진득하게 만나고 관계를 맺는 일, 그 어떤 것도 곧바로 결과 값을 내놓기가 어렵지요. 전체의 상을 그려볼 때까지 더욱 신중하되 깊고 따스한 응시의 시선을 가질 필요가 있습니다.

그림 속 빙폭은 어떤 점에선 지금껏 우리가 걸어왔던 길을 상징할 수도 있고, 세대론적으로 주어진 과업일 수도 있습니다. 빙폭을 걷기 위해선 신발에 쌍고리 형태의 체인을 달아야 합니다. 체인은 다름 아닌 지금껏 내가 만나온 사람들과 텍스트의 상징입니다. 그 고리 구조가 견고할수록 빙폭을 타는 위험에서 안전하게 지켜줄 테지요. 빙폭이라는 생의 과제를 맞이하는 인간의 응전 논리는 수치계산에 따른 추상적 묘사가 아닌, 현장성의 적층이며 구체성의 발현이어야 한다는 점입니다. 괴테 또한 직접적인 관찰과 경험에 바탕을 두고 빛과 눈 사

유갑규, 「빙폭 타다」

이의 관계에 주목했습니다.

> 눈의 존재는 빛으로 해서 생겨난 것이다. 눈은 빛과 만나면서 빛을 위한 기관으로 형성되며 이로써 내부의 빛과 외부의 빛은 서로 감응한다.

그는 우리가 눈 속에 이미 일종의 빛을 갖고 있으며 이 빛에 내부 혹은 외부로부터 미세한 자극이 주어질 때 색의 세계가 펼쳐진다고 보았습니다. 유갑규의 그림 속 아득한 빙결의 표면은 빛과 만나 유려한 색감을 드러냅니다. 이때 이 빛은 실제 태양빛의 입자라기보다는 작가의 깊은 내면에 감추어진 빛이자 사유의 필터를 통해 걸러낸 생각의 빛입니다. 그 빛이 외부의 빛과 만나면서 자신의 색을 드러냅니다.

제가 앞에서 마흔 살을 보속의 계절이라고 했는데요. 보속이란 단어를 한자로 찾아보니 步速과 補贖, 이렇게 두 가지가 나오는군요. 제가 주목하는 건 바로 전자의 의미, 바로 '걸음의 속도'입니다. 걸음의 속도에 따라 우리의 시선도, 그 속에 담긴 우리의 빛도 영향을 받습니다. 따스한 걸음걸이에 따스한 내면의 빛이 담기고, 이 빛은 다시 한번 외부의 빛과 만나 여러분이 만나게 될 풍광의 색감을 결정하겠지요.

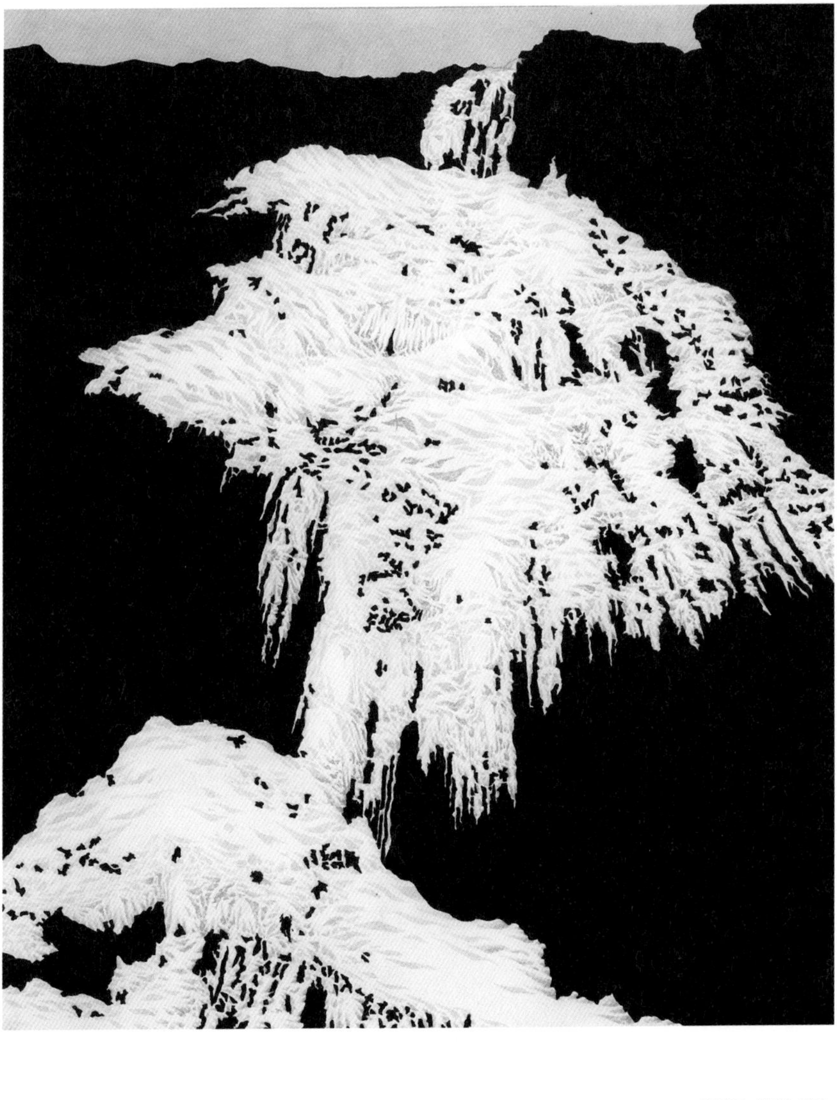

유갑규, 「빙폭 타다」

권기수, 「큐브가 있는 녹색 숲(Green Forest with Cubes)」

나는 행복한 댄디, Are you?

가을 산행 길에서

토요일 오후, 등산을 했습니다. 고아대는 매미 소리로 인이 박혔던 여름이 언제였나 싶게, 가을을 맞습니다. 풍광의 실루엣을 눈에 담는 일은 몸의 온 감각을 요구합니다. 주변부의 사물들이 토해내는 소리를 들어야 하고, 바람에 섞인 애잔함의 향을 맡아야 합니다. 이것은 나무와 내가 촉각이란 감각을 통해 연결될 때 가능합니다. 산을 타는 일은 몸과 정신의 굳은 각질을 벗겨내기에 좋습니다. 최소의 가지만을 내며 온몸으로 계절을 맞는 나무에 손을 대자 단정한 외로움이 손끝을 타고 흘러옵니다. 껍질 내부에선 치열한 혈흔이 새겨질 것입니다. 여름내 촘촘하게 채운 육질을 서서히 소진시켜야 하기 때문이지요.

가을 산의 나무들은 꼿꼿한 정신의 뼈대를 세우고 시대를 견디는 인간 내면의 은유입니다. 제가 부산한 삶의 열정으로 흐트러진 마음을 짚어보고 싶을 때 산행을 하는 이유입니다. 권기수의 그림을 보니 풍화의 시간에 몸을 맡긴 현자가 보입니다. 겨울 산에 피어날 매화의 군락 속에, 흘러가는 것을 붙잡기보다 흘려보냄으로써 게워내려는 그림 속 주인공은 바로 동구리입니다. 바람의 소리엔 많은 것이 섞여 들어갑니다. 자세를 바로 고치고 앉으면 삐거덕 소리를 내는 오랜 의자가 섞이고, 늙은 부모님의 저린 무릎이 부딪치는 소리가 섞이고, 초연하게 속내를 드러내지 않고 단정하게 옷섶을 여민 매화의 수줍은 웃음소리도 들립니다.

아이 앰 해피, 나는 행복합니다

권기수의 〈아이 앰 해피〉전에 왔습니다. 동글동글, 귀여운 미술 속 아이콘 '동구리'. 권기수가 신인으로 동구리를 시장에 선보이던 시절, 그의 그림에 푹 빠졌습니다. 한국 팝아트의 새로운 흐름과 더불어 동구리는 많은 상품화 전략과 맞물려 대중에게 알려졌습니다. 다양한 예술과 패션의 협업 작업에 동구리는 빠지지 않고 등장했지요. 현대미술 작가들이 본격적으로 자신만의 아이콘 작업에 몰입하게 된 배후엔 동구리가 있었습니다. 많은 언론이 미술과 상업의 결합이란 관점에서 동구리에 관한 글을 쏟아냈지만, 어디에도 본질을 말해주는 곳은 없었습니다.

동구리는 동양적 관점의 현자를 형상화한 것입니다. 그는 자연 속을 유유히 거니는, 멋진 말로 '소요유逍遙遊'라 불리는 정신적 행위를 즐기는 현자입니다. 그림의 배경을 살펴보면, 동양적 소재인 오방색과 대나무 숲, 매화가 반복적으로 등장합니다. 일견에는 마치 제품 디자인에 사용되는 귀여운 일러스트 작품처럼 보이기도 합니다. 이후 인터넷과 다양한 매체를 통해 유포되면서 한국 팝아트의 새로운 방향성을 설정했고 중압감 넘치는 한국 화단을 비판하는 계기를 만들었습니다. 대중문화와 고급 예술의 영역을 교차하며 경계를 허무는 유쾌함까지 주었던 동구리입니다.

동구리를 볼 때마다 궁금했습니다. 왜 동구리는 항상 네모난 큐브 위에 서 있거나, 혹은 앉아 있거나, 누워 있을까? 저 각진 큐브는 도대체 뭘 의미하는 걸까? 작가는 말합니다. "각진 큐브는 서로에게 차단된 사회 속 우리들의 모습이자 사회적 질서"임을.

우리가 배우는 지식과 담론이, 정치적 패권과 경제적 능력 모두가 서로를 차단시키는 투명한 벽에 불과했는지도 모르겠습니다. 동양의 현자들은 이런 삶의 매트릭스 위를 소요유 할 수 있는 사람이 군자라고 했으니까요.

동구리는 여기서 한 발 더 내딛습니다. 「아이 앰 해피」를 보면 동구리는 성냥갑같이 동일한 큐브 형태의 아파트 창밖으로 얼굴을 내밀고 있습니다. 창을 열고 햇살을 맞아들이는 이가 있는가 하면 여전히 암전 상태로 바깥세상과 단절되어 있는 이가 있습니다. 완전히 자권기수, 「아이 앰 해피(I Am Happy)」

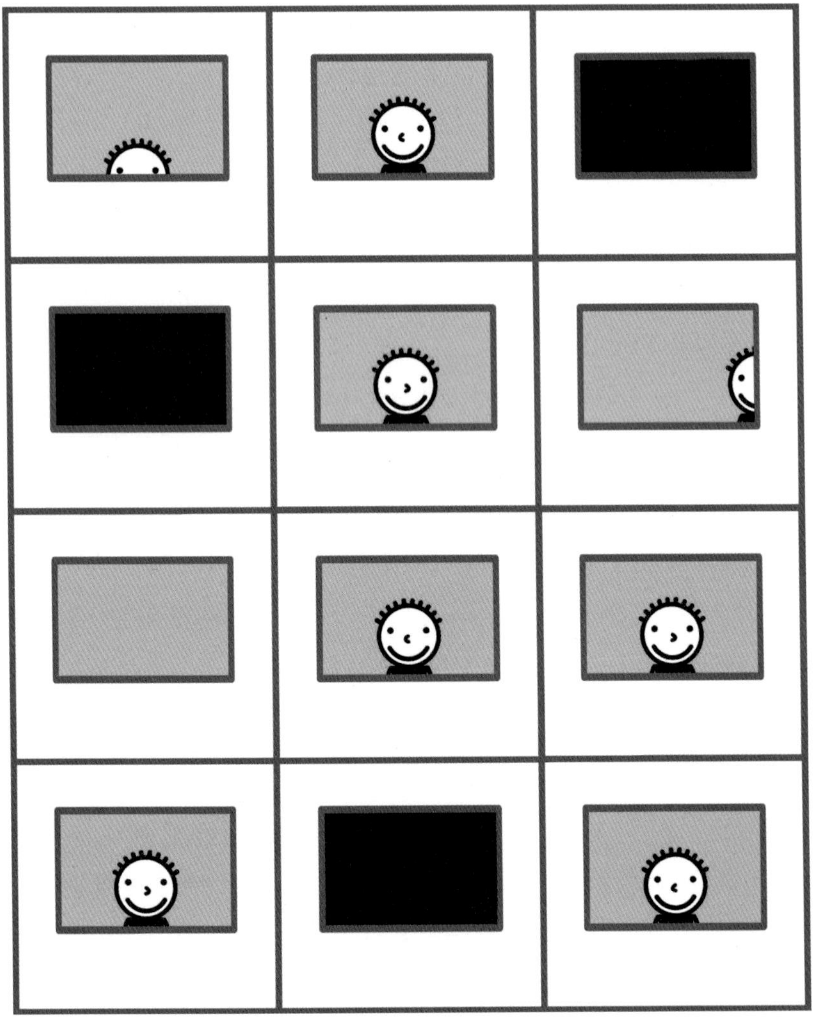

신을 드러내기 두려워 반쯤 얼굴을 내민 채 눈치를 살피는 이도 있습니다. 비정한 도시 공간에서 '익명의 가면'을 쓴 채 살아가는 우리의 모습이 보입니다.

투영된 각진 큐브 속에 살아가는 것이 도시란 공간을 살아가는 이들의 운명이라면, 이 운명의 벽을 넘는 건 환한 웃음으로 '여전히 살아 볼만한 곳'이라고 되뇌는 우리들의 용기입니다. 우리가 알고 있는 삶이란 무엇일까요? 어느 순간 느껴지는 서글픔을 견뎌내며, 시선을 내부로 돌려 결국 '치열한 행복'을 얻기 위해 노력해온 나 자신에게 쳐주는 몇 번의 박수는 아닐까요?

행복한 댄디가 되는 법

권기수는 동구리와 더불어, '매란국죽'이란 사군자四君子 도상을 이용합니다. 극단적 단순화 작업을 통해 매화와 난, 국화와 대나무는 기호처럼 축약되어 의미를 전달하지요. 그림 속 긴 막대 모양은 바로 대나무입니다. 멋진 건 그 대나무의 결 마디 하나하나가 오방색으로 채색되어 있다는 점입니다. 매화는 사군자의 하나로 무화無花의 세계인 추운 겨울에 꽃을 피워 강인하고 고결한 성품을 지녔으며 그윽한 향기로 사람의 마음을 설레게 합니다. 매화와 대나무가 흐드러진 숲 속을 자유롭게 거니는 동구리. 진정한 자유의지를 가진 자만이 자신의 껍질을 벗고 각진 큐브의 표면 위로 올라와 햇살 마루에서 달콤한 낮

잠을 즐길 수 있는 법입니다.

정신적 지조와 선비 정신이란 단어가 구닥다리 취급을 받는 요즘입니다. 저는 사람들에게 패션의 역사에서 캐낸 다양한 미적 개념들을 가르쳐왔습니다. 스타일링과 옷 입는 법에서부터 옷에 대한 입장과 태도를 가르치는 일도 해왔죠. 우리는 흔히 '댄디하다'란 말을 씁니다. 옷을 잘 입고 매력적인 남자를 가리켜 표현할 때 쓰죠. 원래 '댄디'는 프랑스의 문필가인 바르베 도르비이가 1830년대 이후 프랑스 사회를 분석하면서 사용한 단어입니다. 영한사전을 보면 댄디는 명사로는 '멋쟁이' 형용사로는 '으뜸의' '스마트한' 같은 뜻을 갖고 있습니다. 하지만 단어의 속살에는 더욱 깊은 이면들이 담겨 있죠. 도르비이는 댄디의 삶의 목표를 통해 '이즘'을 설명합니다.

첫째, '규범의 굴레에 익숙해진 정신에 맞서 예상치 못한 일을 만들어내는 사람'입니다. 이는 관습을 존중하되 그것을 가지고 놀 수 있는 섬세한 정신의 소유자란 뜻입니다. 이는 비단 옷차림의 규약을 넘어 식사와 다이어트, 데이트, 성관계, 자녀 양육 등 일상의 작은 단면을 관리할 때도 포함됩니다.

둘째, '자기 나름의 방식을 소유한 위대한 아티스트'입니다. 자신을 개성 있는 인물로 만들기 위해 자신의 모든 재능을 사용하며 예술가들이 작품으로 타인의 삶을 행복하게 하듯, 자기 몸으로 사람을 즐겁게 한다, 스스로 자신의 상을 만드는 사람이 되어야 한다는 뜻입니다. 저는 이 땅에 많은 남자들이 아내가 골라주는 셔츠와 타이만을

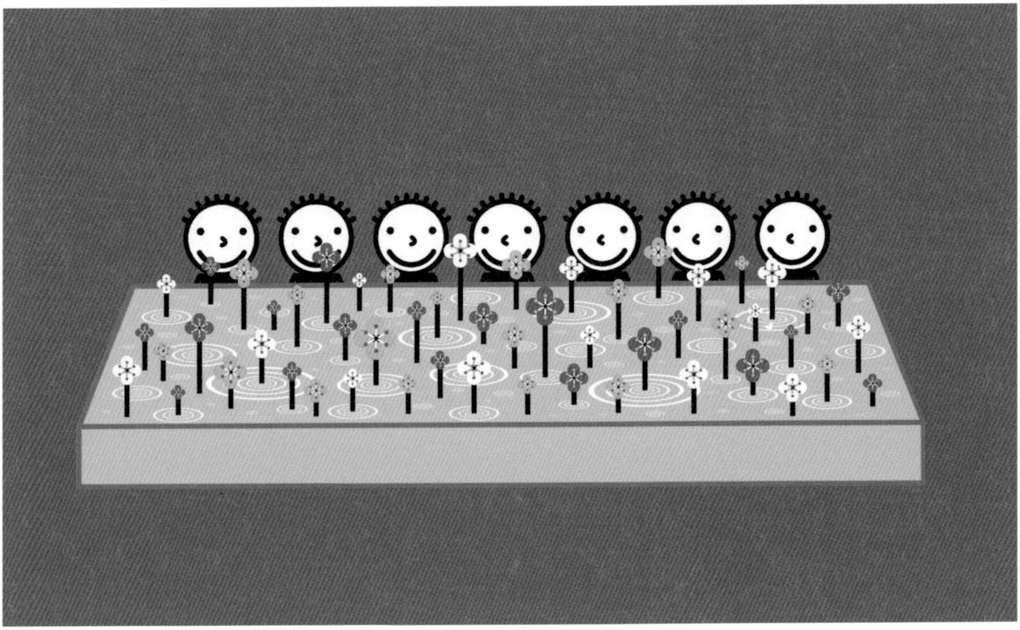

권기수, 「붉은 식탁」

하고 회사에 가지 않는 사회가 되었으면 합니다.

셋째, '삶의 선택에 책임을 지고 타인의 시선에서 벗어난 독립적인 나를 창조하는 능력을 가진 사람'이란 뜻도 있습니다. 항상 기발한 생각을 하고 사회적 규범이 가진 예측 가능성을 보기 좋게 무시하는 사람이란 뜻입니다.

넷째, '자신의 감정을 길들이면서 타인의 조심성 없는 시선으로부터 자신을 보호하고, 타인이 자신의 존재 속으로 침범할 수 없도록 거부할 수 있는 냉정함과 차분함을 가진 사람.

결국 한마디로 댄디를 요약하면 '사회의 지배적 스타일에 저항하는 정신의 소유자'입니다. 이야말로 진정한 개성을 담보하는 전략이지요. 댄디의 숫자가 늘 때, 사회는 더욱 우아해진다고 저자는 말합니다. 우아함을 의미하는 '엘레강스elegance'의 어원을 보면 '심혈을 기울여 선택하다'란 뜻을 담고 있습니다. 잉여의 가지를 내기보다 단정하게 벗은 몸을 내보이는 가을 나무에게서 그 정신을 배울 수 있습니다.

어떤 일면에서 보면 서양의 댄디는 우리의 선비 정신과 통합니다. 사군자를 그리며 그림의 창을 통해 세상의 아픔과 통교하며 원인을 사유할 수 있는 사람. 그러나 온 감각으로 느끼고 분노하되, 배면의 사람들과 손을 잡고 걸을 수 있는 사람. 음식 한 가지를 먹어도 폭식보단 단정한 미각을 견지할 수 있는 사람. 예술을 사랑하되, 타인의 달콤한 말에 매몰되어 한 장의 그림을 사기보다 자기만의 컬렉션을 이룰 수 있는 원칙을 가진 사람. 한 벌의 옷을 살 때도 유행보다 자신의 정체성을 생각하고 여기에 맞는 색감과 질감과 실루엣을 찾는 사람. 저는 이런 사람으로 성장하며 늙어가고 싶습니다.

각진 큐브의 세계에 편입되지 못해 안달하기보다, 대나무 숲을 소요유 하는 댄디이고 싶습니다. 이 책은 여러분에게 바로 이 댄디한 인간이 될 수 있는 작은 조건들에 그림을 통해 답하는 내용들로 채워져 있습니다. 함께해주실 거죠?

댄디, 현실을 직시하다

이미화

「도시의 회화」, 장지에 은박·채색, 86.2×50.5cm, 2011 _**p.14**

「도시의 회화」, 장지에 은박·채색, 64×88cm, 2011 _**p.17**

「도시의 회화」, 장지에 은박·채색, 60×120cm, 2011 _**pp.20~21**

「도시의 회화」, 장지에 은박·채색, 97×160cm, 2011 _**p.22**

홍찬일

「현대인의 자화상 3—과로 빌딩」, 브론즈, 34×26×12cm, 2009 _**p.24**

「현대인의 자화상 20—러시아워」, 사출 왁스, 2m 내에 가변 설치, 2011 _**p.26**

「현대인의 자화상—동료의식」, 브론즈·스테인리스스틸, 43×28×18cm, 2011 _**p.29**

「현대인의 자화상 9—불안정한 사무실」, 사출 왁스, 56×43×25cm, 2011 _**p.31**

유진영

「어서 오세요」, 혼합 매체, 가변 설치, 2007 _**p.34**

「위장 가족」, 혼합 매체, 높이 91cm(왼쪽)·높이 111cm(오른쪽), 2007 _p.37, 39

「위장 가족」, 혼합 매체, 높이 133cm, 2007 _p.42

박종영

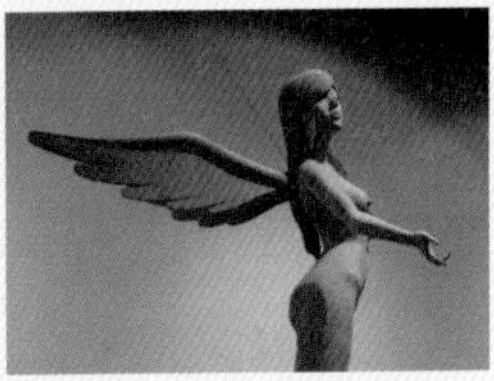

「마리오네트 8」, 홍송·미송·전기모터·낚싯줄·동작감지 센서, 가변 설치, 2010 _p.44, 47, 50

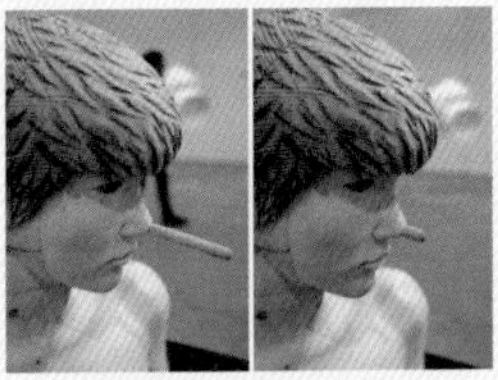

「피노키오–아담」, 홍송·미송·인조 안구·전기모터·동작감지 센서, 60×60×120cm, 2007 _p.52

김태연

「지름신 팔 폭 병풍도」, 비단에 채색·실크스크린, 440×172.5cm, 2011 _p.54, 58~59, 62

최윤정

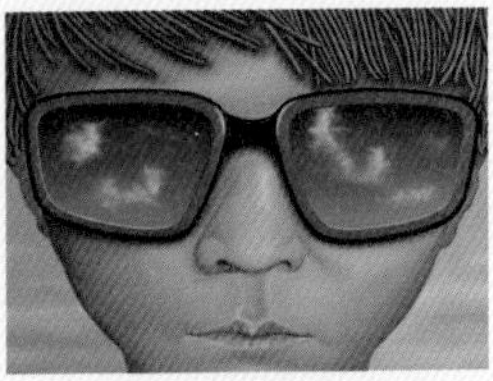

「Heroes #02」, 캔버스에 유채, 100×100cm, 2012 _p.64

「Pop Kids #04」, 캔버스에 유채, 100×100cm, 2009 _p.69

「Pop Kids #40」, 캔버스에 유채, 150×150cm, 2011 _p.70

「Pop Kids #46」, 캔버스에 유채, 33.3×53cm, 2013 _p.72

장우진

「파도놀이 3」, 피그먼트 프린트, 148×158cm, 2012 _p.74, 78

「도약」, 피그먼트 프린트, 145×60cm, 2011 _p.81

「인산인해」, 피그먼트 프린트, 225×150cm, 2012 _p.82

성연주

「치즈」, 피그먼트 프린트, 106×80cm, 2013_**p.84**

「자몽」, 피그먼트 프린트, 60×70cm, 2013_**p.86**

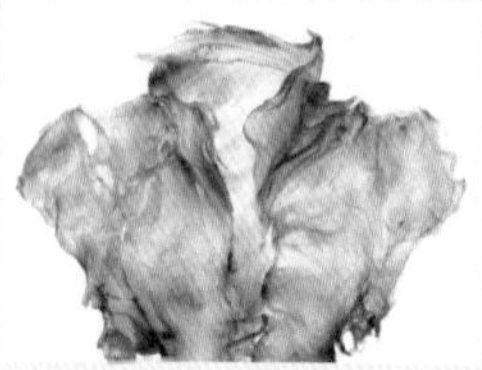

「풍선껌」, 피그먼트 프린트, 70×70cm, 2010_**p.89**

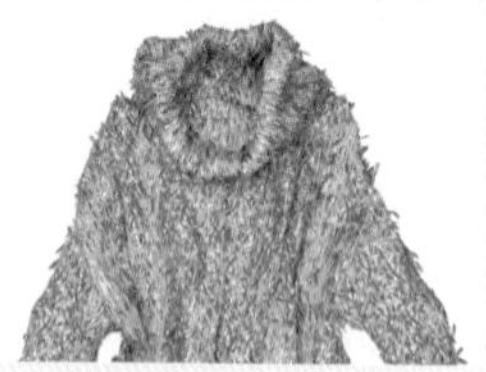

「돗나물」, 피그먼트 프린트, 180×160cm, 2013_**p.91**

댄디, 삶을 책임지다

백승아

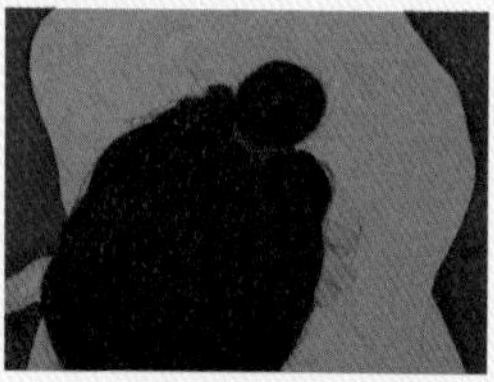

「민(悶)」, 캔버스에 안료, 99×90cm, 2008_**p.96**

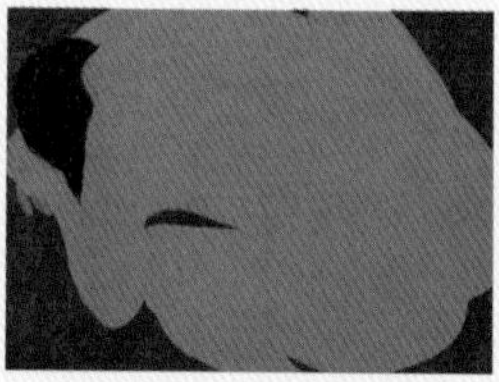

「수(愁)」, 캔버스에 안료, 110×110cm, 2009_**p.99**

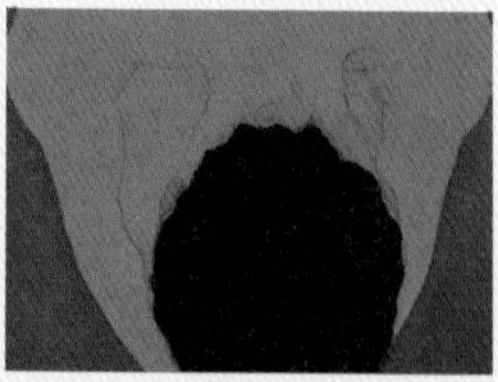

「약(躍)」, 캔버스에 안료, 175×110cm, 2008_**p.101**

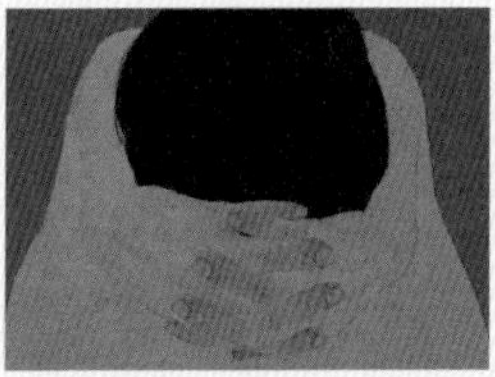

「상(傷)」, 캔버스에 안료, 99×90cm, 2009 _p.102

우종택

「줄서기」, 한지에 수묵채색, 140×130cm(왼쪽)·182×57cm(오른쪽), 2006 _p.106

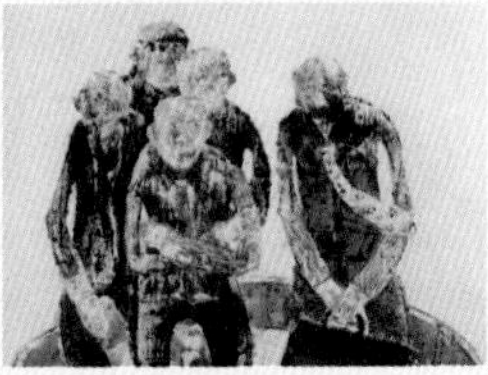

「줄서기」, 한지에 수묵, 200×200cm, 2006 _p.111

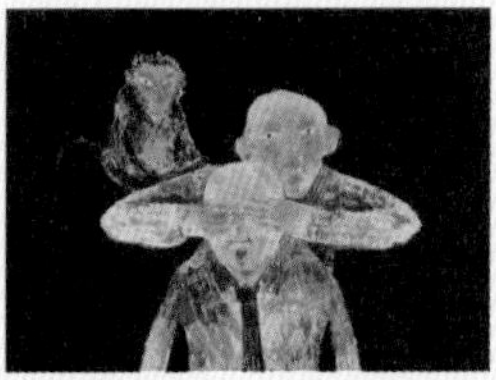

「줄서기」, 한지에 수묵, 130×112cm, 2006 _p.113

변웅필

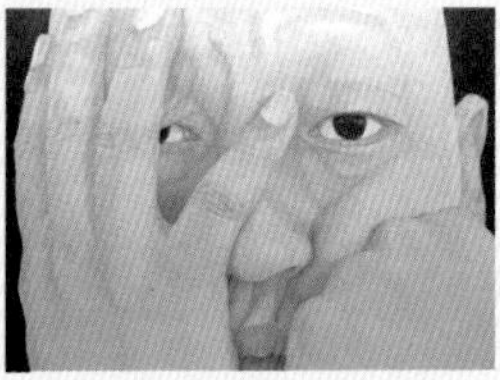

「한 사람으로서의 자화상 39」, 캔버스에 유채, 150×130cm, 2006 _p.114

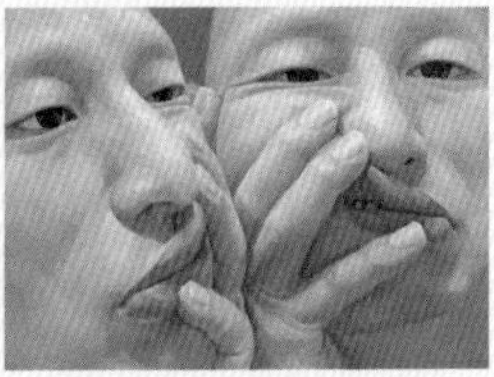

「한 사람으로서의 자화상-거울 1」, 캔버스에 유채, 100×100cm, 2004 _p.117

「한 사람으로서의 자화상-입맞춤 5」, 캔버스에 유채, 90×75cm, 2012 _p.119

성민우

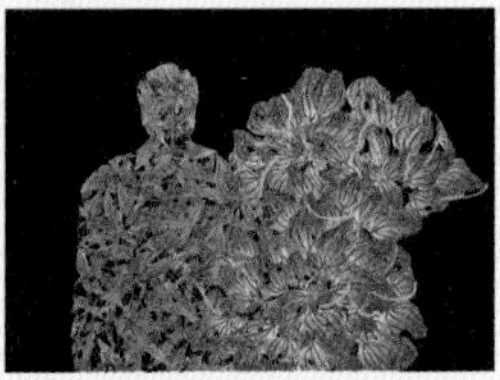

「결혼」, 비단에 채색과 금분, 162×97cm, 2009 _p.122

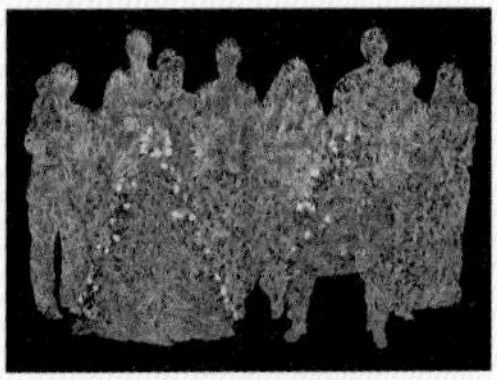

「가족」, 비단에 채색과 금분, 162×262cm, 2009 _pp.126~27

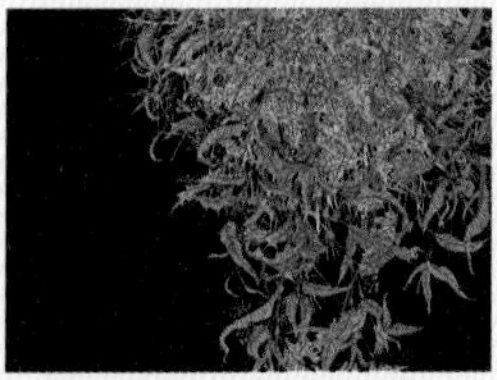

「그녀를 위한 부케」, 비단에 채색과 금분, 162×92cm, 2009 _p.129

요시자와 도모미

「상처를 널어라」, 캔버스에 유채, 80.3×65.2cm, 2011 _p.132

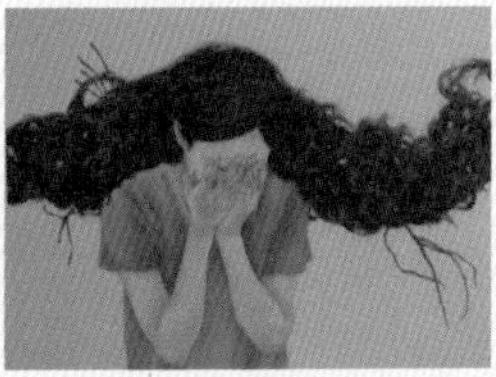

「커넥션-연결되어 있음에 대하여」, 캔버스에 유채, 90×92cm, 2009 _p.135

「비밀스런 대화」, 캔버스에 유채, 80×65cm, 2008 _**p.138**

이은

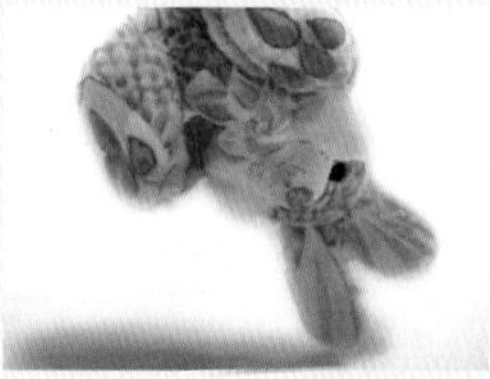

「캐치 미 이프 유 캔」, 캔버스에 유채, 90.9×72.7cm, 2011 _**p.140**

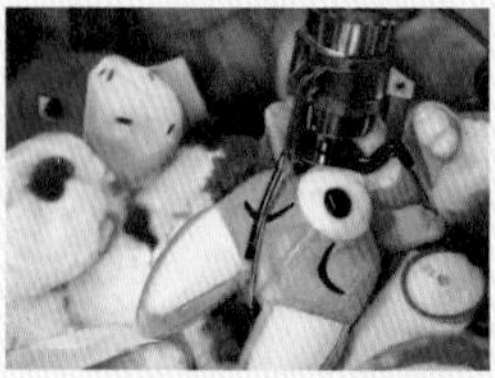

「캐치 미 이프 유 캔」, 캔버스에 유채, 100×100cm, 2010 _**p.143**

「캐치 미 이프 유 캔」, 캔버스에 유채, 97×145.5cm, 2012 _**p.145**

조미숙

「Love Me」, 캔버스에 혼합 매체, 37×37cm, 2011 _**p.148**

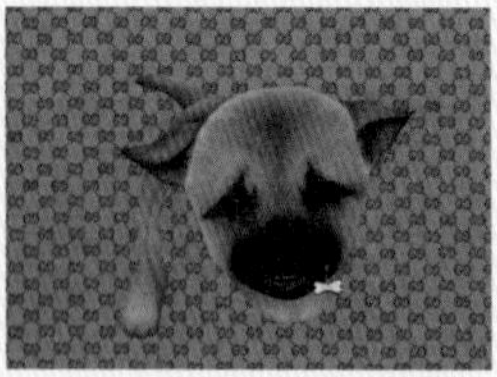

「It's Your Style」, 캔버스에 혼합 매체, 117×91cm, 2012 _**p.152**

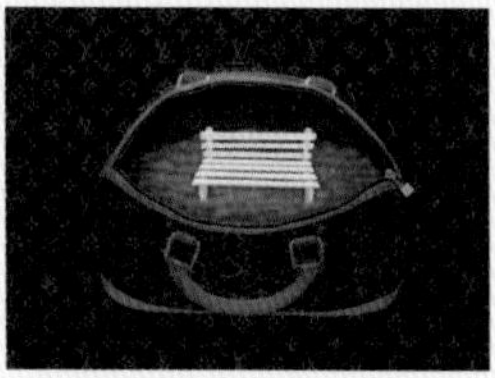

「It's Your Style」, 캔버스에 혼합 매체, 41×53cm, 2012 _**p.153**

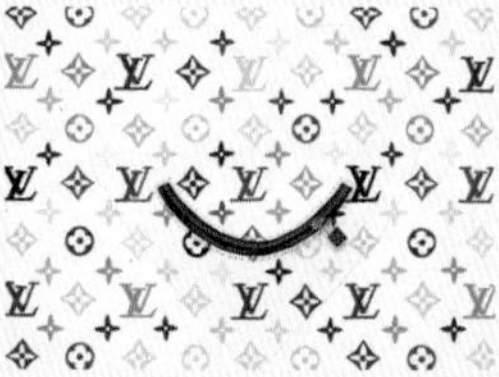

「Love Me」, 캔버스에 혼합 매체, 37×37cm, 2011 _**p.156**

김정란

「21세기 미인도-수애」, 비단에 진채, 165×90cm, 2010 _**p.158**

「21세기 미인도-장윤주」, 비단에 진채, 165×90cm, 2010 _**p.160**

「21세기 미인도-송경아」, 비단에 진채, 140×70cm, 2010 _**p.161**

「18세기 미인도」, 비단에 진채, 165×90cm, 2010 _**p.166**

「19세기 미인도」, 비단에 진채, 165×90cm, 2010_**p.166**

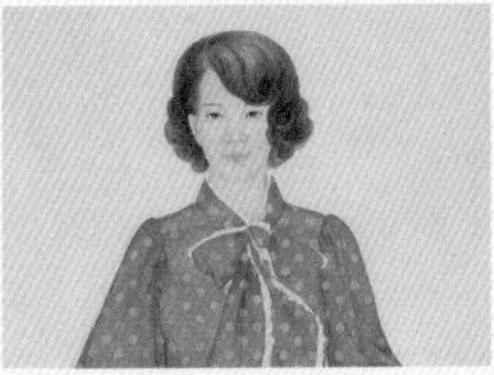

「20세기 미인도」, 비단에 진채, 165×90cm, 2010_**p.167**

「21세기 미인도-한혜진」, 비단에 진채, 165×90cm, 2010_**p.167**

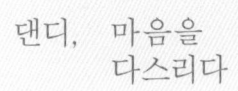

댄디, 마음을 다스리다

전미경

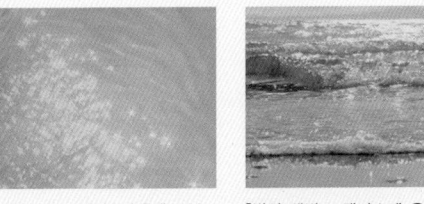

「나는 빛이다 1」, 캔버스에 유채, 162×112cm, 2010_**p.172**

「빛의 해변」, 캔버스에 유채, 50×60.6cm, 2009_**p.176**

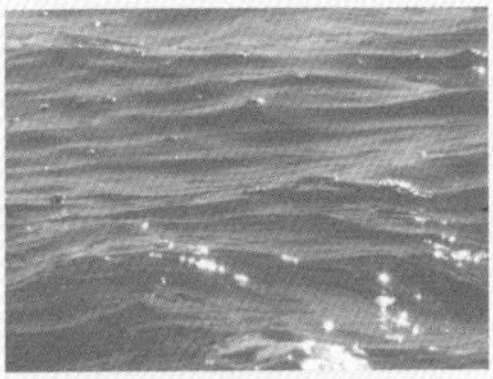

「푸른 수면 1」, 캔버스에 유채, 65×162cm, 2010_**p.178**

「푸른 수면 2」, 캔버스에 유채, 65×162cm, 2010_**p.179**

고찬규

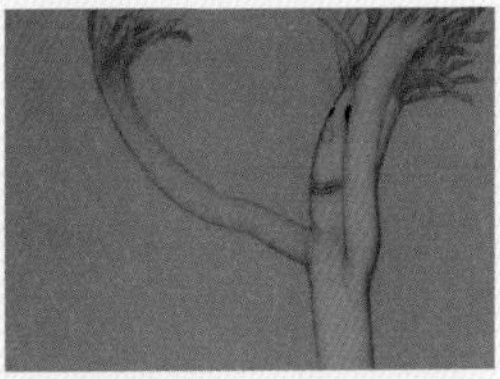

「바람인형」, 한지에 채색, 162×97cm, 2010_**p.182**

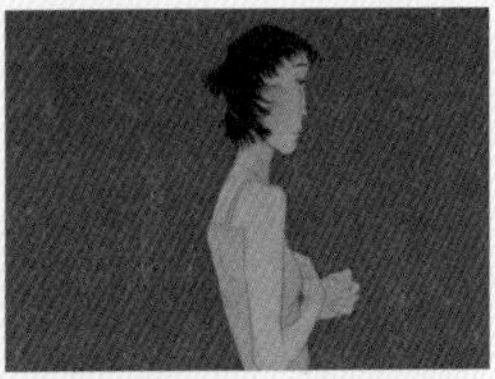

「봄날은 간다」, 한지에 채색, 163×132cm, 2007_**p.185**

「상심」, 한지에 채색, 45×53cm, 2007 _**p.187**

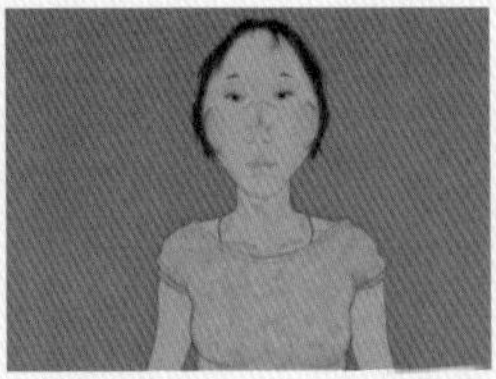

「다른 선택」, 한지에 채색, 91×73cm, 2007 _**p.189**

강성훈

「Wind Rhinoceros II」, 구리·스테인리스스틸, 130×600×150cm, 2010 _**p.192, 197**

「Wind Hippo」, 구리·스테인리스스틸, 60×180×135cm, 2009 _**p.198**

「Wind Elephant」, 구리·스테인리스스틸, 225×450×225cm, 2010 _**p.200**

노종남

「미스터 리플리 9」, 캔버스에 유채, 162.2×130.3cm, 2011 _**p.202**

「플레이메이트」, 캔버스에 유채, 72.7×60.6cm, 2011 _**p.205**

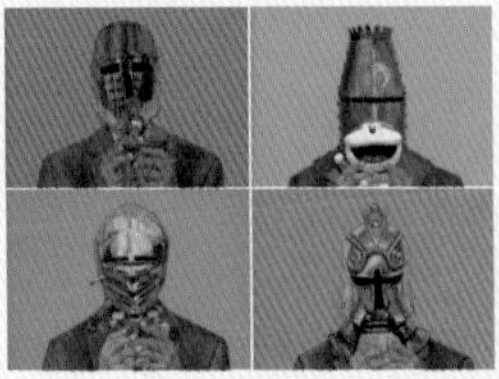

「Want You」(4점 연작), 캔버스에 유채, 각 53×45.5cm, 2011 _**p.209**

「미스터 리플리 2」, 캔버스에 유채, 91×91cm, 2011 _**p.210**

윤기원

「낸시 랭」, 캔버스에 아크릴릭, 116.7×91cm, 2012 _**p.212**

「유의정」, 캔버스에 아크릴릭, 145.5×227.3cm, 2012 _**p.216**

「십이지신」, 캔버스에 아크릴릭, 각 120×60cm(12폭), 2010 _**pp.218~19**

박승예

「손벌레」, 종이에 아크릴릭·펜, 150×130cm, 2012 _**p.222**

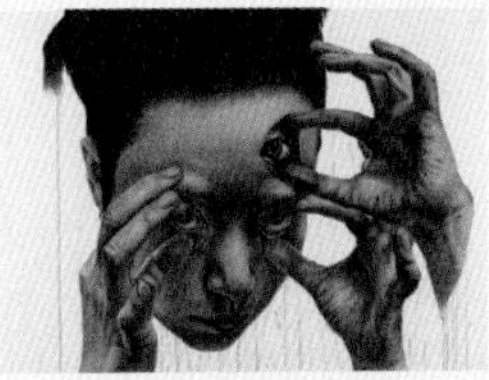

「강요된 시각」, 종이에 아크릴릭·펜, 150×130cm, 2011 _**p.227**

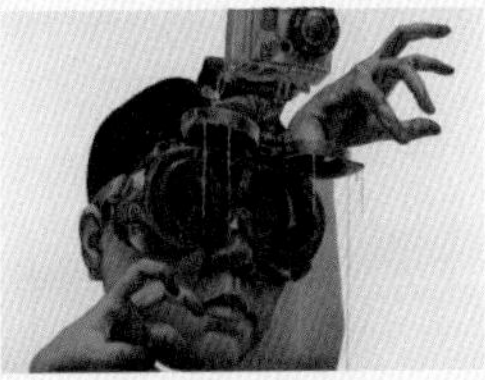

「안드로메다 은하의 우주 여행자」, 종이에 아크릴릭·펜, 150×130cm, 2011 _**p.228**

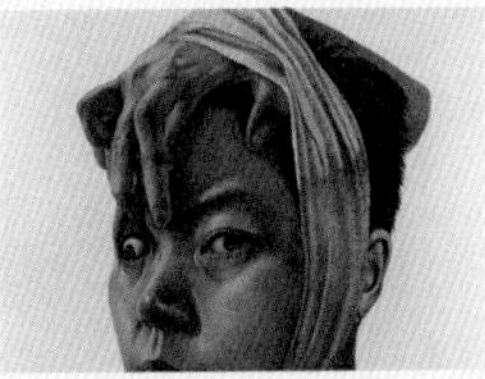

당황스런 선물」, 종이에 아크릴릭·펜, 150×130cm, 2011 _**p.229**

박용균

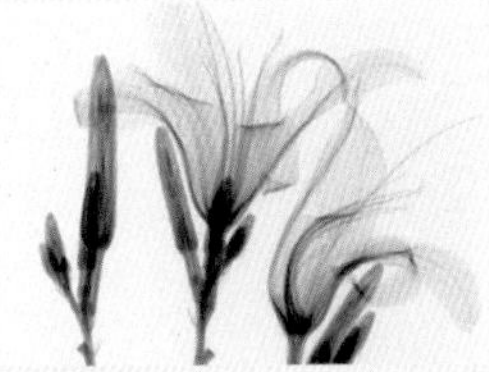

「퍼퓸 007」, 피그먼트 프린트, 80×67cm, 2007 _**p.232**

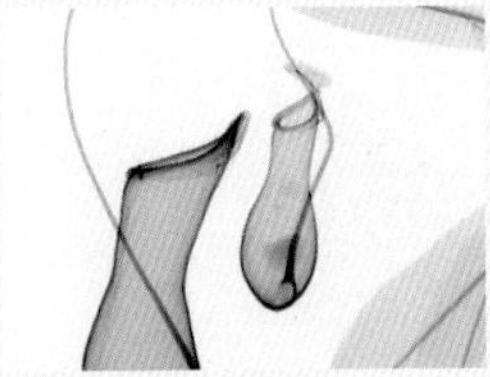

「퍼퓸 006(네펜테스)」, 피그먼트 프린트, 80×67cm, 2007 _**p.237**

「퍼퓸 002」, 피그먼트 프린트, 80×67cm, 2007 _**p.239**

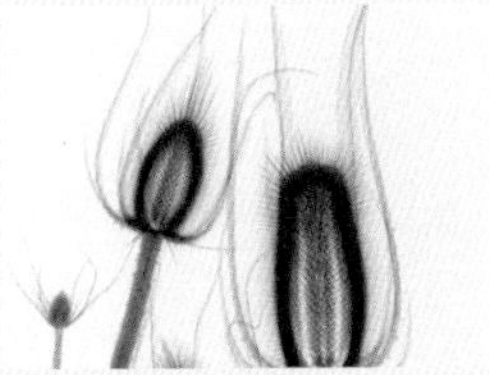

「퍼퓸 010」, 피그먼트 프린트, 80×67cm, 2007 _**p.240**

김혜옥

「종이배를 띄우고」, 캔버스에 유채, 60×60cm, 2011 _**p.242**

「종이배를 띄우고」, 캔버스에 유채, 112×162cm, 2009 _**p.247**

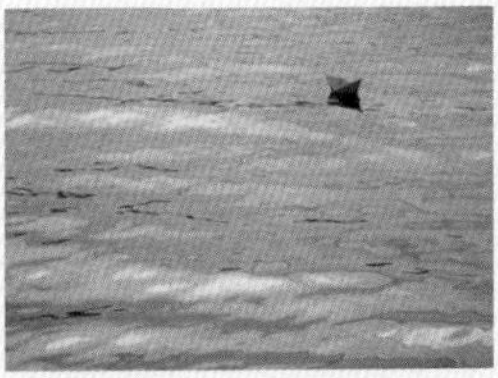

「종이배를 띄우고」, 캔버스에 유채, 112.1×162.2cm, 2009 _**p.248**

댄디, 스스로의 방식으로 살아가다

홍경아

「당신이 출발한 곳」, 혼합 재료, 100×80cm, 2012_**p.252**

「하루가 끝나고」, 혼합 재료, 150×90cm, 2012_**p.255**

「지금을 위한 송가」, 혼합 재료, 80×100cm, 2012_**p.259**

「카운트다운」, 혼합 재료, 130×162cm, 2012_**p.260**

박주현

「풍선」, 망치, 30×15×15cm, 2009_**p.262**

「고독」, 다듬이 방망이, 30×15×15cm, 2009_**p.265**

「소년의 꿈」, 장도리, 90×60×30cm, 2010_**p.267**

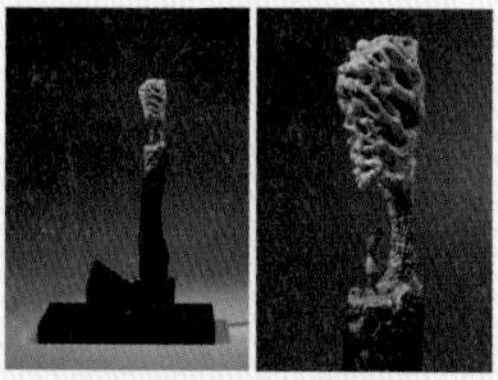

「기다림」, 도끼, 40×13×13cm, 2008_**p.270**

김현정

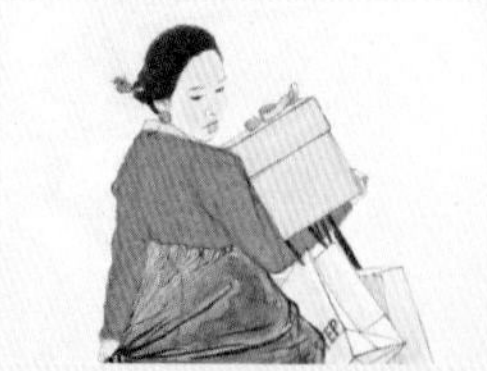

「아차(我差/Oops)」, 한지에 수묵담채·콜라주, 160×110cm, 2013_**p.272**

「아차(我差/Oops)」, 한지에 수묵담채·콜라주, 145×117cm, 2013 **_p.275**

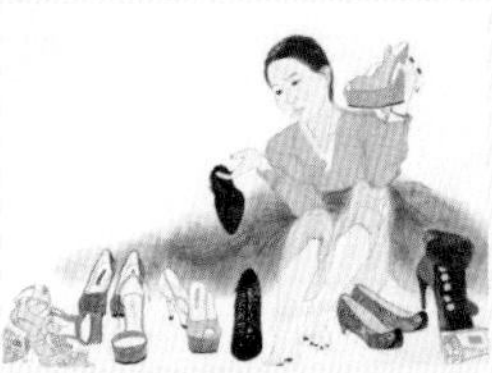

「내숭」, 한지에 수묵담채·콜라주, 110×180cm, 2013 **_p.277**

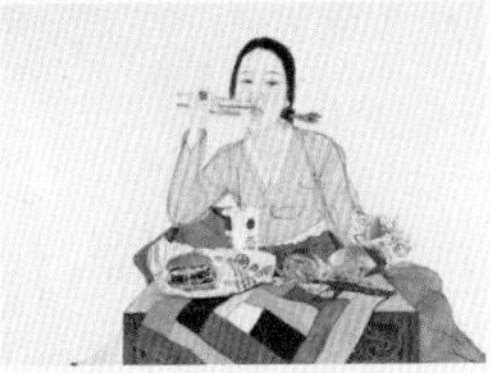

「내숭-투혼」, 한지에 수묵담채·콜라주, 111×129.5cm, 2013 **_p.280**

성태진

「넘어지진 않을 거야 나는 문제없어」, 목판 부조에 채색, 112×162cm, 2010 **_p.282**

「난 참 바보처럼 살았군요」, 목판 부조에 채색, 80×122cm, 2009 **_p.286**

「함께 있을 때 우린 두려울 것이 없었다」, 목판 부조에 채색, 160×110cm, 2010 **_p.289**

「거칠은 들판으로 달려가자」, 목판 부조에 채색, 162×100cm, 2008 **_p.291**

두민

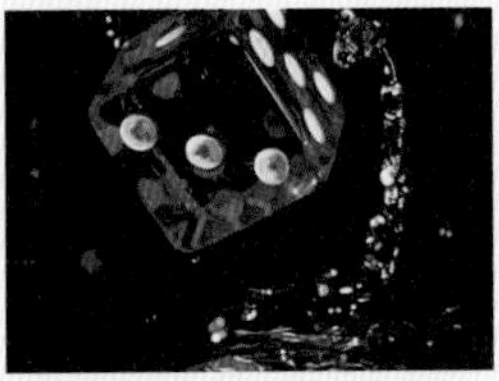

「Enjoy the Moment」, 캔버스에 유채, 120×60.6cm, 2012 **_p.292**

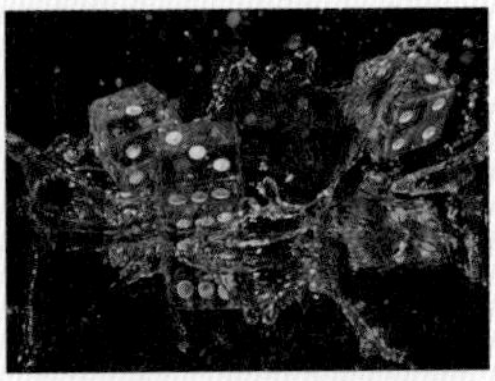

「Enjoy the Moment」, 캔버스에 유채, 145.5×291cm, 2011 **_p.295**

「Fortune-Janus」, 캔버스에 유채, 162.1×259.1cm, 2009 **_p.296**

「Fortune-Janus」, 캔버스에 유채, 145.5×72.7cm, 2008 **_p.301**

변대용

「그 선수의 순간」, 합성수지에 자동차 도색, 170×130×110cm, 2010 **_p.302, 306**

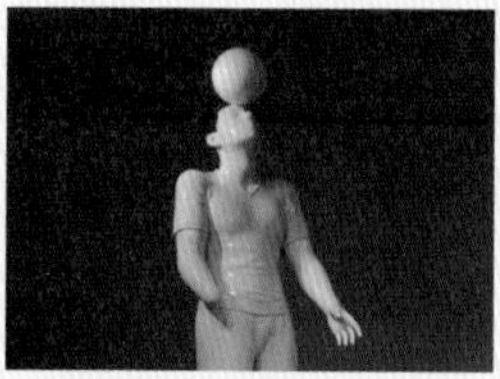

「공을 생각하다」, 합성수지에 자동차 도색, 223×75×65cm, 2010 _**p.308**

「경쾌한 두 발」, 합성수지에 자동차 도색, 160×230×7cm, 2010 _**p.309**

정현목

「Scene 00103008-Still of Snob」, 잉크젯 프린트, 85.7×120cm, 2011 _**p.312**

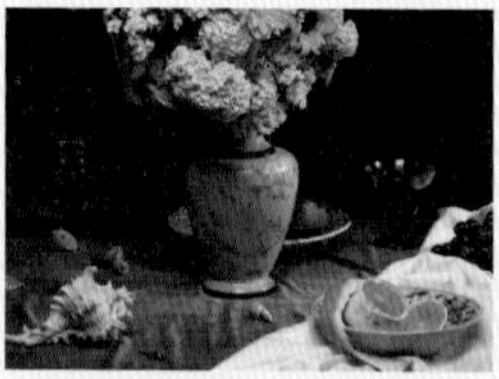

「Scene 00902004-Still of Snob」, 잉크젯 프린트, 120×85.7cm, 2011 _**p.315**

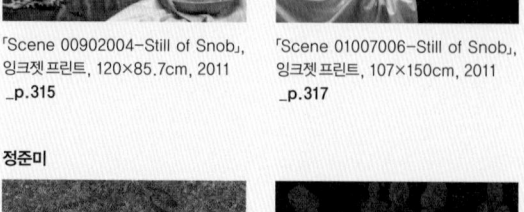

「Scene 01007006-Still of Snob」, 잉크젯 프린트, 107×150cm, 2011 _**p.317**

「Scene 00303005-Still of Snob」, 잉크젯 프린트, 120×85.7cm, 2011 _**p.320**

정준미

「여배우」, 장지에 염료, 170×135cm, 2011 _**p.322**

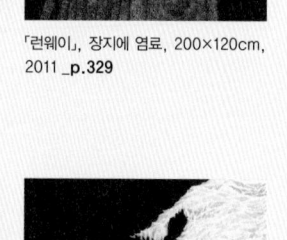

「길을 묻다」, 장지에 염료, 190×480cm, 2011 _**pp.324~25**

「런웨이」, 장지에 염료, 200×120cm, 2011 _**p.329**

유갑규

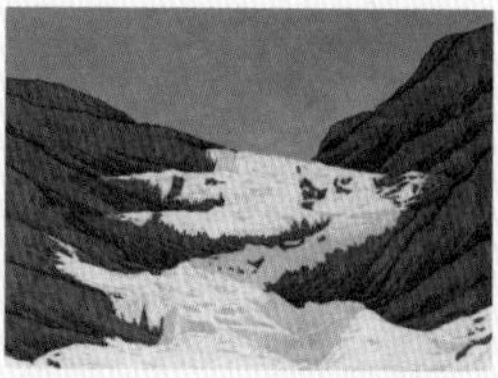

「빙폭 타다」, 장지에 수묵담채·아크릴릭, 109×167cm, 2008 _**p.332**

「빙폭 타다」, 장지에 수묵담채·아크릴릭, 116.5×90.5cm, 2010 _**p.335**

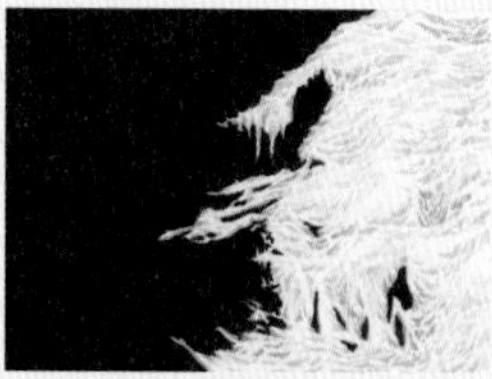

「빙폭 타다」, 장지에 수묵담채·잉크, 48.3×34cm, 2010 _**p.339**

「빙폭 타다」, 장지에 수묵담채·아크릴릭, 72.8×60.7cm, 2010 **_p.341**

권기수

「큐브가 있는 녹색 숲(Green Forest with Cubes)」, 보드에 붙인 캔버스에 아크릴릭, 130×162cm, 2010 **_p.342**

「아이 앰 해피(I Am Happy)」, 캔버스에 아크릴릭, 162×130cm, 2010 **_p.346**

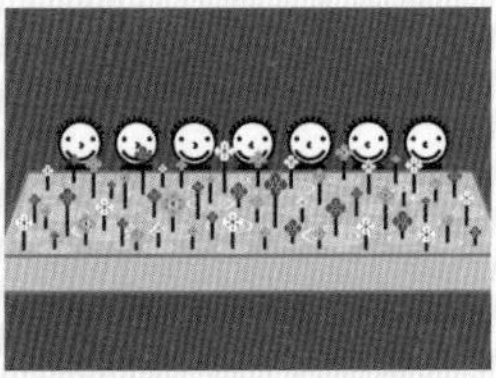

「붉은 식탁(Red Table)」, 캔버스에 아크릴릭, 130×227cm, 2008~10 **_p.349**

댄디, 오늘을 살다
그림에서 찾는 내 삶의 태도

1판 1쇄 | 2014년 1월 29일
1판 2쇄 | 2014년 3월 7일

지 은 이 | 김홍기
펴 낸 이 | 정민영
책임편집 | 손희경
편 집 | 박주희
디 자 인 | 정연화
마 케 팅 | 이숙재
제 작 처 | 영신사

펴 낸 곳 | (주)아트북스
출판등록 | 2001년 5월 18일 제406-2003-057호
주 소 | 413-120 경기도 파주시 회동길 216 2층
대표전화 | 031-955-8888
문의전화 | 031-955-7977(편집부) | 031-955-3578(마케팅)
팩 스 | 031-955-8855
전자우편 | artbooks21@naver.com
트 위 터 | @artbooks21
페이스북 | www.facebook.com/artbooks.pub

ISBN 978-89-6196-154-7 03810

값은 뒤표지에 있습니다.
잘못된 책은 구입하신 서점에서 교환해 드립니다.

이 도서의 국립중앙도서관 출판시도서목록(CIP)은 서지정보유통지원시스템 홈페이지(http://seoji.nl.go.kr)와 국가자료공동목록시스템(http://www.nl.go.kr/kolisnet)에서 이용하실 수 있습니다.(CIP제어번호: CIP2014001674)